BERNWARD SCHNEIDER

Endstation Reichskanzlei

STURM AUF BERLIN Gestapoagentin – das ist Greta Jenski, eine ehemalige Tänzerin von Anfang zwanzig, die in einem geheimen Berliner Edelbordell als Bardame arbeitet und im Auftrag der Gestapo die Kunden aushorcht. Aber Greta fungiert in Wahrheit als Doppelagentin, die im Auftrag ihres Geliebten Michel Greinz für einen fremden Geheimdienst spioniert. Mitte April 1945, als die Rote Armee zum Sturm auf Berlin rüstet, muss Greta erkennen, dass ihr das System auf die Schliche gekommen ist und sie Gefahr läuft, verhaftet und getötet zu werden. Auf der Suche nach einem Ausweg aus ihrer bedrohlichen Lage tun sich für Greta Abgründe auf und alles wird noch schlimmer, als sie durchschaut, dass es einen Mordplan gegen sie gibt, dem andere Motive zugrunde liegen müssen, als nur ihre Spionagetätigkeit für den Feind.

Bernward Schneider, 1956 in Harsum bei Hildesheim geboren, studierte Jura und ist seit 1986 als Rechtsanwalt tätig. Er arbeitete in Berlin und lebt heute in Hildesheim. Endstation Reichskanzlei erscheint außerhalb der erfolgreichen Eugen Goltz-Reihe.

Bisherige Veröffentlichungen im Gmeiner-Verlag:
Berlin Potsdamer Platz (2013)
Todeseis (2012)
Flammenteufel (2011)
Spittelmarkt (2010)

BERNWARD SCHNEIDER

Endstation Reichskanzlei

Kriminalroman

GMEINER SPANNUNG

Dieses Buch wurde vermittelt durch
die Agentur Erzählperspektive Klaus Gröner.

Besuchen Sie uns im Internet:
www.gmeiner-verlag.de

Im Ehnried 5, 88605 Meßkirch
Telefon 07575/2095-0
info@gmeiner-verlag.de

1. Auflage 2015

Herstellung: Mirjam Hecht
Umschlaggestaltung: U.O.R.G. Lutz Eberle, Stuttgart
unter Verwendung eines Fotos von: © ullstein bild – ullstein bild
Druck: GGP Media GmbH, Pößneck
Printed in Germany
ISBN 978-3-8392-1700-9

Personen und Handlung sind frei erfunden. Ähnlichkeiten mit lebenden oder toten Personen sind rein zufällig und nicht beabsichtigt.

1. KAPITEL

Greta Jenski wurde das Gefühl nicht los, dass sie beobachtet wurde. Der Mann in der Ecke machte sie nervös. Nicht die Tatsache, dass er gelegentlich in ihre Richtung schaute, setzte ihr zu. Sie war es gewohnt, die Blicke der Männer auf sich zu ziehen. Es war etwas anderes, etwas in seinen Augen, bei dessen Anblick ihr Instinkt Alarm geschlagen hatte. Die Tatsache, dass er sich keine Mühe gab, sein Interesse an ihr zu verbergen, trug weit mehr als alles andere zu ihrer Beunruhigung bei.

Der Mann hatte das Lokal kurz nach ihnen betreten und saß allein an seinem Tisch. Er las den Völkischen Beobachter oder tat wenigstens so. Er hatte einen blassen Teint, blaue Augen, hohe Backenknochen über lang gezogenen Wangen und war in Zivil gekleidet. Sein Alter war schwer zu bestimmen; Anfang vierzig, nahm Greta an. Sie konnte sich nicht erinnern, ihm schon einmal begegnet zu sein. Ein Häscher der Gestapo, der sich auf ihrer Spur befand, dachte sie, und viel Hoffnung, dass sie sich in ihrer Annahme täuschte, hatte sie nicht.

Sie fühlte eine bohrende Angst und tief in ihrem Inneren eine mörderische Wut. Deutschland stand vor dem Untergang, Berlin vor der Einnahme durch feindliche Truppen, aber die Gestapo machte weiter wie in den Zeiten des militärischen Erfolgs. Es war sogar noch schlimmer geworden. Seit Mitte März hingen Dutzende von Hingerichteten an den Bäumen und Laternenmasten der Stadt; harmlose, kriegsmüde Menschen, denen man vorwarf, fahnenflüchtig, feige oder defätistisch zu sein.

Es war ein Fehler gewesen, in das Lokal zu gehen, sagte sie sich. Sie hatte es getan, weil sie befürchtet hatte, Dr. Bewel könnte argwöhnisch werden, wenn sie seine Einladung zurückgewiesen hätte. Dabei war längst keine Zeit für falsche Rücksichtnahme mehr. Ihre Feinde saßen ganz woanders, wie sie nun mit Schrecken erkennen musste.

»Mich wundert, dass es heute noch keinen Alarm gab«, sagte sie zu dem Mann neben ihr am Tisch. »Normalerweise fliegen die amerikanischen Tagesbomber spätestens um die Mittagszeit über der Stadt.«

»Die Bomber ziehen sich allmählich zurück«, erwiderte Bewel leise. »Wenn erst alliierte Truppen in der Stadt sind, wird man uns gar nicht mehr von oben beharken.«

Luftangriffe rund um die Uhr waren in den vergangenen Wochen an der Tagesordnung gewesen. Wenn es hell war, bombardierten die Amerikaner und in der Nacht griffen die Engländer an. Aber Bewel hatte recht. Seit einigen Tagen hatten die Angriffe nachgelassen.

»Wer wird als Erstes an der Stadtgrenze stehen?«, fragte Greta. »Die Amerikaner oder die Russen?«

»Sobald die Russen die Seelower Höhen genommen haben, gibt es kein Hindernis mehr zwischen ihnen und dem Verteidigungsring rund um die Stadt«, gab Bewel zurück. »Der Sturm auf Berlin hat begonnen. Hören Sie es nicht? Das Grollen aus der Ferne? Man hört es schon seit dem Morgengrauen.«

Auch Greta war dieses Grollen schon aufgefallen. Sie hatte sich gefragt, was es wohl war. »Woher wissen Sie, dass es die Russen sind?«

Bewel zuckte mit den Achseln. »Die Leute flüstern es einander auf der Straße zu«, erwiderte er. »Als ich heute Morgen hinausging, machte es bereits die Runde. Ich habe keine Zweifel, dass es stimmt.«

Vor ein paar Wochen schon hatte die Rote Armee die Oder überschritten, den Bewohnern der Stadt war das bekannt. Zwar wurden die Russen erbittert bekämpft, doch die deutschen Verteidigungsstellungen mussten sich beständig weiter westwärts zurückziehen. Es war eine Frage der Zeit, bis die Russen die Stadtgrenzen erreicht hätten. Trotzdem klammerten sich die Berliner an die Hoffnung, dass die Westalliierten die Stadt vor ihnen einnehmen würden. Die Angst in der Bevölkerung, dass es anders käme als erhofft, wuchs von Tag zu Tag, führte aber nicht zu dem Wunsch, die Russen mochten dem Spuk ein schnelles Ende bereiten. Die Furcht vor der Roten Armee war einfach zu groß.

»Optimisten lernen Englisch, Pessimisten Russisch«, sagte Greta. »So hieß es doch! Gilt dieser Satz etwa nicht mehr?«

»Die Pessimisten scheinen recht zu behalten«, erwiderte Bewel knapp. »Es ist wohl sinnlos, darauf zu hoffen, dass die Amerikaner vor den Russen hier sein werden. Man sollte jegliche Hoffnung darauf fahren lassen.«

Wenn das stimmte, war die Information, die sie nach anstrengendem Bettgeflüster von ihm erhalten hatte, kaum noch etwas wert, ging es Greta durch den Sinn, dann hätte sie sich ganz unnötig in Gefahr begeben.

»Wie lange wird das alles noch dauern?«, fragte sie. »Wann ist es endlich vorbei?«

»Niemand kennt die Antwort«, sagte Bewel einsilbig

und nippte an seinem Glas mit dem dünnen Wein. »Besser das Ende kommt schnell. Je länger es bis dahin dauert, umso mehr Menschen werden noch sterben.«

Aus den Augenwinkeln sah sie zu dem unheimlichen Mann in der Ecke, der weiter vorgab, in der Zeitung zu lesen. Schnell senkte sie die langen Wimpern, da sie ahnte, dass er ihren Blick spüren würde, wenn sie auch nur einen Augenblick zu lange hinsah. Warum wurde sie das Gefühl nicht los, dass es ihrem Beschatter vollkommen egal war, ob sie ihn durchschaute?

Der Mann war ihnen wahrscheinlich von der Wohnung Dr. Bewels aus gefolgt, sagte sie sich; aber wusste er, wer sie war? Hatte er herausbekommen, welchen Auftrag sie hatte, oder hegte er bloß einen unbestimmten Verdacht? Einige Momente lang überlegte sie, ob Bewel nicht selbst ein Spitzel war, der sie verraten hatte und nun darauf aus war, ihr eine defätistische Äußerung zu entlocken. Es war unwahrscheinlich, dennoch war es besser, vorsichtig zu sein. Außerhalb des Lokals hätte sie ihren Verfolger wahrscheinlich nicht bemerkt, machte Greta sich klar, und so gesehen hatte die Situation auch etwas Gutes. Sie hätte die Gefahr sonst nicht wahrgenommen und wäre zu Tode erschrocken gewesen, wenn die Gestapo plötzlich vor ihrer Tür gestanden hätte.

»Glauben Sie, dass der Krieg verloren ist?«, fragte sie Bewel, indem sie sich um einen ungläubig klingenden Tonfall bemühte. »Was ist denn mit den Wunderwaffen?«

»Sie dürfen nur auf den persönlichen Befehl des Führers eingesetzt werden«, sagte Bewel. »Es sind keine ›Wunderwaffen‹, sondern simple chemische Waffen, die frühestens dann zum Einsatz kommen, wenn der erste feindliche Soldat seinen Fuß über die Stadtgrenze setzt. Es liegt in der Natur dieser Waffen, dass sie auch für die deutsche Bevölkerung sehr gefährlich wären.«

»Ich muss gehen«, sagte sie. »Meine Mutter wartet auf mich.«

Bewel nickte und zahlte bei der Serviererin. »Wo müssen Sie hin?«, fragte er, als sie vor dem Lokal auf der Straße standen. »Vielleicht können wir ein Stück zusammen gehen.«

Auf der Straße war niemand zu sehen, der auf den ersten Blick dafür in Betracht kam, dass er zur Gestapo gehörte. Aber das bedeutete nichts. Gewiss war der Gestapomann nicht ohne Helfer gekommen. Wahrscheinlich würde es nicht der Beschatter aus dem Lokal sein, der sie verfolgen würde, eher ein Kumpan, der draußen geblieben war. Waren sie nicht immer zu zweit oder zu dritt? Was hatte die Gestapo vor? Drohte ihr gar ein Zugriff? Sie musste sich etwas einfallen lassen, um ihren möglichen Verfolgern zu entkommen.

»Zum Anhalter Bahnhof«, sagte sie, und hoffte, dass Bewel einen anderen Weg nehmen musste.

»Schade, dann müssen wir uns trennen«, sagte dieser. »Wann sehen wir uns wieder?«

»Nach dem Krieg um acht«, lächelte sie. »Ich habe ja Ihre Adresse.«

Er machte ein zweifelndes Gesicht. »Wollen wir hoffen, dass es bis dahin nicht zu lange dauert«, gab er zurück und fasste sie am Arm. »Wenn es doch länger dauern sollte, Hilde, melde ich mich bei Ihnen.«

Hilde war ihr Tarnname, und sie benutzte ihn in letzter Zeit immer öfter. Natürlich hatte sie nicht vor, Bewel wiederzusehen. Die Tarnung war wichtig, diente aber weniger zu ihrem als zu seinem Schutz. Auch die Sache mit ihrer Mutter war ein Teil dieser Tarnung. In Wahrheit war ihre Mutter seit dem dritten Februar tot. Sie war einer von mehreren tausend Menschen gewesen, die bei dem verheerenden Bombenangriff jenes schrecklichen Tages ihr Leben gelassen hatten. Wenn man Bewel vernehmen sollte, würde er sich erinnern, dass sie von ihrer Mutter gesprochen hatte.

Bei dem Gedanken an den Tod der Mutter musste Greta die aufsteigenden Tränen niederkämpfen. Es war grauenhaft gewesen, fast noch schlimmer als die Nachricht von Rolfs Tod. Die Tage danach hatte sie wie betäubt erlebt. Die Leiche ihrer Mutter war vollständig verbrannt, sodass sie keinen Abschied von ihr hatte nehmen können, und das hatte sie am meisten geschmerzt.

»Na klar, dann melden Sie sich einfach«, sagte sie zu Bewel und setzte ein kokettes Lächeln auf.

Falls die Gestapo ihn besuchte, würde er schnell erkennen, dass es ein einmaliges Abenteuer gewesen war, das er mit ihr erlebt hatte. Er würde es schon verstehen und schnell merken, dass sein kleines Abenteuer stattgefunden hatte, weil sie auf bestimmte Informationen von ihm scharf gewesen war. Blieb zu hoffen, dass er kein Dummkopf oder Angsthase war, der sich zu schnell in die Enge treiben ließ. Wenn er darauf beharrte, dass er keinen Geheimnisverrat begangen hatte, konnte ihm eigentlich nichts passieren.

Sie ließ es sich gefallen, dass Bewel sie umarmte, dann wandte sie sich um und eilte davon.

Berlin war von Ruß geschwärzt, die Straßen durch Tausende von Kratern entstellt. Ausgebrannte fensterlose Häuser starrten in den Himmel. Ganze Wohn- und Geschäftshäuser waren verschwunden. Wo einst breite Straßen und Alleen gewesen waren, schlängelten sich jetzt Trampelpfade durch die Trümmerberge und das bizarre Gewirr verbogener Eisenträger. Viele Fenster waren mit Brettern vernagelt und auf eine Hauswand war eine Durchhalteparole gepinselt: »Unsere Mauern brechen, aber unsere Herzen nicht!«

Es waren nicht nur die Straßen und Häuser. Seitdem Berlin zur Festung erklärt worden war, befand sich die Stadt in einer Art Hysterie. Von Flüchtlingen wurden furchtbare Geschichten über das Schicksal von Deutschen erzählt, die in die Hände der Roten Armee gefallen waren. Ganze ostpreußische Familien waren massakriert worden und Frauen, ob alt oder jung, systematisch vergewaltigt worden. Viele Frauen, die den Soldaten nicht lebendig in die Hände fallen wollten, begingen Selbstmord. Diejenigen, die keine Pistole oder Gift zur Verfügung hatten, erhängten ihre Kinder und sich selbst an den Dachbalken ihrer Häuser. Die von dem Propagandaminister Goebbels ausgegebene Durchhalteparole »Wir werden siegen, weil wir siegen müssen!« hatte eine schreckliche Bedeutung bekommen, und so sehr sich viele Menschen von solchen Parolen abgestoßen fühlten, stießen sie nicht mehr nur auf taube Ohren. Der Führer ließ nichts mehr von sich hören. Er hatte schon lange keine Reden mehr gehalten. Er hielt sich in Berlin auf, so viel war bekannt.

Greta war noch keine fünf Minuten unterwegs, als die Sirenen zu heulen begannen, und zum ersten Mal registrierte sie den Alarm mit einem Gefühl der Erleichterung. Die Bomben gaben ihr die Chance, zu entkommen und ihren Gegnern ein Schnippchen zu schlagen. Vor den Bomben davon zu laufen, war schließlich erlaubt, und sie war eine ausgezeichnete Sportlerin.

Sie lief sofort los. Ihre Verfolger sollten denken, dass sie den Luftschutzkeller am Anhalter Bahnhof erreichen wollte. In Wahrheit würde sie nicht im Bunker, sondern im Bahnhofsgebäude verschwinden.

Die Straßen waren kaum noch zu passieren, die Räumdienste kamen nicht mehr gegen die Masse an Schutt und Geröll an. Die Taktik der Luftangriffe hatte sich verändert. Täglich wurden nun ein oder mehrere Angriffe neuer und besonders rascher Flugzeuge geflogen, in einer Höhe, die außerhalb der Reichweite der Flak lag. Jedes konnte eine riesige Menge an Bomben tragen. Es starben weniger Menschen, doch der Tod lauerte überall und konnte einen an jeder Straßenecke und zu jeder Tages- und Nachtstunde ereilen.

Es gab noch andere Passanten, die in Richtung Anhalter Bahnhof eilten. Einige Leute hoben die Fäuste zum Himmel, als wollten sie nicht nur den Fliegern drohen, sondern auch gleich dem lieben Gott.

Es nutzte ihnen nichts und Greta hatte nur ein müdes Lächeln für sie übrig. Sie sprang über die Trümmer und umkurvte die Menschen und andere Hindernisse auf ihrem Weg. Kein einziges Mal sah sie sich um, und sie zwang sich, nicht einmal an mögliche Verfolger zu denken, solange sie durch die Straßen lief.

Der Bahnhof kam in Sicht, oder richtiger gesagt, das Gebäudeskelett, das noch von ihm übrig geblieben war. Der Bunker befand sich direkt neben dem Bahnhof. Er war ein kantiger Würfel, ein gewaltiger Betonklotz zwischen den verzweigten Gleisen, der die Dächer der Nachbarhäuser und Ruinen überragte. Er bestand aus Eisenbeton und verfügte über mehr als vier Meter dicke Mauern sowie mehrere Stockwerke, von denen drei über und zwei unter der Erde lagen. Er war einer der größten Luftschutzräume in Berlin und schien äußerst sicher. Keine Bombe oder Granate hatten ihm bisher etwas anhaben können.

Ein weiterer Vorteil des Anhalter Bunkers war die direkte Verbindung zur S-Bahn. Der Bunker war durch das unterirdische Schienennetz auch von anderen Bahnhöfen aus zu erreichen und durch mehrere Gänge mit dem Bahnhof verbunden. Diesen Vorteil wollte Greta nutzen, um mögliche Verfolger zu täuschen.

Sie verschwand in dem Gebäude, und dort bewegte sie sich so behände wie geschwind. Sie lief an den Gleisen entlang und dann auf der anderen Seite des Bahnhofs wieder auf die Straße hinaus.

Eine Explosion ließ die Erde erbeben. In der Ferne brannten Häuser und Rauch kräuselte sich bis in den Himmel. Es wurde höchste Zeit, dass sie sich in Sicherheit brachte. Sie blickte sich um, sah einen Kellereingang, der zu einem Mietshaus gehörte, und lief darauf zu.

»Na, kommen Se«, sagte ein alter Mann am Eingang. »Für so 'ne Hübsche wie dich haben wir immer noch 'n Plätzchen.«

Schon hörte sie eine weitere Detonation in der Nähe. Ein Luftstoß trieb eine ganze Wolke von Staub, Kieselsteinen und zermahlenem Glas zu ihnen herüber. Sie kamen gerade rechtzeitig nach unten. Kurz darauf fand Greta sich in einem wilden Durcheinander von Koffern,

Regenschirmen und staubbedeckten Gesichtern, japsenden Schoßhündchen und weinenden Kindern wieder.

Der Angriff dauerte eine halbe Stunde, dann entfernten sich die Einschläge. Wie immer, wenn die Sirenen über der verwüsteten Stadt Entwarnung heulten, löste sich die Spannung in nervösem Gelächter, und die Leute fingen wieder an, miteinander zu sprechen.

Greta dankte dem alten Luftschutzwart für seine Hilfe und machte sich auf den Weg zur S-Bahn-Station.

Feiner Regen aus Ruß und Asche bedeckte die Mauern und Ruinen. Fensterlose Häuser starrten auf Trümmerberge herab. Die Bäume an der Straße waren kahl, die Knospen an den Zweigen verdorrt. In den Gebäuden dahinter, in denen noch Menschen wohnten, waren viele Fenster mit Brettern vernagelt oder mit Pappen abgedichtet.

Der Bahnsteig der S-Bahn war voller Menschen. Ein Wunder, dass die Züge überhaupt noch fuhren. Doch die meisten Rädchen, die die Metropole am Leben hielten, drehten sich noch, sodass die Stadt im Großen und Ganzen immer noch funktionierte. Die Leute gingen zur Arbeit, Polizisten und Briefträger taten nach wie vor ihren Dienst. Jeden Morgen öffneten die Kaufhäuser und boten die Berliner Blumenfrauen ihre Sträuße an. U-Bahnen und S-Bahnen waren in Betrieb. Einige Kinos und Theater hatten noch geöffnet und die Berliner Philharmonie gab heute Nachmittag sogar ein Konzert.

Die Züge fuhren unregelmäßig, aber Greta hatte Glück und musste nicht lange warten, bis die Bahn in die Station gerollt kam. Alle auf dem Bahnsteig drängten hinein. Greta hasste volle Züge, doch es blieb ihr nichts anderes übrig. Sie käme sonst zu spät und würde ihre Verabredung mit Michel verpassen. Zu Fuß bis zu ihrer Wohnung würde es viel zu lange dauern.

Die Fahrgäste standen dicht gedrängt. Viele der Menschen wirkten müde und erschöpft, blass und abgespannt von den ständigen Alarmen, und in den Gesichtern standen Verzweiflung und Angst geschrieben. Einige Leute waren erregt und wütend. Flüche und Sprüche im Waggon.

»Im Häuserkampf sind die Verteidiger dem Angreifer immer überlegen«, sagte ein Mann. »Das wird durch die Militärgeschichte aller Zeiten eindrucksvoll belegt.«

»So weit wird es nicht kommen«, sagte ein anderer. »In unterirdischen Werkstätten sind superschnelle Flugzeuge im Bau, die keine Propeller benötigen. Ihre Explosionen lassen ganze Geschwader in der Luft auseinanderplatzen, die Feinde werden buchstäblich zerstäubt. Der Führer berechnet noch den Zeitpunkt, der für ihren Einsatz am effektivsten ist.«

»Hoffentlich verrechnet er sich nicht«, kam von irgendwo ein zynisch klingender Kommentar. »Langsam muss er sich beeilen, dass er mit seinen Rechenaufgaben fertig wird.«

»In Kürze wird eine Flotte von modernen Unterseebooten in Dienst gestellt«, sagte eine junge Frau. »Sie verfügen über stratosphärische Geschosse, mit denen New York in Grund und Boden geschossen werden kann.«

»Soll Gröfaz doch endlich seine Wunderwaffe aus dem Keller holen«, drang es dunkel an ihr Ohr. »Soll er sie hochjagen, dann ist das hier endlich alles vorbei.«

Es war so ein Augenblick, wo ein Wort das andere gab, wo sich lange Angestautes Bahn brechen und unbedachte

Bemerkungen fallen konnten, die einem leicht zum Verhängnis wurden. Greta vermied es tunlichst, sich an solchen Unterhaltungen zu beteiligen.

»Das Leben ist wie ein Kinderhemd«, sagte jemand. »Kurz und beschissen.«

Einige Leute lachten.

»Ruhe!«, rief plötzlich jemand inmitten des Lärms.

Greta drehte sich um und erblickte nahe der Tür einen schon älteren Soldaten mit zwei eisernen Kreuzen am Revers. An den Ärmel seiner Jacke war ein Abzeichen genäht, das mehrere Panzer zeigte. Greta erinnerte sich, einmal gehört zu haben, dass solche Panzerabzeichen bedeuteten, dass er die Anzahl der gezeigten Panzer aus nächster Nähe vernichtet hatte.

»Hört mit dem dummen Gerede auf«, fuhr der Frontsoldat fort und brachte mit seiner energischen Stimme die Unruhe im Waggon zum Schweigen. »Ob ihr es glauben wollt oder nicht: Wir müssen diesen Krieg gewinnen, so schwer es werden wird! Wenn die anderen siegen und uns einen Bruchteil dessen antun, was wir in den besetzten Gebieten angerichtet haben, dann wird in ein paar Wochen kein einziger Deutscher mehr am Leben sein!« Seine Stimme senkte sich. »Wir an der Front kämpfen nicht mehr für den Führer oder das Dritte Reich! Wir kämpfen nicht für unsere Bräute, Mütter oder Familien, sondern wir kämpfen für uns selbst. Um nicht in Löchern voller Dreck und Schlamm wie Ratten zu verrecken!«

Im Wagen wurde es still. Niemand sagte mehr etwas. Man hätte eine Stecknadel fallen gehört.

2. KAPITEL

Als Greta ihre kleine Wohnung in der Giesebrechtstraße erreichte, war es fast vier. Sie war sich sicher, dass niemand ihr gefolgt war, aber das Gefühl, sich in Gefahr zu befinden, hatte nichts von seiner Bedrohlichkeit eingebüßt. Vor heimlichen Beobachtern, die von ihr wussten, war sie zu Hause nicht geschützt. Es war eine neue, unsichtbare Gefahr, der sie sich gegenübersah; eine Gefahr, die alles andere, mit dem man in diesen furchtbaren Tagen zu kämpfen hatte, noch schlimmer machte; die Gefahr einer konkreten, auf sie selbst und auf Michel zielenden Bedrohung.

Es war Zeit, sich für das Konzert fertig zu machen, zu dem Michel sie an diesem Nachmittag mitnehmen wollte. Sie durchstöberte ihren Kleiderschrank. Es war ein milder Frühlingstag und sie entschied sich für ein kniefreies und ärmelloses Kleid, das ihre schönen langen Arme und Beine gut zur Geltung brachte. Für die Philharmonie war es vielleicht eine Spur zu freizügig, aber sie liebte es, sich aufreizend zu kleiden, und bei ihrem Gliederbau konnte sie es sich leisten, bis an die Grenzen des Schicklichen zu gehen. Wer wusste, ob es nicht die letzte Gelegenheit war, sich in einem der Kleider, die sie so liebte, in der Öffentlichkeit zu zeigen.

Sie lauschte nach draußen. Das Grollen in der Ferne hatte nicht nachgelassen. Dr. Bewel hatte recht. Die Front im Osten zerfiel. Die Rote Armee stand vor den Toren Berlins. Es hatte begonnen. Das Ende rückte unaufhaltsam näher. Deutschland würde in Schutt und Asche versinken, und um Berlin, ihre Heimatstadt, stand es besonders schlimm. Die Führung verlangte von den Einwohnern, bis zum letzten Blutstropfen gegen die Rote Armee zu kämpfen, und es deutete nichts darauf hin, dass den Berlinern dieser Kampf erspart bleiben könnte. Die Hauptstadt des Deutschen Reiches trieb auf eine infernalische Katastrophe zu.

Um Viertel nach vier klopfte es an die Tür. Michel! Sie war jedes Mal erleichtert, wenn er kam. So wie die Verhältnisse nun einmal waren, lebte sie in der beständigen Furcht, dass etwas Schreckliches ihn daran hindern könnte, seine Verabredungen mit ihr einzuhalten. In Tagen wie diesen war nichts mehr sicher, und nach ihrem heutigen Erlebnis in dem Lokal war ihre Angst besonders groß.

Michels Gesicht leuchtete auf, als er sie sah. Er trug seine schwarze SS-Uniform, die ihm so ausgezeichnet stand. Er war ein attraktiver Mann.

»Du bist für mich der schönste Lichtblick in dieser furchtbaren Welt«, sagte er und nahm sie fest in den Arm. »Und fast der einzige.«

»Fast?«, fragte sie mit einem bezaubernden Lächeln. »Bist du mir untreu gewesen?«

Michel und sie hatten sich mehrere Tage nicht gesehen und küssten einander mit Leidenschaft. Am liebsten hätte Greta auf der Stelle mit ihm geschlafen, doch vor dem Konzert war dafür nicht mehr genug Zeit.

»Wer im Glashaus sitzt, soll nicht mit Steinen werfen«, sagte Michel und drückte sie ganz fest. »Du kannst mir vertrauen.«

Michel war seit dem vergangen Herbst ihr Geliebter. Er war Hauptsturmführer und Offizier der Waffen-SS, hatte ein juristisches Examen abgeschlossen und war in der Abwehr des Reichssicherheitshauptamtes tätig. Er verkehrte nicht nur privat, sondern auch dienstlich in Nellies Salon, dem Etablissement, in dem sie seit dem August des vergangenen Jahres arbeitete und sie sich zum ersten Mal begegnet waren.

Er war ein schöner Mann, den auch andere Frauen begehrten. Berlin wimmelte von attraktiven Frauen, die Männer hingegen waren rar.

»Mit ist etwas Komisches passiert, Michel«, sagte sie, »ich glaube, die Gestapo beobachtet mich.« Sie erzählte Michel von ihrem Erlebnis in dem Lokal.

»Bist du sicher, dass du dich nicht täuschst?«, fragte Michel zurück. Sein Gesicht war ganz ruhig geblieben.

»Ich wünsche mir sehr, dass ich mich grundlos sorge«, antwortete sie. »Aber ich habe ein ungutes Gefühl.«

Sie sprachen in der Wohnung stets leise miteinander, als rechneten sie damit, die Wände könnten Ohren haben. Die Sorge war berechtigt. Böswillige Nachbarn, die andere denunzierten, waren über die ganze Stadt verteilt.

»Und bei Nellie hast du diesen Mann noch nicht gesehen?«, fragte Michel.

»Nein, er war mir ganz unbekannt.«

Michel rieb sich die Stirn. »Du musst dich irren, Greta. Wir sind alle mit unseren Nerven ziemlich am Ende.«

Sie schaute ihn mit hochgezogenen Brauen an. Obwohl sie wusste, dass Michel kein Mann war, der bei Gefahr in Panik verfiel, sondern überstürzte Handlungen tunlichst vermied, hatte sie mit einer anderen Reaktion gerechnet, und sich sogar vorgestellt, dass er ihr vorschlagen könnte, sich irgendwo zu verstecken.

»Ich möchte es ja gern glauben«, sagte sie. »Doch ich denke nicht, dass ich mein Erlebnis auf die leichte Schulter nehmen kann.«

»Warum sollte man dich beobachten, Greta?«, sagte Michel. »Du bist de facto eine Gestapoagentin und weißt nichts davon, was ich mit den Informationen mache, die ich von dir erhalte. Du gehst davon aus, dass du die Informationen für meine Abwehrabteilung beschaffst.«

»Wird man mir glauben, dass ich von deiner heimlichen Tätigkeit für den Feind nichts weiß?«

Er lächelte. »Eine Organisation wie die Gestapo wird es nicht verwundern, wenn ein Agentenführer seinen Mitarbeitern nicht anvertraut, wem er die erhaltenen Informationen weitergibt.«

»Du bist mein Geliebter!«

»Das ändert nichts.«

Sie fühlte sich etwas besser. Michels Ruhe und Besonnenheit gaben ihr Kraft. »Nun gut«, erwiderte sie, »vielleicht hast du ja recht. Immerhin ist es nicht ausgeschlossen, dass ich mich täusche.«

Sie lösten sich voneinander.

»Wie schätzt du diesen Dr. Bewel ein?«, fragte Michel.

»Es macht mir Sorgen, wenn ich an ihn denke. Er bräuchte nur den Mund zu halten, falls man ihn vernimmt; ich konnte ihm natürlich nicht sagen, wie er sich verhalten soll. Er weiß nicht, wer ich bin.«

»Was hast du von ihm erfahren?«

»Er hat mir erzählt, dass das Uran samt Gerätschaften nach Haigerloch in den Schwarzwald gebracht worden ist. Auch die wichtigsten Mitarbeiter haben sich dorthin abgesetzt.«

Michel nickte, er schien zufrieden. »Das ist eine sehr gute Nachricht«, sagte er.

Wie sie wusste, hatte er bereits vermutet, dass das Uranforschungslabor geräumt worden war und dessen wichtigste Mitarbeiter Berlin verlassen hatten. Der Hinweis auf das russische Interesse an dem Institut stammte von der Abwehr, aber da er selbst dort keine weiteren Informationen hatte in Erfahrung bringen können, hatte er Greta auf den Institutsmitarbeiter Bewel angesetzt, um seinen Auftraggebern sichere Angaben darüber machen zu können, was mit dem Uran und den Mitarbeitern des Kaiser-Wilhelm-Instituts für Physik geschehen war.

»Es hätte eine gute Nachricht sein können«, entgegnete Greta. »Doch die Information kommt wohl zu spät. Wie ich hörte, stehen die Russen schon vor den Seelower Höhen. Glaubst du etwa, Stalin wird seine Truppen stoppen, weil das Uran weg ist?«

»Ich werde die Information auf jeden Fall weitergeben«, erwiderte Michel. »Ein paar Dinge sind nun klar. Wenn die Amerikaner es wollen, können sie binnen 48 Stunden in der Stadt sein. Sie stehen an der Elbe, kaum 80 Kilometer entfernt. Wenn die Russen nur ein wenig in ihrem Bemühen nachlassen, als Erste Berlin einzunehmen, sind die Amerikaner vor ihnen da. Nach Westen hin existiert kaum noch eine nennenswerte Verteidigung.«

Nach Michels Ansicht war das Kaiser-Wilhelm-Institut für Physik der Hauptgrund dafür, weshalb Stalin Berlin durch seine Armee einnehmen lassen wollte, was er seinen westlichen Verbündeten natürlich verschwiegen hatte. Stalin wollte eine Uranbombe bauen, an der die Westalliierten bereits bastelten, doch besaß er in seinem großen Reich kein Uran oder hatte dort noch keines gefunden.

»Gibt es nicht die Möglichkeit, die Amerikaner über Stalins Anliegen zu informieren?«, fragte Greta. »Wenn sie erfahren, dass Stalin auf das Uran des Instituts scharf ist, werden sie ihm nicht gestatten, die Stadt einzunehmen. Dass das Zeug weg ist, braucht man sie ja nicht wissen zu lassen.«

»Ich habe keine Verbindung zu den Westalliierten«, sagte Michel. »Sie wäre äußerst schwierig herzustellen, wenn überhaupt. Die Überzeugungsarbeit, die notwendig wäre, um ihnen klar zu machen, worum es Stalin geht, kann ich nicht leisten. Nein, die Russen sollen erfahren, dass Stalins Plan, mehrere Tonnen Uraniumoxyd und alles Gerät und Material des Uranforschungslabors in seinen Besitz zu bringen, gescheitert ist. Dort kann die Information hilfreiche Wirkungen entfalten.«

Durch einen Spalt im Fenster sah sie nach draußen. Es war ein wunderschöner Frühlingstag. Es tat fast weh, mitansehen zu müssen, wie die Natur inmitten des Schreckens, der die Stadt beherrschte, erblühte, als wäre überhaupt nichts Ungewöhnliches geschehen.

»Hoffentlich war nicht alles umsonst«, seufzte sie. »Wann werden die Russen an der Stadtgrenze stehen, einmal angenommen, dass es so weiter geht wie jetzt?«

»In ein paar Tagen«, antwortete Michel, ohne zu zögern.

»Und wie lange wird Berlin sich dann noch verteidigen können?«

»Kaum länger als eine Woche, höchstens zwei.«

»Ich habe genug«, sagte sie. Es kam ihr alles plötzlich so sinnlos vor. »Von allem! Von dem Krieg, von der Spioniererei, von den Männern in Nellies Bordell! Ich habe die Schnauze voll. Ich mache nicht mehr mit! Am liebsten würde ich aus Berlin fliehen.«

Michel nahm sie in die Arme. »Man darf nicht aufgeben«, sagte er beruhigend. »Manchmal erscheint alles vergeblich und dabei ist man in Wahrheit schon kurz vor dem Ziel.« Er drückte sie ganz fest, sodass sie angenehm erbebte. »Habe ich nicht immer recht behalten, Liebes?«

Greta wurde nachdenklich. »Na ja, niemand ist unfehlbar«, sagte sie leicht dahin.

»Wenn man aufgibt, hat man schon verloren«, sagte Michel, »dann handelt man nicht mehr, sondern wird behandelt.«

Sein Gesicht war ihrem ganz nahe und sie spürte seinen Atem auf ihrer Haut. »Ich habe diese Stadt geliebt«, sagte sie, »ich liebe sie noch, es ist meine Heimatstadt, ich bin hier geboren, ich habe hier viel Schönes, aber auch viel Schreckliches erlebt. All das sind Gründe, die mich hier festhalten könnten; doch all diese Gründe zählen nicht mehr! Ich will fort! Ich will in den Westen!«

»Wer sagt denn, dass es dort besser ist?«

»Was von den Berlinern erwartet wird, ist doch klar. Sie sollen bis zum letzten Blutstropfen kämpfen. Wenn ich das täte, würde ich mich aufgeben und am Ende verlieren. Es ist so, wie du es sagst! Ich will deshalb in den Westen, weil ich mich nicht aufgeben will! Auf der anderen Seite der Elbe muss ich nicht bis zum letzten Blutstropfen kämpfen.«

»Denkst du ernstlich an Flucht?«

»Erst seit heute. Ich hatte immer noch Hoffnung, dass die Amerikaner vor den Russen ankämen. Doch inzwischen überwiegen meine Zweifel.«

»Noch ist nichts verloren! Du schätzt die Lage falsch ein!«

Greta fand es verwunderlich, wie gelassen Michel alles nahm. Ob nicht doch sie selbst es war, die sich irrte, weil sie unter all der Belastung, der sie ausgesetzt war, die Welt um sie herum falsch wahrzunehmen begann? War Berlin vielleicht doch noch nicht verloren?

Sie dachte wieder an den Mann in dem Lokal. Sah sie wirklich schon Gespenster? »Irgendwie schaffst du es immer, mich milde zu stimmen«, gab sie zurück. »Ich will keine übereilten Entschlüsse fassen.« Sie löste sich aus seiner Umarmung. »Wir müssen aufbrechen, wenn wir das Konzert nicht verpassen wollen«, sagte sie. »Ich habe mich extra fein gemacht.«

»Einverstanden.« Er lächelte charmant. »Es wäre wirklich schade, wenn die Leute dich nicht in deinem reizenden Kleid sehen könnten. Eine schöne Frau wie dich an meiner Seite zu haben, macht mich ganz stolz.«

Michel besaß einfach den besseren Überblick über die Vorgänge, die sich um sie herum ereigneten, sagte sie sich. Seine Nähe und seine Zuversicht taten ihr gut. Sie trat zum Schrank, nahm ihren Mantel und zog ihn über ihr Kleid, dann verließen sie die Wohnung.

Michels Horch war auf der Straße geparkt. In der Ferne hörte man das Grollen der Geschütze. Alles war frühlingshaft hell und mild. Inmitten der Ruinen hatte es zu blühen begonnen; sie hörten sogar die Vögel zwitschern.

Geschickt kurvte Michel den Wagen um die Trümmerberge herum. Kilometerweit passierten sie unzählige Ruinen und rauchgeschwärzte Häuser.

»Wie weit ist die Front noch entfernt?«, wollte Greta wissen.

»Mehr als 50 Kilometer«, gab Michel zur Antwort.

Auf den Straßen waren Menschen unterwegs, die von der Arbeit kamen. Das Leben in der Stadt ging auf eine gespenstisch anmutende Weise seinen normalen Gang.

»Reymann, der für die Verteidigung von Berlin zuständig ist, hat im Gespräch mit dem Führer im Bunker darauf hingewiesen, dass unter den dreieinhalb Millionen Einwohnern, die Berlin noch hat, 120.000 Säuglinge sind«, erzählte ihr Michel. »Hitler hat ihn fassungslos angestarrt und behauptet, es seien keine Säuglinge mehr in Berlin, worauf Goebbels, der mit Reymann einer Meinung war, meinte, es seien große Vorräte von Kondensmilch in der Stadt, und wenn Berlin eingeschlossen werde, könne man die Kühe ins Zentrum bringen. Worauf Reymann fragte, womit er denn die Kühe füttern solle.« Michel lachte. »Darauf hat Goebbels nichts mehr gesagt.«

Greta lachte. »Denen da unten im Bunker scheint allmählich der Bezug zur Realität abhanden zu kommen.«

Der Beethovensaal in der Köthener Straße war voll. Trotz allgemeiner Stromsperre brannten an den Wänden ein paar glanzvolle Lichter. Es gab eine Garderobe, doch die meisten Leute behielten ihre Mäntel an. Wenn es Bombenalarm gab, wollte man nicht noch nach seinen Sachen anstehen müssen. Greta zog ihren Mantel trotzdem aus und gab ihn an der Garderobe ab. Mit Alarm war ohnehin kaum zu rechnen. In der Regel blieb es am späten Nachmittag ruhig.

Es machte Greta nichts aus, dass sie in ihrer luftigen Schönheit sofort Aufsehen erregte. Im Gegenteil, die bewundernden Blicke taten ihr gut. Sie fühlte sich wundervoll, mehr bei sich selbst, obwohl sie ein wenig fror. Sie wusste, dass sie wie ein Wesen aus einer anderen Zeit wirkte, aber genau das wollte sie mit ihrem Auftritt erreichen. Es war ihr recht, dass ihre Erscheinung dazu beitrug, dass sich viele der anwesenden Offiziere in eine andere Welt versetzt fühlten und an ein Leben außerhalb von Krieg und Zerstörung dachten.

Der Dirigent Robert Heger leitete das Konzert der Philharmoniker und Michel erläuterte ihr das Programm. Es gab Auszüge aus der ›Götterdämmerung‹ von Wagner, Sinfonien von Beethoven und Bruckner. Gespielt wurde die ›Egmont-Ouvertüre‹, von Brahms das Doppelkonzert für Violine und Violoncello und von Strauss ›Tod und Verklärung‹.

Die Zuhörer lauschten schweigend und waren tief beeindruckt. Greta erging es nicht anders. Für den Augenblick vergaß sie ihr Erlebnis mit dem Gestapomann. Es gab Momente im Konzert, da hätte man wirklich glauben können, nicht mitten im Krieg zu sein.

Frieden! Oh, wie sehr sehnte sie sich danach! Würde es jemals wieder Frieden geben? Manchmal konnte sie nicht daran glauben. Überall lauerte der Tod, an jeder Ecke und zu jeder Zeit, in solchen Augenblicken war ihr, als könnte sich all das erst ändern, wenn Berlin vollständig von der Weltkarte verschwunden war. So wie Pompeji oder das alte Rom.

»Siehst du eine Möglichkeit, die Stadt zu verlassen?«, fragte Greta ihren Geliebten, als sie nach dem Konzert zurück zu ihrer Wohnung fuhren.

»Ich kann nicht fort«, sagte Michel. »Das wäre Fahnenflucht. Wer hinaus will, braucht einen Passierschein. Du könntest natürlich versuchen, einen zu bekommen. Wo willst du hin?«

»Ist doch egal! Ich werde schon etwas finden.« Sie seufzte. »Ach, ich weiß es nicht. Es ist so ein Gedanke, der mir in den letzten Tagen immer wieder kommt. Ich glaube, alle Berliner Frauen haben ihn. Man wird ja an jeder Straßenecke darauf hingewiesen, was die russischen Soldaten mit einem anstellen werden, sollten sie die Stadt einnehmen.«

»Das mit den Russen wird übertrieben«, entgegnete Michel. »Die westalliierten Soldaten sind keine besseren Menschen als die Soldaten der Roten Armee.«

»Die russischen Soldaten haben aber andere Erfahrungen mit den Deutschen gemacht als zum Beispiel die Amerikaner, in deren Land niemand einmarschiert ist. Ich brauche dir das nicht zu erzählen. Du bist selbst im Osten gewesen.«

Michels Miene verfinsterte sich. Greta wusste, dass er über seine Erlebnisse an der russischen Front nicht gerne sprach. Er war nicht ständig in der Verwaltung tätig gewesen, sondern in den vergangenen Jahren immer wieder einmal an die Front abkommandiert worden. Er war überzeugt gewesen, für eine bessere Sache zu kämpfen, als er gegen Stalin ins Feld gezogen war. Doch seine Erlebnisse hatten ihm den Glauben daran genommen, dass er für die Rettung des Abendlandes kämpfte. Gelegentlich hatte sie versucht, Näheres von ihm zu erfahren, aber er hatte stets ausweichend reagiert.

Die restliche Fahrt schwiegen sie, und als Michel den Wagen in der Giesebrechtstraße zwischen den Trümmern am Straßenrand parkte, war es dämmerig geworden. Die Eindrücke des Konzerts, das Gretas Stimmung für eine Weile erhellt hatte, waren schon wieder verblasst. Unruhe und Sorge meldeten sich zurück.

»Woher kann die Gestapo, dieser Kerl von mir wissen?«, fragte Greta ihren Geliebten, bevor sie aus dem Wagen stiegen. »Weshalb beobachtet er mich?«

»Der Mann in dem Lokal?« Michel blickte nachdenklich durch die Windschutzscheibe. Die Straße vor ihm lag im Schatten der Häuserzeilen. »Er kann von dir nicht mehr wissen, als dass du ein Gestapomädchen bist. Du musst dich irren! Er hat dich nicht beobachtet! Ich dachte, das Thema sei erledigt!«

»Kannst du dich auf deine Leute verlassen?«

»Was für Leute?«

»Die Russen! Die Leute in Moskau!«

Michel antwortete nicht. Sie kletterten aus dem Wagen, traten ins Haus und stiegen schweigend die Treppen hinauf.

»Leider kann ich nicht über Nacht bleiben«, sagte Michel, als Greta die Tür hinter ihm geschlossen hatte. »Ich werde im Amt benötigt.«

Greta seufzte. »Wofür denn noch? Es ist ja doch alles vergeblich.«

»Die Stadt muss verteidigt werden. Es gibt mehr zu tun denn je! Aber ein oder zwei Stunden Zeit haben wir noch.«

Greta atmete auf. »Gott sei Dank. Wenigstens reicht die Zeit noch ein wenig für uns.«

»Hast du noch Kontakt zu Fegelein?«, fragte Michel.

»Wahrscheinlich sehe ich ihn am Mittwoch bei Nellie«, gab Greta zurück. »So war es jedenfalls geplant. Sicher ist es nicht.«

»Fegelein gehört zur engsten Umgebung des Führers. Es ist wichtig für uns zu wissen, was in der Reichskanzlei vor sich geht. Der amerikanische Befehlshaber Eisenhower glaubt, dass Hitler sich auf seine Alpenfestung zurückziehen wird. Deshalb will er die Einnahme Berlins den Russen überlassen, während er selbst seine Truppen nach Bayern und Richtung Alpen marschieren lässt.«

»Du meinst, wenn sich herausstellen sollte, dass Hitler nicht nach Bayern gehen wird, könnte das Eisenhowers Entschluss noch ändern?«

Michel nickte. »Hitler hat einen riesigen strategischen Fehler begangen, als er den Kommandeuren im Westen befahl, alle Stellungen zu halten und nicht zurückzuweichen. Folglich werden nun im Westen immer mehr deutsche Truppenteile eingeschlossen, die Deutschland mehr genutzt hätten, wenn sie sich rechtzeitig auf weiter östlich gelegene Verteidigungsstellungen hätten zurückziehen dürfen. So schildern es jedenfalls unsere Verbindungsleute beim Oberkommando der Wehrmacht. Hitler wird Berlin nicht kampflos übergeben, heißt es, egal, wer die Stadt einzunehmen versucht. Manchmal könnte man denken, Hitler plane, den Westalliierten den Weg nach Berlin zu erleichtern. Seine Befehle führen jedenfalls dazu, dass die Briten zügig durch Norddeutschland marschieren und Berlin von Westen her einnehmen könnten. Die

Briten möchten das. Die Amerikaner aber wollen den Russen die Stadt überlassen.«

»Sagtest du nicht, du könntest keine Verbindung zu den Westalliierten herstellen?«

»Es ist für unsere eigenen Pläne von Bedeutung, über Hitlers Entschlüsse frühzeitig informiert zu sein«, erklärte Michel. »Egal, ob Hitler die Entscheidung trifft, in seine Alpenfestung zu fliehen oder bis zum Ende in Berlin zu bleiben, Fegelein wird es dir nicht verschweigen.«

»*Unsere eigenen Pläne*? Was für Pläne haben wir denn?«

»Das kann sich erst entscheiden, wenn der Fall eingetreten ist«, wich Michel ihr aus.

»Nur ist es dann wahrscheinlich zu spät.«

»Vertrau mir! Noch sind nicht alle Wege aus Berlin versperrt. Wo für die Bonzen und Goldfasane ein Weg ist, aus der Stadt zu entkommen, findet sich auch einer für uns.«

Greta zog ihren Mantel aus. »Es klingt, als hätten wir die Wahl zwischen Pest und Cholera!«, sagte sie. »Wenn Hitler in die Alpen flieht, ist der Krieg früher zu Ende, aber die Amerikaner überlassen den Russen die Stadt. Steht fest, dass er in Berlin bleibt, kommen die Amerikaner vielleicht hierher, anstatt nach Berchtesgaden zu marschieren, aber der Krieg dauert länger. Alles liegt in der Hand der Amerikaner. Was wir selbst veranstalten, ist gehüpft wie gesprungen.«

»Bleib an Fegelein dran!«, entgegnete Michel. »Hitlers Pläne frühzeitig zu kennen, kann viele Menschenleben retten. Die Kampfkraft der unteren Chargen wird nachlassen, wenn herauskommt, dass Hitler die Stadt verlassen wird. Es wird schnell die Runde machen, dafür werden ich und andere schon sorgen.«

»Hoffentlich haut der Führer bald ab!«, sagte Greta. »Das wäre mir das Liebste. Den meisten Berlinern wahrscheinlich auch. Es würde uns das Leben gewaltig erleichtern.«

Sie trat zu ihrem Geliebten und streckte sich ihm entgegen. »Ich habe keine Lust mehr, darüber zu reden, Michel. Schlaf jetzt mit mir! Das Vögeln mit dir ist so herrlich und das Einzige, was diese Tage erträglich macht.«

3. KAPITEL

Nellies Salon war kein gewöhnliches Bordell, sondern ein geheimes Etablissement, in dem SS-Offiziere ebenso wie Wehrmachtsgeneräle und ausländische Diplomaten verkehrten. Es war eines der letzten Überbleibsel einer Art, von denen es in Berlin einst eine ganze Reihe gegeben hatte. Es lag in einer Seitenstraße des Kurfürstendamms und war von Gretas Wohnung zu Fuß bequem zu erreichen.

»Es hat nicht jedermann Zutritt.« Ihre Kollegin Marlene Raulf hatte ihr von dem Klub erzählt, als sie beide noch Tänzerinnen an der Scala gewesen waren. »Du triffst dort interessante Männer. Natürlich musst du auch etwas für dein Geld tun, aber Hauptsache, du bist schön und gern ein bisschen nackt. Es ist jedenfalls viel besser, als in einer Fabrik dienstverpflichtet zu werden. Du kannst es ja einfach mal ausprobieren. Wenn es dir nicht gefällt, lässt du es eben wieder bleiben.«

Nachdem der Varietébetrieb an der Scala kriegsbedingt eingestellt worden war, hatte Greta nicht lange gezögert. Natürlich war ihr klar gewesen, dass sie in dem Etablissement nicht nur als schön anzusehende Bardame Konversation mit den Gästen betreiben würde; aber nachdem der Krieg in sein fünftes Jahr gegangen war, hatte sie die Aussicht, mit dem einen oder anderen der Männer im Bett zu landen, nicht mehr gestört. Rolf, ihr Verlobter, hatte sein Leben in Russland gelassen, und es gab keinen Mann außer ihm, dem sie hätte treu sein wollen. Jeder

Tag konnte der letzte sein. Sie war ein schönes Mädchen und wollte leben, solange es noch ging.

Die Atmosphäre in Nellies Bordell war nicht schmuddelig, sondern von einer gewissen frivolen Gediegenheit, und sie empfand den Umgang mit den meisten von den Männern, denen sie dort begegnete, als angenehm. Gretas Kolleginnen waren keine gewöhnlichen Prostituierten, vielmehr gehörten sie der Sorte Frauen an, für die die körperliche Liebe einen hohen Stellenwert besaß und die in Zeiten, in denen die Männer rar geworden waren, nicht auf erotische Kontakte verzichten mochten. Greta hatte jedoch bald durchschaut, dass das Amüsement der Gäste nicht der einzige Zweck des edlen Etablissements war, das ihr den Lebensunterhalt gewährte, sondern dass Nellies Salon als eine Art Börse für Nachrichtenbeschaffung diente. Marlene hatte ihr gegenüber eines Tages unumwunden eingeräumt, dass sie für den deutschen Geheimdienst arbeitete. »Es ist allgemein bekannt, dass die Männer in den Armen einer schönen Frau gesprächig sind«, hatte sie erklärt. »Du wirst wertvolle Informationen erfahren. Die Herren von der Abwehr sind einem ganz dankbar dafür. Warum soll man nicht ein wenig mit ihnen darüber plaudern, über das, was man so hört?«

Abwehr klang gut, besser als Gestapo; die Mitarbeiter der Abwehr waren wirklich nicht die schlechtesten Männer. Greta verstand sich bald blendend mit den Offizieren der Abwehr, dem militärischen Geheimdienst der Wehrmacht. Einer der Herren, die gute Kontakte zur Abwehr unterhielten, war Michel Greinz, der selbst der Abwehrabteilung des Reichssicherheitshauptamtes angehörte. Michel war ihr Geliebter geworden und die Verbindung zu ihm hatte Greta zu einer Doppelagentin gemacht. Sie hatte die Informationsbeschaffung in Michels Auftrag trotz gewisser Andeutungen, die er ihr gegenüber ab und an hatte fallen lassen, zunächst sportlich aufgefasst, und war erschrocken gewesen, als ihr bewusst wurde, dass ihr Geliebter wichtige Neuigkeiten mittels eines Kurzwellenfunkgeräts an den Feind weitergab. Doch da war es bereits zu spät gewesen. Es hatte sie nicht lange belastet. Sie hatte sich gesagt, dass sie durch ihr Tun dabei mithalf, den Krieg, der nicht mehr gewonnen werden konnte, schneller zu beenden, und sich zu keinem Zeitpunkt gegen die ihr zugewiesene Rolle gewehrt. Sie war gern mit Michel zusammen. Er war nicht nur ein wundervoller Liebhaber, sondern gehörte wie sie selbst zu den Menschen, für die die Gefahr eine erotische Komponente besaß, was ihrer Beziehung ein prickelndes Fundament verlieh.

»Hast du schon Pläne gemacht für die Zeit nach Nellie?«, fragte Greta ihre Kollegin Marlene, mit der sie an einem der Tische zusammensaß.

»Darüber mache ich mir keine Gedanken«, erwiderte Marlene. »Wenn es ganz schlimm kommt, schnappe ich mir einen gut aussehenden russischen Offizier, und der wird dann mein Beschützer. Lieber gehe ich mit so einem Mann freiwillig ins Bett, als dass ich zulasse, dass ein einfacher, dreckiger Soldat über mich herfällt.«

Marlene war ein blondes Gift mit hohen Beinen, einem wunderschönen Po und eines der teuersten Mädchen in Nellies exklusivem Bordell. Sie hatte Lachgrübchen im Gesicht und war ständig zu Scherzen aufgelegt. An den Abenden war sie gewöhnlich mit nichts weiter als einer weißen, spitzenbesetzten Schürze bekleidet, wie sie früher die Dienstmädchen in den Herrenhäusern trugen. Doch der Eindruck der reizenden blonden Unschuld, den sie hervorrief, täuschte. Marlene verfügte nicht nur über einen erstklassigen Körperbau, sondern auch über solide Sprachkenntnisse im Englischen, Französischen und Italienischen, was sie für ihre Agententätigkeit für den deutschen Geheimdienst bestens qualifizierte. Bevor Greta gekommen war, hatte sie mit Michel ein Verhältnis gehabt, und an der Art, wie die beiden miteinander umgingen, gewann Greta zuweilen den Eindruck, als ob noch immer ein recht intimes Einverständnis zwischen ihnen bestand. Heute trug Marlene unter der Schürze noch einen Rock, der ihr bis zu den Knien reichte.

»Ich bin nicht wie du, Marlene«, sagte Greta, »ich mache mir so meine Gedanken und die werden von Tag zu Tag düsterer.«

Marlene legte ihren Arm um Gretas Schultern. »Wir sollten keine Trübsal blasen! Lass uns ein wenig feiern! Wer weiß, wie lange wir es noch können! Wir schönen Mädchen haben es nicht leicht, auch wenn die Leute das immer denken. Immerhin können wir ein bisschen mehr Spaß haben als die anderen. Also machen wir es, wie die da drüben! Die feiern gerade ›Weltuntergang‹!«

In einer Ecke des Salons saß eine Gruppe angetrunkener SS-Offiziere mit zwei jungen Frauen zusammen. Die Frauen trugen kurze, weit ausgeschnittene Trägerkleider und wirkten, nicht anders als Greta und Marlene, mehr nackt als angezogen. Es ging hoch her. Der Champagner floss in Strömen. Die Frauen hatten ihre Finger zwischen den Beinen der Männer und diese die Hände unter den Kleidern der Frauen. Man sah Intimitäten, wie sie sich gewöhnlich in den Zimmern oder Separees abspielten. Greta wunderte sich darüber nicht mehr. Schon seit Tagen war nicht nur hier im Lokal, sondern auch an anderen Orten in der Stadt eine gewisse Rückhaltlosigkeit zu beobachten, eine Art von Sittenverfall, der ein untrüglicher Hinweis auf das bevorstehende Ende war. Sogar SS-Offiziere hatte Greta vom Untergang Roms sprechen gehört, und der Deutsche Gruß, mit dem man sich in Nellies Bordell ohnehin selten vorgestellt hatte, schien von Tag zu Tag mehr in Vergessenheit zu geraten.

»Ich mache mir Sorgen um Michel«, sagte Greta. »Am liebsten würde ich mit ihm zusammen aus der Stadt fliehen. Er sagt, dass er das nicht darf.«

Marlene zuckte mit den reizenden Schultern. »Ach, mein Schatz, denk als Erstes einfach mal an dich. Männer wie er müssen sich bald verstecken, doch du solltest dein Schicksal nicht mit seinem verknüpfen. Du bist doch eine Berlinerin! Sieh's praktisch, damit fährst du am besten.«

»Wieso muss Michel sich verstecken?«, fragte Greta, die hellhörig geworden war. »Etwa weil er der SS angehört? Er hat keine Angst vor den Russen; nur ist er eben Soldat und darf die Stadt nicht verlassen. Oder woran denkst du?«

»Habe ich ›verstecken‹ gesagt?«, fragte Marlene zurück. »Ich habe mich versprochen, ich meinte genau das, was du gerade sagtest. Michel ist allerdings ein Mitarbeiter des Reichssicherheitshauptamtes.«

»Das ist doch ein großes Amt mit zahlreichen Nebenstellen und Unterabteilungen. Man kann nicht jeden belangen, der zu diesem Amt gehört. Er gehört jedenfalls nicht der Gestapo an«, sie senkte ihre Stimme, »im Gegensatz zu uns.«

»Ich bin mit keinem Mann ins Bett gegangen, weil die Gestapo es wollte«, widersprach Marlene. »Allein weil ich es wollte. Indem ich die Fragen der Abwehr wahrheitsgemäß beantworte, erfüllte ich als deutsche Volksgenossin meine patriotische Pflicht! Darauf bin ich stolz! – Oh, da kommt Nellie!«

Die Chefin des Salons, in dem Greta und Marlene arbeiteten, war eine hochgewachsene schlanke Frau von Mitte 30, die trotz ihres stark geschminkten Gesichts etwas Preußisches hatte. Eine kerzengerade, aber nicht gezwungen wirkende Haltung zeichnete sie aus.

»Ihr beiden seid nicht nur meine schönsten, sondern auch meine treuesten Mädchen«, sagte Nellie, als sie sich zu ihnen an den Tisch setzte. »Was soll bloß aus mir werden, wenn das alles hier zusammenbricht? Es sieht leider jeden Tag mehr danach aus!« Sie ließ den Blick für einen Moment zu den laut feiernden Gästen schweifen. »Sodom und Gomorrha! Sogar hier! Habt ihr es schon gehört – der Angriff der Russen hat begonnen.«

»Die Leute reden ja von nichts anderem«, erwiderte Marlene. »Warten wir's mal ab. Noch sind sie ja nicht hier.«

»Überall liest man Berichte über Gräueltaten, die die vorrückenden Russen an deutschen Zivilisten, besonders an Frauen begehen«, meinte Nellie. »Glaubt ihr wirklich, das ist Propaganda?«

»Es ist nicht alles erfunden«, erwiderte Greta. »In Ostpreußen geschehen schreckliche Dinge! Wenn es dazu kommen sollte, dass die Rote Armee die Stadt einnimmt, gehen wir ungemütlichen Zeiten entgegen.«

»Man muss den Feind entschlossen bekämpfen«, gab Marlene zum Besten. »Todesmutig und tapfer. Es ist noch nicht zu spät. Die Wende kann noch herbeigeführt werden.«

»Es wird noch so weit kommen, dass ich den Laden dichtmachen und selbst in den Kampf ziehen muss«, sagte Nellie.

»Es gibt zu wenig Soldaten«, meinte Marlene, »warum sollen nicht auch wir Frauen kämpfen?«

Greta ließ den Blick über die Einrichtung schweifen. Der Salon war mit orientalischen Teppichen ausgelegt und nicht sehr hell, sodass ihm die für Etablissements dieser Art übliche schummerige Atmosphäre eigen war. Sofas und Klubsessel standen bereit, die mit hellrotem Saffianleder bezogen waren, und sieben oder acht runde schwarze Tische, von denen heute die meisten unbesetzt waren. Auf einem kleinen Podium in der Ecke stand ein Klavier. Den kleinen ungarischen Klavierspieler hatte Greta schon seit Tagen nicht mehr gesehen. Die zurückhaltende Blumendekoration, die Nellie Tag für Tag aufs Neue anzurichten verstand, fehlte auch heute nicht; ob es die letzte war, die der Salon erlebte?

»Na, schönen Dank!«, sagte Nellie. »Mir reicht's, dass unsere Jungs sterben müssen. Lieber gebe ich mir selbst die Kugel! Ach, lasst uns etwas trinken! Wir wollen Abschied feiern! Es bleibt uns nichts anderes übrig.«

»Die Zeit dafür ist wohl gekommen«, meinte Marlene.

»Hol uns den Champagner«, sagte Nellie zu ihr. »Ich habe noch zwei Kisten davon. Wenn wir ihn nicht trinken, saufen ihn bloß die Russen aus. Dafür ist er zu schade.«

»Wenn der Tag zur Nacht wird, muss man sich mit dem Feiern anpassen«, sagte Marlene und stand auf. »Wir werden siegen – so oder so!«

Marlene, die als einzige guten Mutes schien, war eine überzeugte Nationalsozialistin, was man ihr gewöhnlich nicht anmerkte; doch Greta war schon vor längerer Zeit klar geworden, dass es sich genau so verhielt. Marlenes Einstellung schien einer der Gründe dafür zu sein, weshalb Michel sich von ihr abgewandt hatte. Gesprochen hatte sie darüber aber weder mit Michel noch mit Marlene.

»Ich halte es nicht mehr aus, Greta«, sagte Nellie, als Marlene den Tisch verlassen hatte. »Ich bin verzweifelt. Was soll ich nur tun?«

»Man kann noch raus aus der Stadt«, erwiderte Greta, »es ist nicht zu spät, noch sind ein paar Wege offen, du musst dir halt einen Passierschein besorgen.«

Nellie schüttelte den Kopf. »Wo soll ich hin? Ich war immer in Berlin, alle meine Freunde leben hier, ich kenne fast niemanden außerhalb der Stadt.«

»Irgendwie geht es schon weiter, Nellie. Wir dürfen nicht aufgeben.«

»Wir sitzen in der Falle, Greta«, sagte Nellie. »Wohin ich auch blicke, nirgendwo sehe ich einen Ausweg, nicht einmal ein schwaches Licht. Bis gestern hatte ich noch Hoffnung, dass die Engländer oder die Amerikaner nach Berlin marschieren würden, aber jetzt habe ich diese Hoffnung nicht mehr, es ist vorbei! Das Ende durch die Rote Armee kommt mit schnellen Schritten!«

»Auch die russischen Offizieren lieben eine feine Adresse«, sagte Greta.

»Das wird nicht meine sein«, erwiderte Nellie. »Die Russen wissen sicher, dass bei mir regelmäßig SS und hohe Offiziere verkehrten. Den Folgen, die das für uns haben kann, will ich mich nicht aussetzen. Ich werde schließen. Ich mache den Laden dicht.«

Es versetzte Greta einen Stich, dass ausgerechnet die selbstsichere und unerschütterliche Nellie ihren Mut verlor. Jeder hatte geahnt, dass die Tage von Nellies Edelbordell gezählt waren, aber es war das erste Mal, dass sie offen darüber sprachen. Der Salon war für Greta immer eine andere Welt gewesen; eine mondäne Welt, in der man selbst in den vergangenen Wochen und Monaten kaum glauben mochte, dass draußen Krieg herrschte. Doch nun, da die feindlichen Truppen fast vor der Tür standen, war es auch mit dieser letzten Illusion vorbei, die ihr noch verblieben war. Die Selbstsicherheit und Souveränität, die Nellie sich in den vergangenen Wochen und Monaten stets bewahrt hatte, als könne nichts auf der Welt ihr Etablissement und sie selbst erschüttern, waren mit einem Male dahin.

Marlene kam mit dem Champagner an den Tisch zurück. Zu dritt stießen sie an.

»Was immer kommen mag, Nellie«, sagte Greta, die sich ihre Beklommenheit nicht anmerken lassen wollte, »wir hatten bei dir eine schöne Zeit! Unsere Erlebnisse und Erinnerungen kann uns niemand mehr nehmen.«

»Das hast du schön gesagt, Greta«, meinte Nellie und leerte ihr Champagnerglas fast in einem Zug. »Ach, wie fern sind all meine Träume.«

Die Türklingel ging und Nellie stand auf, um zu öffnen.

»Sieh da, welch unerwarteter Gast«, sagte Marlene mit Blick zur Tür. »Ob Fegelein uns helfen kann?«

SS-Gruppenführer Hermann Fegelein, der dem Führerhauptquartier angehörte und in der unmittelbaren Umgebung des Führers Dienst verrichtete, hatte den Salon betreten. Er grüßte die Runde der feiernden SS-Offiziere und ihrer Damen und winkte abwehrend, als die Herren sich erheben und salutieren wollten, dann blickte er durch den Raum und kam, wie Greta es nicht anders erwartet hatte, zu ihnen an den Tisch.

»Servus, ihr beiden Schönen«, grüßte er sie jovial, »ihr habt sicher nichts dagegen, wenn ich mich zu euch setze.« Ohne eine Antwort abzuwarten, ließ er sich auf dem freien Stuhl nieder und warf seine Mütze auf den Tisch. »Gott, was bin ich froh, dass es euch hier noch gibt! Ich ertrage das Leben nur noch, solange ich mich unter euch Damen aufhalte. In der Reichskanzlei sind alle verrückt geworden. Ich mag Kameraden und Uniformen nicht mehr sehen.«

»Wie steht es um Berlin, Herr Fegelein?«, fragte Marlene, die den SS-Mann ebenfalls gut kannte. »Wir zwei machen uns große Sorgen.«

»Ach was!«, winkte Fegelein ab. »Gar kein Grund! Die Offensive der Roten Armee ist ins Stocken geraten. Der Angriff konnte zurückgeschlagen werden. Die Russen hängen an den Seelower Höhen fest.«

Fegelein war ein gut aussehender Mann, ein Frauenheld und notorischer Schürzenjäger, der mit einer Frau verheiratet war, die die Schwester von Hitlers angeblicher Geliebten war. Greta hatte nicht gewusst, dass Hitler eine Geliebte hatte, aber Fegelein hatte es ihr bei einem seiner Besuche erzählt; angeblich ein blondes Münchner Mädel namens Eva, die die Mätresse des Führers sei, ein ganz reizender Schatz. Greta hatte den SS-Gruppenführer ungläubig angesehen, doch Fegelein hatte erklärt, dass er die Wahrheit sage und nicht übertreibe, also musste es wohl tatsächlich so sein.

»Die Russen werden nicht aufgeben, sondern einen neuen Versuch unternehmen«, erwiderte Greta.

»Damit muss man allerdings rechnen«, seufzte Fegelein. »Aber bevor wir weiter über solch unerfreuliche Dinge reden, muss ich erst einmal etwas trinken.«

Nellie war schon unterwegs, um ihm ein Glas zu bringen. »Ich wünsche Ihnen einen angenehmen Aufenthalt in meinem Salon, Herr Fegelein«, sagte sie, »fühlen Sie sich wie zu Hause bei uns.«

»Mein Zuhause ist ein Bunker«, lachte er, »so hoch wie hier geht es da nicht her!« Er warf einen neuerlichen Blick auf die beiden feiernden Pärchen in der Ecke. »Aber recht ist's. Man muss jede Gelegenheit nutzen, um es sich gut gehen zu lassen, sonst erträgt man das Leben nicht mehr.«

»Ich werde mich ein wenig um die Herrschaften da drüben kümmern«, meinte Nellie, »mir scheint, es ist an der Zeit, dass sie die Separees aufsuchen. Einstweilen lasse ich Sie mit meinen beiden schönen Freundinnen allein.«

Marlene hob ihr Glas und lächelte charmant. »Ach, Herr General, ist Ihr Leben denn so schwer?«, flötete sie ihm zu.

»Wenn ihr wüsstet!«, sagte Fegelein. »Ich tue, was ich kann, um weiteren Schaden von Deutschland abzuwehren, aber es wird einem wahrlich nicht leicht gemacht.«

»Ist der Führer noch in Berlin?«, fragte Marlene. »Wie ich hörte, soll er in einen Bunker unter der Reichskanzlei umgezogen sein.«

»Ja, auch er nennt einen Bunker sein neues Zuhause«, bestätigte Fegelein. »Ich hoffe, nicht mehr lange. Womit ich nur sagen will, dass er hoffentlich bald diese furchtbare Gruft dort unten verlässt.«

»Wo kann er denn hingehen?«, fragte Greta. »Wo in Berlin ist er sicher?«

»Wenn es nach mir ginge, sollte er Berlin zügig verlassen, egal wie, Hauptsache schnell, man kann es ja noch, nicht nur mit dem Flugzeug, sondern sogar mit dem Wagen. Doch es muss nun bald geschehen. Irgendwann ist Schluss! Ich gebe euch ja recht, die Lage ist brenzlig und wird nicht mehr besser. Der Führer ist leider noch unentschlossen.«

»Können Sie den Führer nicht davon überzeugen, Berlin zu verlassen?«, fragte Greta. »Sie kennen ihn doch gut! Wenn er auf den Obersalzberg geht, wäre er doch sicher.«

Fegelein griff zu der Champagnerflasche. »So einfach ist es nicht. Ich bin nicht sein einziger Berater. Herr Goebbels redet ihm zu, er solle in Berlin bleiben und hier heldenhaft siegen oder untergehen. Der Herr Minister hat gut reden. Na ja, nicht ohne Grund ist er Propagandaminister geworden. Man kommt schwer gegen ihn an, um nicht zu sagen, gar nicht.«

»Gibt es keine Hoffnung, dass der Führer Berlin verlässt?«

»Ich habe diese Hoffnung noch! Übermorgen ist Führergeburtstag. Da kommen sie alle zum Gratulieren! Ich hoffe, dass es gemeinsam gelingen wird, ihn zu überzeugen, dass wir zurück nach Bayern müssen.«

»Und Sie selbst?«, fragte Greta. »Was werden Sie selber tun?«

Fegelein trank von dem Champagner. »Ich habe entschieden nicht die Absicht, hier in Berlin zu sterben«, knurrte er leise, als er das Glas wieder abgesetzt hatte. »Mehr möchte ich dazu nicht sagen.«

»Noch kann Deutschland den Krieg gewinnen«, meinte Marlene. »Daran glaube ich! Und zwar ganz fest!«

»Ich will ja niemandem seinen Glauben nehmen«, meinte Fegelein und trank sein Glas halb leer, »aber ... lassen wir den Krieg mal draußen vor der Tür! Ich bin ja nicht hier, um meinen Glauben zu bekennen oder über die Zukunft zu spekulieren, sondern ...«, er grinste, »sondern wegen euch!«

»Wegen uns?«, fragte Marlene. »Wen von uns meinst du denn, tapferer Herr General? Etwa uns beide?«

Fegelein leerte das Glas und stellte es auf den Tisch, dann lächelte er und sah Marlene direkt an. »Ja, ich meine euch beide. Ich kann mich nämlich nicht zwischen euch entscheiden!«

Marlene lächelte kokett zurück. »Mit uns beiden zusammen ist ziemlich teuer«, lächelte sie ihm zu.

»Alles kostet was«, sagte Fegelein. »Und Qualität hat ihren Preis. Nicht dass ich im Geld schwimmen würde, doch heute habe ich einen guten Tag und leiste mir euch beide!« Er blickte sich verschwörerisch um. »Bei Frauen wie euch lasse ich mich nicht lumpen, deshalb habe ich euch etwas ganz Besonderes mitgebracht.«

»Was ist es?«, fragte Marlene, die ehrlich neugierig schien.

»Nicht hier«, sagte er, »kommt, wir gehen in eines der Separees, dort werde ich es euch zeigen.«

»Ach, du willst uns hereinlegen, Hermann«, sagte Marlene, »du denkst, wenn wir erst mal oben sind, bekommst du von uns, was du haben möchtest, wir jedoch …«

Fegelein beugte sich vor. »Heute bezahle ich euch mit Devisen«, sagte er leise, »mit Dollars, dafür, dass ich euch beide zusammen bekomme. Ihr habt euer Vergnügen und bekommt es gut bezahlt. Was wollt ihr mehr!«

»Na, da können wir ja kaum noch Nein sagen«, meinte Marlene und richtete die Augen auf Greta. »Wollen wir?«, lächelte sie ihrer Freundin bezaubernd zu. »Magst du auch Spaß haben, Liebes – mit ihm – und mit mir?«

Zu einer Abschiedsfeier gehörte es dazu, dachte Greta, und ein paar Devisen zu besitzen, war in diesen Tagen wahrscheinlich nicht schlecht.

»Ach ja, mir ist schon danach …«, lächelte sie nicht minder bezaubernd zurück.

»Also, ihr beiden, worauf warten wir dann noch?«, fragte Fegelein. »Den Champagner nehmen wir mit. Wir brauchen noch eine weitere Flasche. Hoffentlich lassen die Amerikaner uns mit ihren verdammten Bomben in Ruhe.«

4. KAPITEL

Greta erwachte mit einem Ruck. Im ersten Moment wusste sie nicht, wovon sie hochgeschreckt war. Mühsam versuchte sie ihre Gedanken zu ordnen. Was war passiert? Sie stützte sich mit den Ellenbogen auf der Matratze auf und begriff, dass sie in ihrer Wohnung war. Verdammt! Am liebsten wäre sie in die Kissen zurückgesunken und im Bett geblieben, doch unerbittlich wurde ihr die Unmöglichkeit dieses Wunsches klar. Fliegeralarm! Sie musste in den Keller!

Sie hatte mehr Champagner getrunken, als gut für sie war, wurde ihr schmerzlich bewusst. Sie war nicht wirklich betrunken gewesen, doch als sie in ihrer Wohnung angekommen war, hatte sie die Müdigkeit übermannt. Sie hatte sich auf ihr Bett gelegt und war sofort eingeschlafen.

Draußen herrschte die Stille vor dem Sturm. Seit der Luftwarnung war schon eine gewisse Zeit vergangen. Der Angriff stand unmittelbar bevor. Sie hatte schon viele Luftangriffe miterlebt und wusste um die Angst, die auf dem Grunde des menschlichen Herzens lauerte. Trotzdem rang sie einige Momente mit sich. Es wäre nicht das erste Mal, dass sie dem Alarm nicht gefolgt und während eines Luftangriffs in der Wohnung geblieben war. Doch niemals war sie aus Trägheit in der Wohnung geblieben, jedes Mal war es geschehen, als Michel bei ihr gewesen war und sie beschlossen hatten, um ihrer Lust und Liebe willen das Risiko einzugehen.

Sie hörte die hastigen Schritte von Nachzüglern, die auf der Flucht in die Kellerräume waren, und sprang aus dem Bett. Sie schlüpfte in die Schuhe, griff sich ihren Mantel und eilte ins Treppenhaus.

Von irgendwo vernahm sie das Geräusch von Luftminen, das Trommeln und die merkwürdig flapsigen Geräusche, die dem furchtbaren Augenblick des Einschlags und der Explosion vorausgingen. Dann hörte sie die erste Detonation. Sie war nahe, wenn auch nicht so nahe, dass sie das Haus in Mitleidenschaft gezogen hatte. Glück gehabt. Sie lief hinunter in den Keller und fand Schutz, bevor weitere Bomben fielen.

Das Licht der Lampen fiel auf weißgekalkte Mauern. Ungefähr 50 Männer, Frauen und Kinder waren in dem Keller versammelt, aus dem mit Ausnahme der hölzernen Bänke alles Brennbare entfernt worden war.

Sie zog ein paar missbilligende Blicke auf sich. Es waren die Blicke derjenigen, die sie für ein Flittchen hielten, für die Geliebte eines SS-Offiziers, und die SS war eine Organisation, die bei den meisten Leuten in keinem guten Ansehen mehr stand. Andere Gesichter wirkten versteinert. Sie waren Ausdruck des inneren Zwangs zur Selbstbeherrschung, zu der die nächtlichen Fluchten die Menschen zwangen. Es wurde kaum gesprochen, auch Greta beteiligte sich an den wenigen Unterhaltungen nicht. Zwischen den Einschlägen der Bomben vernahm man nur das Surren des Notdynamos, der durch ein fest stehendes Fahrrad in Betrieb gehalten wurde, das der Luftschutzwart in stoischer Ruhe bediente. Greta beneidete ihn ein wenig, denn der Mann hatte wenigstens etwas zu tun.

Die Spannung war quälend und ohne Pausen; man konnte an nichts anderes denken als an den Wunsch, der Kelch möge schnell wieder an einem vorübergehen. Es war ein Zustand, an den man sich nie gewöhnte, sooft er sich auch wiederholte, genauso, wie man sich an Schmerzen nie gewöhnte. Obwohl der Luftschutzkeller der sicherste Raum des Hauses war, empfand Greta mehr Angst hier unten als oben in ihrer Wohnung.

Zum Glück entfernten sich die Einschläge bald. Das Zentrum des Angriffs schien weiter im Osten zu liegen oder sich nach dort zu verschieben. Schon nach einer guten halben Stunde folgte die Entwarnung. Einige Leute erhoben sich, andere sanken lediglich auf ihre Kissen und Decken zurück. Die Leute, die sich niederlegten, rechneten damit, dass es nicht der einzige Luftalarm dieser Nacht bleiben würde, und zogen es vor, die nächsten Stunden im Keller zu verbringen.

Greta kehrte in ihre Wohnung zurück und kroch in der Hoffnung, noch ein paar Stunden schlafen zu können, unter die Decke. Sie schlummerte ein, aber nicht fest, stattdessen versank sie in unruhigen, mit dunklen Vorahnungen erfüllten Träumen. Sie träumte von Michel, wie er vor vermummten Verfolgern, die ihn verhaften wollten, aus einem Luftschutzkeller in die S-Bahn floh, und als sie erwachte, hatte sie das Gefühl, es sei alles kein Traum gewesen, sondern Michel wäre wirklich etwas Schreckliches passiert.

Wenn sie allein schlief, sprang sie gewöhnlich nach dem Aufwachen sofort aus dem Bett, doch heute blieb sie liegen und betrachtete im Licht des heller werdenden Morgens die gerahmten Fotografien auf der Kommode gegenüber ihrem Bett.

Rolf, ihr Verlobter, war mit seinem hellblonden Haar und seiner bronzefarbenen Haut ein Arier gewesen, wie er im Buche stand. Ach, wie hatte sie ihn geliebt! Mit ihm hatte sie eine Familie gründen und Kinder haben wollen, und hätte es diesen verdammten Krieg nicht gegeben, hätte sie sicher schon ein oder zwei gehabt. Pustekuchen! Der Führer brauchte Lebensraum im Osten und Rolf war bei dessen Eroberung im Frühsommer 1943 gestorben.

Nicht gestorben, sondern elendig verreckt, dachte sie bitter. Ein Kamerad hatte ihr auf seinem Heimaturlaub berichtet, was geschehen war. Im Schützengraben hatte er den schwer verletzten Kameraden gefunden. Er solle nicht beschönigen, hatte Greta zu ihm gesagt, und Rolfs Kamerad hatte nichts beschönigt. »Es war ein grauenvoller Anblick. Erschütternd war, wie er mich immer wieder anflehte, ihn doch zu erschießen oder ihm eine Pistole zu geben – so furchtbar waren seine Schmerzen. Immer wieder fragte er nach dir und bat mich, dir seine letzten Grüße auszurichten. Am Morgen ist er dann gestorben.«

Ihr Blick wanderte zu den anderen Fotos, die gerahmt auf der Kommode standen, zu den Fotos ihrer Eltern und zu dem Foto von Dörte, ihrer um zwei Jahre jüngeren Schwester. Dörte war ganz anders als sie, nicht so schön, wenn auch recht hübsch, vor allem viel zurückhaltender und nicht so draufgängerisch und verwegen wie Greta. Hoffentlich würde Dörtes Freund es schaffen, den Krieg zu überleben, dachte sie; es war furchtbar, wie viele Männer im Kampf fielen. Wo sollten denn all die Frauen einen Mann hernehmen, wenn alle an der Front ihr Leben ließen? Meistens erwischte es auch noch die Besten. Sehr viele Frauen würden keinen passenden

Gefährten mehr finden. Armes Deutschland! Nein, deine Zukunft versprach nichts Gutes, ganz egal, wie man es drehte und wendete.

Auf einem der Fotos war ihr Vater bei einem Zeltlager der Steglitzer Wandervogel-Bewegung in Badehose zu sehen. Sportveranstaltungen und Freilichtaufführungen, Lagerfeuer und Sonnenwendfeiern waren seine Welt gewesen, und in Gretas Mutter hatte er eine Gleichgesinnte gefunden. Ihr Vater war ein rebellischer und eigensinniger Mensch gewesen, hatte sie von ihrer Großmutter gehört, aber sie fand, wenn sie das Foto betrachtete, dass er als junger Mann sehr gut ausgesehen hatte, und sie mehr noch von ihrem Vater als von ihrer Mutter ihre Schönheit geerbt hatte. Rolf, ihr Verlobter, war ihm nicht unähnlich gewesen.

Ihr Vater hatte als Polizeisportlehrer gearbeitet und war einer der Ersten gewesen, die in Berlin die Schüler in der japanischen Kampfsportart des Jiu-Jitsu unterrichtet hatte. Seine beiden Töchter hatte er mit seiner Sportbegeisterung angesteckt. Als Kind hatte Greta begonnen, Ballett zu tanzen, aber auch im Turnen, in der Leichtathletik und im Kampfsport hatte sie ihr Talent unter Beweis gestellt. Bereits mit 13 Jahren hatte sie zusammen mit ihrem Vater und einem anderen Jungen Jiu-Jitsu-Kunststücke auf einer Varietébühne vorgeführt. Es war ihr erster, früher Kontakt zur Bühne gewesen und was sie dort erlebte, hatte sie fasziniert. Dass sie eine Tänzerin wurde, hatte ihr Vater für sie jedoch nicht vorgesehen, und mit der Aufnahme dieses Berufs hatte ihre Entfremdung zum geliebten Vater begonnen, ohne dass sie es am Anfang recht bemerkte. Im Jahre 1941 hatte sich der Vater von der Mutter getrennt und war zu seiner neuen Freundin nach Leipzig gezogen. Seitdem war sie dem Vater nur zwei- oder dreimal begegnet. Immerhin hatte der Umzug ihm wahrscheinlich das Leben gerettet, dachte Greta; sonst wäre er wahrscheinlich genauso wie die Mutter bei dem schrecklichen Bombenangriff vom Februar ums Leben gekommen.

Der Krieg hatte Gretas Karriere als Tänzerin beendet, und nun neigte sich ihre lukrative Tätigkeit in Nellies Amüsiersalon dem Ende zu. Was kam nun? Die Flucht? Oder etwa der Tod? War es ihr genauso bestimmt, in der Blütezeit ihres Lebens zu sterben, wie so viele anderen Menschen in diesem Land? Sie war noch jung genug, um eine Familie zu gründen, doch sie bezweifelte immer öfter, dass es dazu kommen würde. Es war ihr zwar besser ergangen als ihrem toten Geliebten, aber sie war ein gebranntes Kind. Nach Rolfs Tod und spätestens mit ihrem Wechsel von der Scala zu Nellie hatte sie sich auf einen Weg begeben, der sie aus soliden Verhältnissen weggeführt hatte und eine Umkehr aussichtslos erscheinen ließ.

Obwohl sie gern an eine gemeinsame Zukunft mit Michel geglaubt hätte, legte sich bei dem Gedanken daran eine eisige Klammer um ihr Herz. Ein grausiges Geschick würde ihr auch diesen Geliebten nehmen, das spürte sie. Unsinn, schalt sie sich ob ihrer trüben Gedanken. Heute Abend würde Michel zu ihr kommen und sie würden sich wieder lieben, die ganze Nacht lang, und kein Bombenangriff, das nahm sie sich vor, würde sie in den Keller bringen.

Als sie aufstand und aus dem Fenster blickte, war es bereits ein schöner, frühlingshafter Tag, wie man ihn früher gern in der Natur verbrachte hätte. Sie bereitete sich ein karges Frühstück; zwei Scheiben Brot, die sie mit Margarine bestrich. Sie besaß noch ein paar Flaschen Fachinger, die sie von Nellie bekommen hatte; doch sie musste haushalten. Die öffentliche Wasserversorgung funktionierte mehr schlecht als recht, die Leute standen mit Eimern in Schlangen an den Brunnen für ein wenig Wasser an.

Sie war gerade mit dem Essen fertig, als wieder die Sirenen losheulten. Sie fluchte, schlüpfte in ihren Mantel und eilte in den Keller, wo sie fast eine Stunde zubringen musste, bis die Entwarnung kam. Auch dieses Mal hatte der Berliner Westen nicht im Zentrum des Angriffs gestanden. Sie holte Einkaufstasche und Eimer aus ihrer Wohnung und begab sich in der Hoffnung nach draußen, sich in der Nachbarschaft mit dem Notwendigsten versorgen zu können.

Es war selbst am Tage nicht ungefährlich, auf den Berliner Straßen unterwegs zu sein. Vor den Bäckerläden standen die Menschen für Brot an und vor den Brunnen und anderen Geschäften bildeten sich lange Schlangen. Um Lebensmittel oder Wasser anzustehen, war gefährlich. Stets musste man mit einschlagenden Granaten rechnen; aber das Grollen der Artillerie, das immer näher kam, machte einem unmissverständlich klar, dass es eine der letzten Gelegenheiten sein mochte, sich mit Essbarem und Wasser einzudecken.

Greta sah allenthalben in sorgenvolle Gesichter und die herrliche Frühlingssonne war nicht geeignet, die Stimmung zu verbessern. Sie erfuhr, dass die Russen die Seelower Höhen genommen hatten. Die Leute sprachen davon, dass die Rote Armee begonnen hätte, die Stadt einzukesseln. Schon bald würde man nicht mehr hinauskönnen, hieß es, und schon jetzt sei es schwierig und nur unter großen Gefahren möglich.

Das Gespräch in der Warteschlange kam auf die Straßenbarrikaden, die an allen Ecken und Enden der Stadt errichtet wurden.

»Ob die lange halten?«, fragte eine alte Frau.

»Die halten genau zwei Stunden und drei Minuten«, sagte eine andere.

»Wieso genau zwei Stunden und drei Minuten?«, fragte die erste.

»Zwei Stunden können die Russen vor Lachen nicht angreifen und drei Minuten brauchen sie, um die Sperren zu überwinden.«

Galgenhumor war immer noch besser als gar kein Humor, dachte Greta, und nachdem es ihr gelungen war, sich mit Wasser und Brot zu versorgen, kehrte sie mit dem Gefühl, dass ihr Ausflug nicht vergebens gewesen war, in ihre Wohnung zurück.

Sie griff nach einem Roman, um sich durch die Lektüre von Krieg und Sorgen abzulenken. Eine Weile gelang es ihr, dann begannen die Buchstaben vor ihren Augen zu tanzen, sodass sie die Lider schloss, um sich von der Erschöpfung, unter der alle Bewohner der Stadt latent litten, ein wenig zu erholen.

Sie wartete auf Michel. Zwei Tage waren seit seinem letzten Besuch vergangen. Heute Abend rechnete sie fest mit ihm. Doch ständig lebte sie mit der Angst, etwas Furchtbares könnte verhindern, dass er sie besuchte und sie sich liebten. Auch seine Dienstgeschäfte konnten dazwischen kommen; so war es in den letzten Wochen mehrfach passiert. Am liebsten hätte sie es gehabt, wenn er immer bei ihr gewesen wäre.

Während der Nachmittag voranschritt, sah sie immer wieder zur Uhr und zu dem schwächer werdenden Licht, das von draußen in ihre Wohnung drang. Die Fenster ihrer Wohnung hatten keine Scheiben mehr und waren mit ein paar Latten notdürftig gegen Kälte und Regen geschützt. Aber durch offene Spalten zwischen den Brettern fiel das Sonnenlicht herein und erhellte die Wohnung tagsüber leidlich.

Die Zeit verrann langsam, immerhin blieben Fliegeralarme aus. Die Zeit der Bombenangriffe ging wohl wirklich zu Ende, und sie würden noch weniger werden oder ganz aufhören, sobald die feindlichen Soldaten die Stadtgrenzen überschritten hatten.

Michel kam kurz vor der Verdunkelung.

»Michel!« Ihr fiel ein Stein vom Herzen. »Du bist wohlauf?«

Er lächelte. »Warum nicht? Gut, ich weiß, in unserer Zeit kann jeder Tag der letzte sein.«

»Letzte Nacht habe ich geträumt, du seist verhaftet worden. Ich habe eine solche Angst um dich!«

Er drückte sie an sich. »Es ist alles in Ordnung, mein Schatz.«

Michel hatte eine Flasche Wein, außerdem Weißbrot und Wurst mitgebracht. Richtige Delikatessen. Es war viel wert, wenn man Beziehungen besaß, und wer sie nicht hatte, war in diesen Tagen arm dran.

Michel gab ein paar von den neuen Gerüchten zum Besten, die in seinem Amt und in der Stadt kursierten, aber da sie nichts Gutes verhießen, hörte Greta kaum hin.

»Michel, nimm es mir bitte nicht übel«, flüsterte sie nach einer Weile, »ich möchte dich etwas fragen.«

»Was ist es?«

Sie sprachen wieder sehr leise miteinander, wie sie es in der Wohnung immer taten.

»Ich mache mir so meine Gedanken wegen Marlene Raulf. Sie hat eine fanatische Ader. So schön und lieb sie ist, manchmal frage ich mich doch, ob wir ihr wirklich trauen können.«

»Wann hast du sie gesehen?«

»Gestern, bei Nellie.«

»Hat sie dir etwas Böses getan? Seid ihr aneinander geraten?«

»Nein, das nicht.« Wir haben uns sogar geliebt, dachte Greta, ließ es aber unerwähnt. »Es sind ihre Äußerungen, die Andeutungen, die sie macht. Ich glaube, sie würde jeden an die Gestapo verraten, von dem sie den Eindruck hat, dass er mit dem Feind kollaboriert, uns eingeschlossen. Sie hält es wahrscheinlich für ihre Pflicht, und hinzu kommt noch ...«, Greta zögerte, bevor sie hinzufügte: »Ich werde das Gefühl nicht los, dass sie eifersüchtig auf mich ist.«

Michel starrte zum Fenster. »Nein, da kennst du sie schlecht«, sagte er schließlich, »so ist sie nicht! Sie hat auch keinen Grund dazu.«

»Schläfst du noch mir ihr?«

Michel lächelte und sah eine Weile vor sich hin. »Wäre es schlimm, wenn es so wäre?«

Greta sah zum Fenster. »Nein, du hast recht! Wir haben uns gegenseitig nichts vorzuwerfen, was diese Dinge angeht, die Zeiten sind eben nicht normal. Aber was, wenn sie dich immer noch liebt, Michel? Wenn sie anders darüber denkt als ich? Wenn sie sich von dir zurückgesetzt fühlt? Hältst du es nicht für möglich, dass sie mich gegenüber einem ihrer vielen Bekannten bei SS oder Gestapo angeschwärzt hat?«

»Was soll ich denn tun?«, antwortete Michel mit einer Gegenfrage. »Soll ich ihr ins Gewissen reden, nur weil du ein ungutes Gefühl hast, wegen diesem Menschen in dem Lokal neulich, der vermutlich ganz harmlos war. Das ist doch der Grund, weshalb du sie verdächtigst. Du machst dir immer noch Sorgen wegen dieser Begegnung? Das solltest du nicht!«

»Ach, Michel, wenn es nun doch einen Verdacht der Gestapo gegen mich gibt, oder einen Verdacht gegen dich?«

»Wenn man mich ernsthaft verdächtigen würde, für den Feind zu arbeiten, wäre ich längst verhaftet worden.«

»Glaubst du, es schützt dich, dass du ein Mitarbeiter des Reichssicherheitshauptamtes bist?«

»Nein! Als Mitarbeiter des Reichssicherheitshauptamtes ist man nicht automatisch unverdächtig. Die Gestapo traut niemandem mehr, nicht einmal sich selbst. Das ist es doch, was ich meine! Im Grunde ist jeder verdächtig, ein heimlicher Kollaborateur zu sein. Ohne Beweise können sie mich nicht verhaften und werden es nicht tun. Ein vager Verdacht reicht dafür nicht, jedenfalls nicht bei jemandem wie mir.«

In Gretas Ohren klang das nicht überzeugend. »Du weichst mir aus, Michel! Es geht ja nicht um den Verdacht, sondern darum, ob man uns überwacht! Marlene könnte etwas herausgefunden haben, ohne dass wir davon wissen.«

»Was soll sie herausgefunden haben?«, beharrte Michel auf seiner Ansicht. »Sie kann nichts über meine Verbindungen ins Ausland wissen, denn ich habe ihr nie etwas erzählt. Ich bin sehr vorsichtig. Selbst wenn sie etwas ahnen sollte, so hätte sie nichts gegen uns in der Hand.«

»Marlene ist alles andere als die süße Unschuld vom Lande, als die sie sich gibt«, entgegnete Greta, »und sie ist alles andere als dumm.«

Michel lächelte. »Bist du dir da sicher? Wer wie Marlene noch immer an den Führer und den Endsieg glaubt, ist nicht ganz gescheit.«

»Wenn sie denn wirklich noch an den Führer glaubt«, sagte sie nachdenklich. »Manchmal ist mir, als ob das eine Täuschung ist, als ob sie die Einfältige nur spielt.«

Michel starrte sie an. »Zu welchem Zweck? Warum sollte sie das tun?«

Greta zuckte mit den Achseln. »Darauf weiß ich keine Antwort.«

»Du gehst zu weit, Greta«, sagte Michel. »Was immer Marlenes Überzeugungen sein mögen, so würde sie doch niemals einen von uns beiden denunzieren, auch dann nicht, wenn sie wirklich den Verdacht haben sollte, wir hätten uns gegen ihren geliebten Führer gestellt. Das Wichtigste ist, nicht die Nerven zu verlieren«, fügte er hinzu, »und alles abzustreiten, was man uns vorhalten könnte, sollte es denn tatsächlich zu einer Vernehmung kommen, was ich nicht glaube. Jede überstürzte Reaktion, wie etwa das Verlassen der Stadt oder das Untertauchen bei Freunden, verstärkt ein etwa vorhandenes Misstrauen nur. In meinem Fall wäre es ohnehin Fahnenflucht.«

Sie wollte schon widersprechen, als ihr etwas einfiel. »Was ist eigentlich mit deinem Kurzwellenfunkgerät?«

»Ich habe es vernichtet«, sagte Michel, »wir brauchen es nicht mehr.«

»Gott sei Dank, da bin ich wirklich erleichtert.« Sie war wieder etwas milder gestimmt und lehnte sich an ihn an. »Wir wollen uns nicht streiten, Michel. Aber wir mussten darüber sprechen. Es geht mir wieder besser.«

»Du hast ja recht«, stimmte er ihr zu. »Es ist nicht so, dass ich mir keine Sorgen mache. Tatsächlich tue ich das, wenn auch nicht auf die gleiche Weise wie du, und vor allem nicht wegen diesem vermeintlichen Gestapomann. Natürlich sind wir in Gefahr, und weil es so ist, habe ich dir etwas mitgebracht.« Er griff in die Innentasche seiner Jacke und überreichte ihr eine kleine Pistole mit Perlmuttgriff. »Sie ist geladen«, fügte er hinzu. »Für alle Fälle.«

Es war eine kleinkalibrige Pistole, wie Greta sie schon bei vielen Offizieren gesehen hatte, die eine solche Pistole als Privatwaffe trugen.

»Kaliber 6,35«, sagte Michel. »Die Pistole lässt sich gut am Körper tragen und passt in jede Tasche. Aber sie erfüllt ihren Zweck und tötet sicher.«

»Danke«, sagte Greta und nahm die Waffe in die Hand. »Zeig mir, wie sie funktioniert, damit ich mich nicht unbeabsichtigt damit erschieße.«

Michel führte es ihr vor. Sie besaß geschickte Hände und kam mit der Waffe gut zurecht.

»Im äußersten Notfall kannst du sie für dich selbst benutzen«, sagte er leise und sah sie mit einem Gesichtsausdruck an, als wollte er sie für seine Bemerkung zugleich um Verzeihung bitten.

»Ist schon recht«, sagte Greta. »Wir müssen diese Möglichkeit ins Auge fassen. Ich habe auch schon darüber nachgedacht, was ich im Falle des Falles tun werde. Wie muss ich die Pistole ansetzen, um mich selbst damit zu töten?«

Michel zeigte es ihr, indem er sich die Waffe selbst in den Mund steckte und den Lauf im 45-Grad-Winkel nach oben hielt. »Die Waffe so zu halten, ist das Beste.«

»Ich weiß nicht«, sagte Greta, nachdem sie die Waffe wieder in die Hand genommen hatte. »Ein Schuss kann misslingen, dann bin ich schwer verletzt, aber lebe noch. Die Pistole ist gut, um sich zu verteidigen. Für mich werde ich sie nur benutzen, wenn es gar nicht anders geht. Ich habe beschlossen, mich zu erhängen, wenn es ganz schlimm kommen sollte, da ist mir der Tod wenigstens sicher. Ich habe mir eine Wäscheleine bereitgelegt, die mir gut geeignet scheint.«

Michel ergriff ihre Schulter. »Du bist ein tapferes Mädchen, Greta. Für den Fall der Fälle gibt es noch andere Möglichkeiten, als sich zu erschießen oder zu erhängen. Ich werde versuchen, Gift zu besorgen, das ist das Beste, es tötet schnell, schmerzlos und sicher.«

Greta machte einen Schritt auf ihren Geliebten zu, der sie fest in die Arme schloss.

Ihr saß plötzlich ein Kloß im Hals. Sie hätte heulen mögen.

»Das Schlimme ist, dass es keine Lösung gibt, Michel«, sagte sie leise und hielt die Tränen nicht mehr zurück. »Es geht alles auf das Ende zu. Es ist so furchtbar. Ich mag einfach nicht mehr. Ich wäre so gern fort von allem hier, ganz weit fort. Wohin soll das alles bloß führen?«

Michel sagte nichts, sondern drückte sie noch fester an sich, und eine Weile standen sie so da, während Greta in der einen Hand noch die Pistole hielt.

»Du sagst, für den Fall der Fälle hast du mir die Pistole gegeben«, hob sie an, nachdem ihre Tränen versiegt waren. »Was ist denn der Fall der Fälle? Ich bin mir nicht darüber im Klaren. Soll ich mich töten, wenn ich in die Hände von Russen falle, die mich vergewaltigen wollen? Oder die Gestapo kommt, um mich zu verhören und zu foltern?«

»Da wir vom Tod umgeben sind, ist es besser, einen Ausweg zu haben, um unnötiges Leiden abzukürzen«, sagte er. »Die Russen, die Gestapo, die Bomben, die Artillerie, es gibt leider eine ganze Reihe denkbarer Fälle.«

Ihre Gedanken drifteten davon. Ob Michel ihr irgendetwas verschwieg? Sie hatte plötzlich das Gefühl, dass etwas an ihrem Gespräch nicht stimmte. Es war, als hätten sie das Thema, über das sie eigentlich hätten sprechen müssen, noch gar nicht berührt. Aber was war das eigentliche Thema?, fragte sie sich und presste sich noch fester an Michel. Sie spürte das süße Ziehen in ihren Lenden und es kam ihr der Gedanke, dass die Reaktion ihres Körpers schon Teil der Antwort war, nach der sie suchte.

»Es ist mir immer öfter, als ob es in dieser Welt keine Zukunft für mich mehr gibt«, sagte sie. »Was willst du selbst eigentlich tun, Michel, wenn es so weit ist?«, fragte sie ihn. »Ich denke jetzt nicht an die Gestapo, sondern an die Russen. Was macht denn die Rote Armee mit der SS, wenn sie Berlin erobert hat? Was macht sie mit dir?«

Michel lockerte seine Umarmung und sah sie eigentümlich an, antwortete aber nicht.

»Sei ehrlich«, drang sie auf ihn ein. »Mit mir kann man Klartext sprechen, das ist dir bekannt.«

»Ganz ehrlich?«, fragte er.

»Ja, ganz ehrlich!«

Michel löste sich von ihr. »Meine Chancen, die nächsten Tage oder Wochen zu überleben, stehen ziemlich schlecht«, sagte er nach einer Weile. »Vielleicht reagiere ich deshalb so gelassen auf deine Befürchtungen, was die Gestapo angeht. Ich möchte nicht in die Hände des Feindes fallen, nicht als SS-Mann. Ich rechne damit, dass der Moment kommen wird, an dem ich meine Pistole gegen mich selbst richten muss.«

Greta fühlte sich jäh ergriffen und schluchzte auf. »Michel, du arbeitest doch für sie – für die Russen! Ich habe dir die Frage gestellt, weil ich mir eine ganz andere Antwort gewünscht habe, eine Antwort, die uns eine Hoffnung lässt.«

»Hoffnung?« Er schüttelte den Kopf. »Die gibt es für mich nicht! Die Russen werden mich nicht schonen, weil ich ihnen Informationen gegeben habe. Da kennst du sie schlecht! Sie machen Jagd auf jeden SS-Mann. Mal ganz abgesehen davon, dass ich es den Leuten, die mich festsetzen würden, beweisen müsste, dass ich auf ihrer Seite war, was ja alles andere als einfach ist. Nein, was ich getan habe, tat ich nicht, um den Krieg zu überleben, sondern in der Hoffnung, einen Beitrag zu leisten, damit das hier alles schneller zu Ende geht; damit nicht mehr so viele Menschen sterben müssen und ich weniger Last auf meinem Gewissen habe, ich könnte auch sagen aus – aus Reue.«

»Du glaubst also, dass uns beiden der Tod bevorsteht!«

Er zögerte einen Moment, bevor er sagte: »Ich weiß nicht, ob du sterben musst, Greta, aber … ja, ich halte es für möglich.«

Greta sah ihrem Geliebten direkt ins Gesicht. »Sie wissen, dass ich für den Feind spioniert habe, nicht wahr? Du versuchst, die schreckliche Wahrheit vor mir zu verbergen! Wer weiß, dass ich eine Doppelagentin bin? Weiß es die Gestapo? Sag es mir!«

Michel nahm den Blick von ihr. »Was die Gestapo weiß, kann ich dir nicht beantworten. Ich habe dir gesagt, was ich über diesen Mann in dem Lokal denke. Nach meinem Eindruck kommt die Gefahr aus einer anderen Richtung.«

»Aus welcher Richtung?«

»Ich denke an die russische Abwehr, an Stalins Nachrichtendienst NKWD und dessen Chef Berija. Diese Leute kennen nicht nur meinen, sondern auch deinen Namen, und obwohl du ihnen geholfen hast, ist es ihnen zuzutrauen, dass sie den Entschluss fassen, dich zu töten. Ich habe ihnen deinen Namen nicht genannt, aber sie haben mir gesagt, dass sie ihn kennen. Denk jetzt nicht, dass sie ihn von Marlene Raulf bekommen haben. Das ist ausgeschlossen. Sie haben noch andere Informanten.«

Greta erschrak. An diese Gefahr hatte sie keinen Augenblick lang gedacht.

»Mein Gott!«, murmelte sie. »Man muss sich nicht nur vor seinen Feinden fürchten, sondern auch vor denen, die man für seine Freunde hält! Langsam dämmert mir, wo ich stehe: Für die Russen bin ich eine Gestapoagentin und für die Deutschen eine Doppelagentin und Volksverräterin! Schöne Aussichten! Wie töricht ich doch gewesen bin.«

»Ich kann verstehen, wenn du mir Vorwürfe machst. Ohne mich wärst du nicht in diese schreckliche Situation geraten. Als es anfing, habe ich nicht gewusst, dass wir einmal hier in Berlin zusammen in eine so beschissene Lage geraten würden.«

Ganz sicher hatte Michel ihr gegenüber am Anfang nicht mit offenen Karten gespielt, dachte sie. Aber was änderte das noch? Sie war erwachsen. Auch wenn sie nicht alle Konsequenzen überblickt hatte, die ihre Agententätigkeit mit sich brachte, so hatte sie um deren Risiken doch gewusst; die Liebe zu Michel, die Lust an der Gefahr hatten all ihre anfänglichen Bedenken hinweggewischt. Wer mit hohem Einsatz spielte, konnte viel verlieren, das war ihr von jeher klar, und sie war stets bereit gewesen, die Konsequenzen zu tragen, die auf der Schattenseite ihres reizenden Abenteurerdaseins warteten.

»Dann kann ich mich ja gleich umbringen«, sagte sie. »Wenn die Russen mich schnappen, ist es dafür wahrscheinlich zu spät.«

»Wenn du eine Blausäurekapsel hast, könntest du sie irgendwo an deinem Körper verstecken, sodass du schnell darauf zugreifen kannst.«

Ein Gedanke bohrte sich an die Oberfläche ihres Bewusstseins, der sie gleichermaßen erschreckte und erregte. Eigentlich war es weniger ein Gedanke als ein tief sitzendes Gefühl, das unterschwellig schon lange dagewesen war. »Sag, Michel«, sagte sie, »hast du schon einmal darüber nachgedacht, gemeinsam mit mir zu sterben?«

Kaum dass die Frage über ihre Lippen gekommen war, musste sie schlucken, und ein Gefühl der Angst wallte in ihr auf. Zugleich war es, als ob ihre Worte Selbstläufer waren, die einmal geäußert nach Verwirklichung drängten, ohne dass sie selbst noch Einfluss darauf nehmen konnte. »Es ist nur eine Frage«, fügte sie schnell hinzu.

»Wenn du es willst, Greta – ja, dann würde ich es in Betracht ziehen. Du bist nicht nur eine bewundernswert schöne, sondern auch eine bewundernswert mutige Frau.«

Greta dachte an ihren Vater. ›Du bist ein mutiges Mädchen, Greta‹, hatte er häufig zu ihr gesagt, ›und ich bin sicher, dass du es schaffen wirst‹. Damals war es um sportliche Herausforderungen gegangen, die ein gewisses Maß an Überwindung gekostet hatten, Herausforderungen, die sie regelmäßig mit Bravour bestanden und für die sie das erhoffte Lob erhalten hatte.

»Hast du selbst schon einmal daran gedacht?«, wiederholte sie ihre Frage. »Ich meine, vor diesem Gespräch?«

»Ja, ich habe daran gedacht«, antwortete er.

»Du hast dich nicht getraut, es auszusprechen, nicht wahr?«

Er sah ihr direkt in die Augen. »Es ist für einen selbst immer leichter, wenn der andere als Erster darüber spricht.«

Sie erwiderte seinen Blick mit der gleichen Intensität, ohne jedoch etwas zu sagen. Ihre Angst war mit einem Mal verflogen.

»Ich bin froh, dass du es ausgesprochen hast«, fügte er hinzu.

»Wir könnten es in einer leidenschaftlichen Liebesnacht tun«, sagte sie. »Ist es das, woran du gedacht hast?«

Michel nickte. »Es wäre nicht die schlechteste Art zu sterben. Wenn wir dann noch ein hochwirksames Gift haben! Ja, es wäre ein Weg, den wir gehen könnten. Ich werde versuchen, uns Zyankali zu beschaffen.«

Greta blickte zum Fenster. Sie spürte deutlicher als jemals zuvor, dass der Wunsch, den sie geäußert hatte, kein bloßer Gedanke war. Der Antrieb, im gemeinsamen Freitod mit dem Geliebten einen gangbaren Weg zu beschreiten, existierte tief in ihr selbst. Aber wollte sie denn wirklich sterben?

»Und auf dem Höhepunkt zerbeißen wir die Kapseln?«

Er nickte.

Sie dachte wieder an ihren Vater. War es denn mutig, freiwillig aus dem Leben zu scheiden? Oder war der Freitod Flucht, das Gegenteil von mutig, oder sogar Feigheit davor, sich dem eigenen Schicksal zu stellen? Sicher, wenn der Tod unausweichlich war, konnte ein solcher Schritt Ausdruck einer mutigen Haltung sein, dachte sie, und auch dann, wenn man damit rechnen musste, den Folterknechten der Gestapo in die Hände zu fallen, war es wohl besser, freiwillig zu gehen. War es denn schon so weit?

»Wann wollen wir es tun – falls wir es gemeinsam tun?«, fragte sie.

Es war ihre Art, sich immer weiter vorzuwagen, obwohl sie Angst vor dem eigenen Mut empfand. Sie spürte, dass sie sich auf einen Weg begeben hatte, auf dem es kein Zurück mehr gab; als ob etwas ganz Wildes und Dunkles sie mit sich zog. War es Mut oder war es Verlangen, oder war es gar die Lust an der Angst? Ihr schien, es war von allem etwas mit im Spiel.

»In einer der nächsten Nächte«, gab Michel leise zurück. »Es geht zu Ende. Besser ist es, nicht bis zum letzten Augenblick zu warten, damit wir uns Zeit dabei lassen und es genießen können.«

Wäre es nicht das Beste, das eigene Leben zu opfern? Nicht für Volk und Vaterland, sondern für ihren Geliebten und sich selbst? Sie wusste, dass sie die Fähigkeit besaß, eine solche Entscheidung zu treffen, und die Vorstellung, in den Tod zu gehen, erschreckte sie nicht, wenn es auf die Weise geschehen würde, die in ihrer Vorstellung Gestalt anzunehmen begann. Wenn es ein gemeinsames Opfer war, das dem eigenen Leben dadurch, dass sie das Schicksal ihres Geliebten teilte, einen letzten, tiefen Sinn verlieh, – ja, in diesem Fall wäre es richtig, einen mutigen, endgültigen Schritt zu tun. Es herrschte Krieg, die Zukunft versprach dunkel zu werden, ganz nahe aber waren Lust und Tod.

»Du hast recht«, sagte Greta. »Ich muss darüber nachdenken. Bleibst du heute Nacht bei mir?«

»Ja! Bis zur Morgendämmerung.«

»Es wird nicht mehr lange dauern, bis die Flieger kommen«, sagte Greta. »Noch ist der Feind nicht in der Stadt, also werden sie bomben. Heute Nacht könnten wir es probieren. Damit es genauso ist, wie wir es haben wollen, wenn wir gemeinsam gehen.«

»Eine Generalprobe?«

»Ja«, flüsterte Greta. »Damit es gelingt, so gelingt, wie wir es uns vorstellen.«

»Ich liebe dich«, sagte Michel.

Sie warteten, bis es dunkel geworden war. Greta zündete ein paar Kerzenstummel an und Michel öffnete den Wein, dann entkleideten sie sich.

Sie schmiegten sich dicht aneinander.

Bei Nellie war sie anderen attraktiven Männern begegnet, mit niemandem war es so wundervoll wie mit Michel. Er war der einzige Mann, bei dem sie nie auf den Einsatz von Fromms Kondomen bestanden oder eines der Medikamente genommen hatte, um ihre Periode zu verschieben. Sie liebte seinen glatten, muskulösen Körper, Muskeln, die sich anfühlten wie von samtweicher Haut überzogener Stahl.

»Gibt es von Fegelein etwas Neues?«, fragte Michel sie, als sie für den Moment voneinander abließen, um etwas Wein zu trinken. »Hast du ihn gestern gesehen?«

»Ja, wir haben Abschied gefeiert, Marlene, er und ich. Es floss recht viel Champagner, ich hatte einen richtigen Schwips. Als er sich verabschiedete, hat er Marlene und mir je fünfzig Dollar gegeben.«

»Dollar? Wo hat er die denn her? Vor allem, was will er damit?«

»Wahrscheinlich will er türmen. Wie die anderen Goldfasane. Die Ratten verlassen das sinkende Schiff.«

»Sie sind alle gleich«, sagte Michel im Ton der Verachtung. »Es wundert mich nicht.«

Der Alarm setzte eine halbe Stunde später ein.

»Noch kannst du es dir überlegen«, sagte Greta.

»Du weißt, dass ich nicht zu all diesen Leuten in den Keller will.«

Greta lächelte. Es gab nichts zu entscheiden. Ihre Frage war ein Scherz gewesen, denn sie wusste sehr wohl, dass Michel genauso wie sie empfand. Wenn man es einmal erlebt hatte, war alles klar. Sie spielten nicht leichtfertig mit ihrem Leben, sondern sie suchten etwas, das sich nur in der Nähe des Todes erfahren ließ. Es erforderte Mut, sich Empfindungen zu öffnen, die genauso viel Qual wie Wollust bereithielten, aber Greta hatte verstanden, dass das eine ohne das andere nicht zu erlangen war.

Gebannt lauschten sie den Einschlägen. Je näher sie kamen, umso greller tobte und blitzte es in der dunklen Nacht. Greta zitterte, nicht nur aus Angst. Es war ihre Lust, die sie mit sich zu reißen suchte und mit der sie kämpfte. Wer einmal erlebt hatte, wie Qual und Wollust sich gegenseitig zu steigern vermochten, der konnte nicht mehr davon lassen, sondern wurde von der Sehnsucht nach diesen Empfindungen verzehrt. Die Reisen zum Gipfel der Wollust waren ein Abenteuer, das sich mit nichts vergleichen ließ, ein Parforceritt auf der Grenze zwischen Leben und Tod, und hätte sie zu dieser Stunde in einem Luftschutzkeller gesessen, hätte sie ein tiefes Bedauern darüber empfunden, dass ihr ein Gipfelerlebnis wie dieses entging.

Es gab nur eine einzige Möglichkeit, das Ganze noch zu steigern – und diese Möglichkeit war der gemeinsam herbeigeführte Tod. Der Tod im Liebesakt eröffnete ihr einen Ausweg, nach dem sie gesucht hatte. Ein wundervolles und unübertreffliches Gefühl. Es musste in einer Liebesnacht geschehen wie der, die sie gerade mit Michel erlebte.

5. KAPITEL

Draußen hatte die Morgendämmerung eingesetzt. Michel war bereits gegangen. Greta trat zum Fenster und spähte durch die Bretter. Der Himmel im Osten glühte brennend rot und das schien ihr kein gutes Omen zu sein. Man hörte wieder das Donnergrollen der russischen Front, es hatte an Kraft noch zugelegt, der Angriff war näher gekommen.

Kaum war die Sonne ganz aufgegangen, da heulten bereits wieder die Sirenen. Es war an diesem Tag nicht anders zu erwarten, fiel Greta ein. Die alliierten Luftgeschwader gratulierten dem Führer zum Geburtstag. ›Herzlichen Glückwunsch, mein Führer!‹, dachte sie, während sie hinunter in den Keller ging. ›Wir haben dir viel zu verdanken. Dafür gibt es heute ein besonders schönes Feuerwerk. Schade nur, dass man im Keller nichts davon sieht. Und wenn es sich wider Erwarten bis dort unten durchschlägt, wird es leider für immer finster.‹

Eine Stunde später kam die Entwarnung und Greta machte sich auf den Weg zu Nellies Salon.

Es war bereits der vierte Tag in Folge, an dem strahlendes Frühlingswetter herrschte. Es tat beinahe weh, die warmen Sonnenstrahlen auf der Haut zu spüren, das sprießende Grün inmitten der Ruinen zu sehen und das Gezwitscher der Vögel zu hören, die ihren Gesang gegen das Donnergrollen anstimmten.

Die Barrikaden waren verstärkt worden. Flugblätter wurden verteilt, die die Menschen aufriefen, bis zum letzten Atemzug zu kämpfen. Eigentlich war es zum Lachen, aber für die Menschen in der Stadt waren die Kampfvorbereitungen bitterer Ernst. Die Hoffnung der Bevölkerung, dass dem anrückenden Feind kein hartnäckiger und anhaltender Widerstand geleistet werden würde, stellte sich immer klarer als trügerisch und verfehlt heraus.

Nellie war allein. Sie wirkte traurig, fast apathisch, doch schien sich zu freuen, Greta zu sehen. Sie hatte sich geschminkt, wie an einem normalen Tag, doch es war zu sehen, dass sie geweint hatte.

»Ist ja nett, dass du mich besuchen kommst, Greta«, sagte Nellie leise. »Es ist vorbei. Es gibt meinen Klub nicht mehr.«

Greta folgte Nellie in den Salon. Die Vorhänge waren geöffnet und die Frühlingssonne schien herein. Das Ambiente des Raums wirkte plötzlich trostlos und beinahe schäbig. Der schöne Schein der vergangenen Monate war mit einem Mal auf und davon.

»Verlier nicht den Mut, Nellie«, erwiderte Greta. »Irgendwann machst du dein Geschäft wieder auf.«

»Der Salon ist Vergangenheit«, sagte Nellie. »Was immer kommt, wird nichts Gutes sein. Ich mache mir nichts vor. Uns ist bestimmt, den Untergang von Berlin zu erleben, den Krieg in den Straßen, Vergewaltigung und Mord.«

Greta hatte ihre Chefin noch nie so mutlos gesehen. In Nellies Vorstellung schien sich kein erhellender Gedanke mehr gegen die düsteren Schatten durchsetzen zu können, die die Erwartung künftiger Ereignisse auf die Gegenwart warf. Sie alle hatten seit Langem geahnt, dass es so kommen würde, aber die Erkenntnis der Endgültigkeit war doch neu und von einer eigenen und erschreckenden Intensität. Plötzlich war nichts mehr vorhanden, auf das man hätte zurückgreifen können. Es tat sich einem buchstäblich der Boden unter den Füßen auf, und nur vor diesem Hintergrund hatte es geschehen können – machte Greta sich bewusst –, dass die Vorstellung, gemeinsam mit Michel in den Tod zu gehen, ein fast hoffnungsvoller Ausweg geworden war.

»Draußen ist Frühling«, sagte Greta, »nichts ist von Dauer, alles geht zu Ende und beginnt wieder neu.« Sie merkte selbst, wie banal ihre Worte klangen und wie wenig Hoffnung in ihrer Stimme mitschwang.

»Für andere vielleicht«, meinte Nellie, »nicht für mich.«

Für einen Moment zeigte ihr Gesicht einen Anflug starker Unruhe, wie eine Mischung aus Erschöpfung, schrecklicher Vorahnung und Verzweiflung. Es war ein kurzer Moment, dann hatten Nellies Züge sich wieder entspannt; ein Anfall von Entsetzen, der vorübergegangen war.

»Was willst du tun, Nellie?«, fragte Greta.

»Heute Morgen, als sie dem Führer zum Geburtstag gratuliert haben, bin ich raus auf die Straße«, sagte sie schließlich, »ich habe mir gewünscht, dass es mich trifft, kurz und schmerzlos, es hat nicht geklappt.«

»Die Stadt ist noch nicht ganz eingekesselt«, sagte Greta. »Ein paar Fluchtwege sind noch offen. Man braucht einen Passierschein. Versuchen könntest du es.«

Sie wusste selbst nicht recht, weshalb sie Nellie Mut zu machen suchte, nachdem sie in der Nacht zuvor beschlossen hatte, im eigenen Tod einen Ausweg aus dem rundherum herrschenden Elend zu sehen. Aber was konnte sie schon anderes tun? Es gehörte sich nicht, anderen von eigenen Selbstmordplänen zu berichten. Immerhin könnte sie aufhören, Nellie zu widersprechen, sagte sie sich, oder so zu tun, als stünde ihr eine verheißungsvolle Zukunft bevor.

Nellie schaute zum Fenster. »Ja, es ist Frühling! Und was für ein schöner Tag doch draußen ist! Wäre man doch ein Vogel, der fliegen kann, dann wäre alles ganz leicht. Ach, ich würde heute so gern ein Vogel sein, viel lieber als ein Mensch. Die Menschen sind furchtbar! Was schaffen sie sich für eine furchtbare Welt!« Mit einer fast heftigen Bewegung drehte sie sich zu Greta herum. »Möchtest du etwas trinken, Greta, ich habe noch ein paar Flaschen Champagner in der Küche.«

»Etwas zu essen wäre mir lieber.«

»Ist auch noch da«, sagte Nellie, »schau in die Küche. Ich hatte bis gestern meine Beziehungen, die Männer haben mich gut versorgt; nimm dir, was du magst.«

Essen musste der Mensch, dachte Greta, was immer passierte.

»Ich bringe dir etwas mit, Nellie«, sagte sie und erhob sich von ihrem Stuhl. »Ich mache uns ein Frühstück.«

Ein Champagnerfrühstück mit frischem Brot und französischem Schaumwein wäre genau das Richtige, um die Stimmung aufzuhellen, sagte sich Greta und trat in den Flur.

Die Küche war unaufgeräumt, aber das Brot, das sie fand, stammte erst vom Vortag und war praktisch frisch. Mit einem Messer schnitt sie sich einen großen Kanten ab und biss herzhaft hinein. Es schmeckte fantastisch. Sie sah in den Wandschrank, sogar Butter war da. Sie entdeckte eine Flasche Fachinger, schenkte sich ein Glas voll und trank es leer. In einer Ecke entdeckte sie die Kiste mit dem Champagner, es standen noch mehrere ungeöffnete Flaschen darin.

Sie nahm eine der Flaschen heraus. Es war ein Champagner von der guten Sorte, der aus in Frankreich erbeuteten Beständen stammte; Nellie hatte es einmal erwähnt. Sie öffnete eine Flasche und probierte den Sekt, der wirklich nicht von schlechten Eltern war.

Auf der Anrichte entdeckte sie ein großes Tablett. Sie schnitt ein paar Scheiben Brot ab und richtete auf dem Tablett alles her: Brot, Butter, Teller, Messer und Gläser, und die Flasche mit dem Champagner.

Greta ging es durch den Sinn, dass die Monate bei Nellie trotz aller Widrigkeiten der Kriegsexistenz eine schöne Zeit gewesen waren. Sie hatte es nie bereut, ständiger Gast in ihrem frivolen Salon geworden zu sein. Sie hatte Michel kennengelernt, und was die körperliche Liebe anging, die ihr so viel bedeutete, war sie stets auf ihre Kosten gekommen. Es war wirklich schade, dass das alles zu Ende ging.

Plötzlich hielt sie inne. Das Leben war doch eigentlich schön, sogar dann, wenn man nicht in den Extremen lebte. Die Ruhe, die Freude an der Natur, was wollte man noch? Warum sterben? Gab es denn keine Möglichkeit, seinen Frieden zu finden? Man musste in seiner Mitte ankommen, sagten die Buddhisten, den inneren Gleichklang erlangen, das selige Nichts. Die Lust hingegen, lächelte Greta still, die galt den Buddhisten als eine Qual. Na ja, sie selbst war nicht dieser Ansicht, sie liebte diese süße Qual. Nein, auf die körperlichen Freuden wollte sie nicht verzichten, aber warum nicht auf den Tod! War sie denn auf dem richtigen Weg? Was für einen irren Plan hatten Michel und sie in der vergangenen Nacht nur gefasst? Warum sollte sie ihr Leben opfern? Wollte sie tatsächlich allem entfliehen, was das Leben an Freuden zu bieten vermochte? Ging es nicht eine Nummer kleiner? Sie war doch noch so jung! Könnte sie Berlin nicht verlassen und irgendwo ganz weit weg noch einmal von vorn beginnen? Sie konnte zusammen mit Michel fliehen, es wenigstens versuchen, und wenn es mit Michel nicht gelingen sollte, dem drohenden Verhängnis zu entkommen, dann versuchte sie es eben allein! Oder zusammen mit Nellie!

Mit dem voll beladenen Tablett balancierte Greta in den Salon zurück und stellte es auf den Tisch.

»Jetzt lassen wir es uns erst einmal gut gehen«, sagte sie zu Nellie, die am Tisch gewartet hatte, »und dann überlegen wir, was wir machen können. So schnell sind die Russen nicht in der Stadt. Vielleicht können wir uns irgendwo in den Wäldern verstecken. Ich werde heute Abend Michel fragen, ob er eine Idee hat, wohin wir gehen können. Morgen komme ich wieder und wir schmieden einen Plan. Lass nicht den Kopf hängen, Nellie«, sagte sie, da ihre Chefin auf den Boden blickte, als wollte sie ihre Tränen oder ihr verweintes Gesicht vor ihr verbergen. »Wir lassen uns nicht unterkriegen, du hast es doch gesagt, wir sind Berliner Mädchen, und wir … Nellie? He, Nellie!«

Im selben Moment bemerke sie den eigenartigen Geruch.

Sie wusste sofort, was er bedeutete, obwohl er ganz neu für sie war. Bittere Mandeln! Sie nahm Nellies Kopf zwischen ihre Hände und richtete ihn auf. Nellies Augen waren unnatürlich geweitet, ihrem Mund, der halb geöffnet stand, entströmte das merkwürdige Aroma.

Zyankali, durchfuhr es Greta, und sie bekam einen eisigen Schreck; Blausäure, das schnell tötende Gift!

Sie ließ Nellies Kopf wieder auf die Brust hinuntergleiten und griff nach ihrer Schulter, als bräuchte sie selber Halt. Beinahe wäre Nellie vom Stuhl gefallen, doch Greta hielt sie fest und richtete ihren Oberkörper wieder auf. Sie fühlte vergeblich den Puls. Nichts. Nellie hatte eine Zyankalikapsel zerbissen.

Greta hätte laut schreien mögen, brachte aber keinen Ton heraus. Es wäre auch sinnlos gewesen, dachte sie, und setzte sich auf einen der anderen Stühle. Nellie half es ohnehin nicht mehr! Dass Menschen schrien, weil ihre Nerven versagten, war angesichts des Zustands, in dem sich die Leute bei den ständigen Bombenalarmen und Ängsten befanden, an der Tagesordnung. Genauso wie die zahllosen Selbstmorde, die Tag für Tag in Berlin verübt wurden.

»Nellie, Nellie«, flüsterte Greta. »Warum hast du das getan?«

Plötzlich fiel ihr Marlene ein. Sie besaß ein Zimmer ganz oben im Haus. Greta sprang auf und eilte aus dem Salon, ohne die Tür zu der Etage ganz zu schließen. Sie lief ein paar Treppen bis zu Marlenes kleiner Unterkunft hinauf und klopfte heftig gegen die Tür.

Es tat sich nichts. Sie klopfte lauter, wartete ein wenig und rief Marlenes Namen, aber nichts geschah. Marlene war nicht in ihrem Zimmer.

Greta stand eine Weile unschlüssig herum und überlegte, was zu tun war. Musste sie überhaupt etwas tun?

Nein, dachte sie schließlich, es gab nichts zu tun. Es war nichts geschehen als ein weiterer Freitod in einer Stadt, in der sich Tag für Tag Dutzende selbst entleibten oder anderweitig getötet wurden. Ein Toter mehr oder weniger, wen kümmerte das? Kein Hahn krähte danach! Irgendwer von den anderen Hausbewohnern würde Nellie schon finden, spätestens Marlene, wenn sie nach Hause kam. Ein Begräbnis würde es ohnehin nicht geben; für solchen Luxus war nicht mehr die Zeit; stattdessen wurde man mit den vielen anderen Toten in einem Massengrab verscharrt. So waren eben die Zeiten, das Leben war hart.

Langsam stieg sie die Treppe hinunter und ging noch einmal in den Salon zurück, der so lange ihre zweite Heimat gewesen war. Sie setzte sich noch einmal zu Nellie an den Tisch, als ob ihre Chefin noch lebte, und betrachtete das Gesicht mit den halb geöffneten Augen. Es wirkte recht friedlich, als hätte Nellie gar nicht gelitten. Der Tod musste sehr schnell eingetreten sein.

»Nellie, Nellie«, murmelte sie. »Wohin bist du gegangen? Ist es da besser, wo du jetzt bist? Ach, könntest du es mir doch erzählen, wenn ich wüsste, dass es dort schön ist, käme ich sicher bald nach.«

Nellie hatte gerade das getan, was sie selbst sich vorgenommen hatte, aber in diesem Moment, ihre tote Chefin vor Augen, wurde Greta klar, dass sie einer Selbsttäuschung erlegen war.

Was sie sich im intimen Zusammensein mit Michel ausgemalt und vorgestellt hatte, war bisher nichts als eine Fantasie über Lust und Tod gewesen, von der noch nicht festgestanden hatte, ob sie wahr werden würde oder nicht.

Sie hatte sich von ihren eigenen erotischen Wünschen verführen lassen und sich mit ihrem mutigen Entschluss viel zu weit vorgewagt. Ohne es sich recht einzugestehen, hatte sie gehofft und geglaubt, dass alles noch zu einem guten Ende kommen würde.

Es war wie mit Nellies Salon. Sie selbst und die anderen Frauen hatten gehofft, dass die Amerikaner die Stadt besetzen würden und Leute wie Fegelein einen schnellen Waffenstillstand mit dem Westalliierten aushandelten. Doch sie waren Trugbildern erlegen, von Fantasten und Illusionisten erzeugt und vervielfältigt wie in einem Spiegelkabinett, und ihre Vorstellung, in einem Gipfelerlebnis in den Tod zu gehen und darin gleichsam ihre Erfüllung zu finden, war bloß eine weitere Illusion dieser Art. Erst mit der Erkenntnis, dass sie Nellies Tod nicht mit Gleichmut begegnen konnte, erschloss sich Greta die wirkliche Ausweglosigkeit ihrer Situation, und erst jetzt, im Angesicht ihrer toten Chefin, machte sie sich klar, dass der Freitod, wie sie ihn mit Michel verabredet hatte, nicht der Gipfel erotischer Erfüllung, sondern das Ende war.

Sie stand auf und ging in die Küche, packte das Brot, die Butter und alles, was sie sonst an Essbarem finden konnte, in eine Einkaufstasche, und trat mit der Tasche auf die Straße.

Die Mittagssonne schien ihr ins Gesicht. Sie hatte sich die Hölle immer finster und kalt vorgestellt, aber tatsächlich war sie sonnig und warm. Berlin in einem wunderschönen April, wie es ihn alle Jubeljahre einmal gab. Erlebte sie das alles wirklich oder war es lediglich ein Traum?

Der Geschützdonner würde wohl nicht mehr aufhören, dachte sie, während sie sich ihren Weg durch die Trümmerpfade suchte. Seine tödliche Ladung würde noch schlimmer und stärker werden, und zusammen mit den Bomben noch mehr Trümmer und Tote herbeiführen, bis die Stadt endlich, endlich in Schutt und Asche lag. Dann wäre Berlin von der Landkarte getilgt und der ganze Trümmerspuk auch und der Himmel wäre wieder frei.

Der verdammte Krieg! Wenn diejenigen, die in dieser Stadt Verantwortung trugen, sich besonnen verhalten würden, dann bräuchte all das Furchtbare, was den Menschen bevorstand, gar nicht zu geschehen! Dem Ende nahe schrien alle die, die den Krieg heraufbeschworen hatten, von Feigheit und Verrat; doch wer waren die wahren Verräter? Das Vaterland und seine Führer stellten die Verräter! Das Vaterland verriet seine besten Soldaten, indem es sie in einen mörderischen Krieg schickte und sie an der Front erbarmungslos verrecken ließ. Und nun, nachdem die Soldaten gefallen waren, kamen die Frauen und Kinder dran.

Als sie in ihrer Wohnung ankam, stiegen die Tränen in ihr auf, die sie wochenlang zurückgehalten hatte. Sie weinte über Nellies Tod, über den Tod ihrer Mutter und über den Tod von Rolf, ihrem Verlobten, dessen Gebeine seit nun schon zwei Jahren irgendwo in der russischen Steppe vermoderten, und sie weinte über das Schicksal, das ihr bevorstand.

Es wäre alles leichter zu ertragen, wenn sie wirklich schon entschlossen wäre zu sterben, sagte sie sich. Es war eben eine Sache, sich für den Freitod zu entscheiden, und eine ganz andere, sie in die Tat umzusetzen. ›Nun gut, was nicht ist, kann noch werden‹, dachte sie, ein paar Tage blieben ihr ja noch, bis es so weit war.

Sie betrachtete das gerahmte Bild ihres toten Verlobten, das auf einer Kommode stand. Was hatten die Deutschen in Russland zu suchen, warum war der Führer dort einmarschiert? Um den Kommunismus zu bekämpfen? Es war doch Sache der Russen, ob sie Kommunisten waren oder nicht! Was ging es die Deutschen an? Ihr selbst war der Kommunismus egal, daher sah sie keinen Grund, ihn zu bekämpfen. Auf ihr eigenes Leben würde es kaum Auswirkungen haben, wenn Deutschland kommunistisch würde. Schlimmer als derzeit konnte es sowieso nicht kommen. Obendrein waren Deutsche und Russen Verbündete gewesen. Wie sinnlos war doch all dieser Hass! Und das Ergebnis von allem? Nun passierte das, was der Führer angeblich hatte verhindern wollen! Die Russen würden die Stadt besetzen und der Kommunismus stand vor der Tür! »Wer Wind sät, wird Sturm ernten«, fiel ihr ein.

Wofür hatten all diese wunderbaren deutschen Jungen ihr Leben lassen müssen? Wofür hatten sie so schrecklich gelitten? Und wenn die Männer hatten sterben müssen, warum dann nicht auch ihre Frauen? Sicher, das Leben war eigentlich schön, aber so wie alles gekommen war, musste man sich fragen, ob es nicht doch besser war, den Männern zu folgen.

Sie schreckte auf, als die Türklingel ging.

Michel! Er kam früher als erwartet. Gott sei Dank!

Sie sprang auf und öffnete die Tür.

Es war niemand draußen. Weder Michel noch eine andere Menschenseele standen vor ihrer Tür. Wer hatte geklingelt?

Das Treppenhaus war leer. Sie zuckte mit den Achseln und kehrte in ihre Wohnung zurück. Offenbar hatte sich jemand in der Tür geirrt und war schon in ein anderes Stockwerk weitergeeilt.

Ihr war plötzlich kalt. Sie strich sich über die nackten Arme, dann trat sie an den Schrank und zog sich eine dicke Wolljacke an. Vielleicht sollte sie etwas essen, dachte sie. In der Küche nahm sie sich ein Stück Brot und knabberte daran herum, brachte aber kaum etwas herunter. Der Körper hatte sich der schlechten Ernährungslage angepasst, sie war so viel Essen nicht mehr gewohnt.

Die Klingel schellte erneut.

Greta sprang hoch und lief zur Tür, um sie aufzumachen – und blickte erneut in das leere Treppenhaus.

»Michel! Bist du es?«, rief sie und trat einen Schritt vor. »Ich bin hier.« Sie blickte nach unten. Kein Mensch war zu sehen. »Ist dort jemand?«, rief sie trotzdem noch einmal hinunter. Doch keine Antwort drang zu ihr nach oben zurück.

Ärgerlich drehte sie sich um und schlug die Tür hinter sich zu. Gab es tatsächlich noch Kinder, die einem Klingelstreiche spielten? Selbst in diesen schrecklichen Tagen? Nun, vielleicht, Kinder waren eben so, und der Gedanke an freche Kinder zauberte ihr ein Lächeln aufs Gesicht.

Sie setzte sich an den Küchentisch. ›Ach, Michel, wo bleibst du?‹, dachte sie. ›Ich sehne mich so nach dir! Ich mag nicht mehr länger alleine sein. Wir müssen darüber sprechen, was wir tun wollen. Es muss noch andere Möglichkeiten für uns geben als den gemeinsamen Tod! Aber wenn nicht, dann soll es geschehen, und zwar bald! Ich ertrage dieses Leben einfach nicht mehr. Ich bleibe nicht in Berlin und warte auf die Gestapo oder die Russen! Ich werde fliehen, entweder in die Freiheit oder in den Tod!‹

Die Türklingel ging erneut. Zum dritten Mal.

Sie fuhr zusammen, erstarrte für einen kleinen Augenblick, dann sprang sie auf, war wie der Blitz an der Tür und riss sie auf.

Erschrocken fuhr sie zurück. Vor ihr stand ein älterer, grauer Mann, der über einer Brille mit dunkel getönten Gläsern eine tief ins Gesicht gezogene Schirmmütze trug.

Bevor sie reagieren konnte, hob der Mann die Hand, legte den ausgestreckten Zeigefinger auf die Lippen und befahl: »Still!«

Wegen der Schirmmütze und der dunklen Brille konnte sie das ganze Gesicht nur undeutlich erkennen. Er hielt es seitlich geneigt, als ob selbst er nicht wollte, dass sie ihn genau in Augenschein nehmen konnte.

»Wer sind Sie?«, fragte Greta leise.

»Sie brauchen nicht zu wissen, wer ich bin«, flüsterte der Mann und warf einen Blick hinter sich in das Treppenhaus. Die Luft schien wohl rein zu sein, denn gleich darauf trat er vor, und Greta wich unwillkürlich ein Stück zurück.

Der Mann stand jetzt auf der Schwelle, sein undeutliches Gesicht schimmerte aschgrau. »Ich habe Ihnen eine Nachricht zu überbringen«, flüsterte er. »Sie kommt von Michel Greinz. Er ist verhaftet worden.«

Greta musste schlucken. »Verhaftet?« Ihre Stimme war nur ein Krächzen. »Wo ist er?«

»In der Prinz-Albrecht-Straße 8! Ich war dabei, als man ihn verhaftete. Mehr weiß ich nicht. Ich soll Ihnen aber das hier geben!« Er zog etwas aus der Tasche und drückte es Greta in die Hand. Es war eine kleine Glaskapsel. »Es ist Zyankali«, erklärte der unheimliche Besucher. »Ich soll Ihnen ausrichten, dass jeder seinen Weg alleine gehen muss. Sie sollen nicht zögern, davon Gebrauch zu machen, soll ich Ihnen sagen. Es wirkt sicher und schnell. Es tut mir leid, dass ich diese schlechten Nachrichten für Sie habe. Herr Greinz lässt Sie grüßen und ausrichten, dass er Sie liebe; inzwischen ist er vermutlich tot.«

»Tot? Wieso?« Sie fühlte, dass sie blass geworden war.

»Das Gift!«, murmelte er. »Er ist Ihnen vorausgegangen. Wie er mir sagte, hatte er das so vor, um zu verhindern, dass er … nun, Sie wissen schon, die Gestapo!« Mit dieser Bemerkung wandte er sich um und eilte ohne ein weiteres Wort die Treppe hinunter.

Greta wollte ihm nachrufen, ihm hinterhereilen und ihn festhalten, doch sie musste nach dem Treppengeländer greifen, um sich festzuhalten.

Der schreckliche Besucher war schon nicht mehr zu sehen. Als wollte er möglichen Nachfragen entfliehen, war er hinunter auf die Straße geeilt.

Taumelnd kehrte Greta zu ihrer Wohnung zurück. Sie langte nach der Tür, tastete nach dem Rahmen, und merkte, dass sie ohnmächtig zu werden drohte. Vor ihren Augen begann sich alles zu drehen. Alles verschwamm, und erst im letzten Moment gelang ihr, sich festzuhalten und einen Zusammenbruch zu verhindern.

Eine Zeit lang konnte sie keinen klaren Gedanken fassen und stand da wie gelähmt. Dann schloss sie hinter sich die Tür, erreichte den Schrank und setzte sich auf den Stuhl, der daneben stand.

Sie hatte sich noch nie so schrecklich gefühlt. Michel verhaftet! Michel wahrscheinlich tot! Es war mehr, als sie ertragen konnte. Am liebsten hätte sie laut geschrien, doch ihr Hals war trocken, ihre Lippen blieben stumm.

Ihre Hand schloss sich fest um die Zyankalikapsel. Nichts anderes als diese Kapsel war ihr von Michel geblieben, fühlte sie voller Grauen, nichts als tödliches Gift.

Sie öffnete die Hand und betrachtete die Kapsel. Sie sah ganz harmlos aus, wie Medizin. Sie führte die Kapsel zum Mund. ›Beiß hinein‹, dachte sie, ›beiß hinein, und vergiss alles, was war und was ist! Bei Nellie ist es ganz schnell gegangen! Sie hat nicht ausgesehen, als hätte sie gelitten. Es ist so leicht! Ein kurzer, schneller Schmerz, und dann endlich Ruhe. Michel ist tot, warum ihm nicht folgen?‹

Es wäre die gemeinsame Flucht, die sie sich gewünscht hatten, ging ihr durch den Sinn, wenn auch nicht auf die Art, die sie sich vorgenommen hatten! Ja, wenn er tot war, ergäbe es noch einen Sinn, allein weiterzumachen? Nein, wenn er tot war, blieb ihr gar nichts anderes übrig, als ihm zu folgen!

Aber war Michel denn wirklich tot?

Sie ließ die Hand mit der Kapsel sinken und begann zu schluchzen. Hoffentlich war es ihm gelungen, die Kapsel zu schlucken, bevor man sie bei ihm finden und sie ihm wegnehmen konnte, dachte sie. Wenn es ihm nicht gelungen war, würden sie ihn foltern. Sie würden ihn so lange foltern, bis er Gretas Namen verraten würde.

Nein, Michel war kein Narr. Sie hatten Michels Zyankalikapsel nicht gefunden. Er musste sich seiner Sache sicher gewesen sein, und so wie sie ihn kannte, würde ihn niemand daran hindern können, seinen Entschluss in die Tat umzusetzen. Michel hatte in die Kapsel gebissen, und er hatte es getan, um der Folter zu entgehen und um sie zu schützen.

Sie nahm die Kapsel in die linke Hand, dann stand sie auf und hämmerte verzweifelt mit der zur Faust geballten Rechten gegen die Wand. Michel opferte sein Leben, um ihres zu retten! Nein, nicht um es zu retten, sondern um sie vor Verfolgung und Folter zu bewahren! Um ihr zu helfen, es ihm gleichzutun!

Sie trat einen Schritt zurück und führte die Kapsel wieder bis an die Lippen, und einige Momente lang war sie erneut versucht, dem Antrieb nachzugeben. Sie wollte fallen, ganz tief fallen, oder fliegen, ganz weit fort. Und doch wusste sie nicht, ob sie leben oder sterben wollte; es war nicht so einfach zu sterben, wie man gern glaubte, wenn man sich noch so gut fühlte wie sie; es ging einfach nicht! Sie war noch nicht so weit. Schließlich zog sie die Hand wieder zurück.

Unruhig ging sie im Zimmer auf und ab. Was sollte sie tun? Wer könnte ihr helfen? Sollte sie nicht sofort aufbrechen und versuchen, aus der Stadt zu fliehen? Wahrscheinlich musste sie raus aus ihrer Wohnung, um vor den Gestapohäschern sicher zu sein, überlegte sie, aber kopflos zu fliehen, wäre wohl nicht das Rechte.

Sie zwang sich zur Ruhe und dachte darüber nach, welche Möglichkeiten ihr blieben. In Nellies Salon konnte sie keinen Unterschlupf mehr finden, dort würde man als Erstes nach ihr suchen. Was war mit Dörte, ihrer Schwester? Auch bei ihr könnte man sie suchen, und in diesem Fall brächte sie womöglich noch die eigene Schwester in Gefahr.

Sie wandte den Kopf und starrte zum Fenster. Musste sie denn wirklich fliehen? War sie tatsächlich in Gefahr? Drohten ihr Verfolgung und Folter auch dann, wenn Michel dem eigenen Leben ein Ende gesetzt und nichts verraten hatte? Sie dachte an den vermeintlichen Gestapomann in dem Lokal, das sie zusammen mit Dr. Bewel aufgesucht hatte. Wenn die Gestapo Michel enttarnt hatte, musste sie annehmen, dass die Häscher ihr längst auf die Schliche gekommen waren! Warum hatte Michel ihr die Kapsel sonst zukommen lassen? Gewiss nicht bloß deshalb, weil er es ihr versprochen hatte! Wenn ihr keine Gefahr mehr drohte, hätte er ihr nicht ausrichten lassen, sie solle nicht zögern, von dem Gift Gebrauch zu machen.

Ärgerlich, dass der seltsame Besucher so schnell davongeeilt war, sagte sie sich nun; es gab doch ein paar Fragen, die sie ihm gern gestellt hätte.

Wahrscheinlich war es das Beste, sich ganz ruhig zu verhalten, auch wenn das am Allerschwersten fiel. Wenn Michel tot war und über ihre Beteiligung an seinen Unternehmungen nichts verraten hatte, hätte sich nichts Wesentliches für sie geändert. Unter Beobachtung hatte sie offenbar auch vorher schon gestanden. Überstürzte Fluchtreaktionen konnten eher das Gegenteil von dem bewirken, was sie zu erreichen suchte.

Draußen kam langsam die Dunkelheit voran, sie entzündete eine Kerze, stellte sie neben das Bett und legte sich darauf, die Zyankalikapsel in der Hand.

Sie wollte nicht sterben, machte sie sich klar, und wenn Michel tot war, konnte es nicht mehr in ihrer Bestimmung liegen, sich zu opfern. Nur ein gemeinsamer freiwilliger Liebestod war ein Schicksal, dem sie aus freien

Stücken hätte Folge leisten können. Mit Michels Tod war ihr eigener Opfertod zu einem Mythos geworden, der für sie keine Bedeutung mehr besaß.

Sie öffnete die Augen und betrachtete das tödliche Gift, das so harmlos aussah. Die Kapsel war alles, was sie noch hatte, war ihre ganze Sicherheit vor schrecklichem Leid. Ihr Schicksal hing von dieser Kapsel ab, und wenn die Häscher kommen sollten, um sie zu holen, so nahm sie sich fest vor, würde sie die Kapsel zerbeißen.

Sie umschloss die Giftkapsel fest mit der Faust. Wo sollte sie sie aufbewahren? Unter die Achselhöhle kleben? Das erschien ihr nicht sicher. Die Kapsel im Mund, an den Gaumen geklebt, erschien ihr zu gefährlich. Im Intimbereich? Auch dieser Gedanke gab ihr kein gutes Gefühl.

Ihr fiel das Halskettchen mit dem kleinen Anhänger ein.

Sie stand vom Bett auf und trat zu dem Schränkchen, in dem es sich befand. Der Anhänger war zylinderförmig und ließ sich aufschrauben. Die Blausäurekapsel passte hinein. Sie hängte sich die Kette um und schob deren unteren Teil mit dem Anhänger unter ihre Bluse. Von nun an würde sie diese Kette immer auf der Haut tragen, es war die vorerst beste Lösung und gab ihr ein gutes Gefühl.

In ihre Wolljacke gehüllt, saß sie auf dem Bett und starrte zu dem mit Brettern unvollständig bedeckten Fenster. Gelegentlich erhellte der Feuerschein einer Detonation die Dunkelheit, und vor ihrem inneren Auge sah sie Michel, ihren toten Geliebten. Gab es wirklich keine Hoffnung mehr für ihn? Etwas seltsam war die Geschichte, die Michels unheimlicher Bote ihr erzählt hatte, ja doch! Es grenzte fast an ein Wunder, dass Michel noch die Gelegenheit gefunden hatte, den Mann zu instruieren und ihm das Gift für sie zuzustecken. Aber das war eben Michel, er war besonnen und geschickt.

Doch wie sie es drehte und wendete, zur Hoffnung bestand wenig Anlass. Das Morden wurde von Tag zu Tag schlimmer und machte vor gar nichts mehr halt. Trotzdem konnte sie Michel nicht einfach seinem Schicksal überlassen, sollte er noch leben, und sie fühlte plötzlich den Wunsch, sich mitten in die Höhle des Feindes zu begeben, in die Prinz-Albrecht-Straße, um sich dort nach ihrem Geliebten zu erkundigen. Falls Michel noch lebte, könnte sie vielleicht doch etwas für ihn tun, selbst wenn sie sich dadurch in Gefahr begab, und wenn er tot war, dann hatte sie wenigstens Gewissheit. Sie musste sich Klarheit über das verschaffen, was mit Michel geschehen war.

An diesem Abend würde sie nichts mehr bewirken können, sagte sie sich, doch morgen bei Tag musste sie versuchen zu erfahren, was mit Michel geschehen war. Vielleicht könnte ihr jemand dabei helfen.

Sie legte sich nieder und vergrub das Gesicht in ihrem Kissen. Als zu späterer Stunde die Sirenen gingen, beweinte sie immer noch bitterlich den Tod ihres Geliebten. Sie sprang nicht aus dem Bett, um in den Keller zu eilen, als die Alliierten bald darauf mit ihren Bombern angriffen, sondern sie blieb liegen und verzichtete auf allen Schutz. Wenn ein Volltreffer sie erwischen sollte, dann würde es eben so sein!

Eine Weile lauschte sie den Einschlägen und Detonationen, und als die Detonationen schwächer wurden, übermannte sie die Erschöpfung und sie schlief ein.

6. KAPITEL

Gegen Morgen weckte sie das Donnern der Artillerie. Der Feind schien erneut näher gekommen zu sein. Wahrscheinlich hatte die Rote Armee die Stadtgrenze bereits überschritten, dachte Greta, aber sie empfand deshalb keine Angst. Die grässlichen Veränderungen, die der Vortag in ihr Leben gebracht hatte, standen ihr in ihrer entsetzlichen und erbarmungslosen Tragik vor Augen, und da spielte es fast schon keine Rolle mehr, wenn nun auch noch die Russen mit ihren Geschossen und Panzern auf den Plan traten.

Greta wartete, bis der Beschuss etwas nachließ, dann schlüpfte sie in ihren Mantel und verließ das Haus. Sie wollte Marlene um Hilfe bitten, falls diese inzwischen in ihre Unterkunft zurückgekehrt war. Marlene besaß gute Verbindungen zu einflussreichen Personen und verstand sich darauf, sie geschickt zu nutzen.

Auf ihrem Weg sah sie am Straßenrand Tote liegen. Darunter Frauen, die an den Wasserpumpen angestanden hatten; Opfer der Granaten, die auf die Stadt abgefeuert wurden.

Sie blieb nahe den Ruinen und Häusern und überquerte den zerstörten Kurfürstendamm. Die Haustür zu dem Gebäude, in dem sie bis gestern ein- und ausgegangen war, war unverschlossen. Sie lief die Treppen zu Marlenes Zimmer hinauf und bollerte gegen die Tür. Nach einer Weile hörte sie Schritte, dann öffnete Marlene.

»Oh«, entfuhr es ihr. »Mit dir hätte ich überhaupt nicht gerechnet. Hast du es schon gehört? Nellie ist tot.«

»Ich weiß«, sagte Greta, »es ist schrecklich.« Sie erklärte Marlene nicht, woher sie von Nellies Tod wusste, und Marlene fragte auch nicht weiter danach.

»Sie wurde schon abgeholt, ein ordentliches Begräbnis wird es nicht mehr geben«, erklärte Marlene. »Die Hilfskräfte sind völlig überfordert.«

»Die arme Nellie!«, sagte Greta. »Ihr Tod ist leider noch nicht alles. Auch mit Michel ist etwas passiert.«

Marlene hob die Brauen. »Was ist denn mit ihm?«

»Er wurde verhaftet. Er befindet sich bei der Gestapo in der Prinz-Albrecht-Straße. Wir müssen irgendetwas für ihn tun.« Dass Michel wahrscheinlich tot war, behielt sie erst einmal lieber für sich.

Marlene starrte sie an. »Michel – verhaftet? Warum denn? Na, komm erst einmal herein.«

Das Zimmer war klein und dunkel. Ein Bett, ein Tisch und ein paar Stühle. Auf dem Boden lag billiges, abgetretenes Linoleum und an der Wand hing ein gerahmtes Bild des Führers. Immerhin; in diesen Tagen konnte man froh sein, wenn man überhaupt noch eine Bleibe mit Dach über dem Kopf besaß, und sei es ein finsteres Loch wie dieses.

»Weshalb hat man ihn verhaftet?«, wiederholte Marlene und warf Greta einen Blick zu, als trüge diese daran die Schuld.

»Wenn ich das nur wüsste!« Bei Marlene musste sie vorsichtig sein.

»Hast du keine Erklärung?«, fragte Marlene.

»Er hat wie so viele andere Leute gehofft, dass der Krieg bald zu Ende sein möge. Wahrscheinlich hat er etwas Falsches gesagt.«

Marlene schaute sie merkwürdig an. »Deswegen wird jemand wie er doch nicht verhaftet«, erwiderte sie. »Michel ist Mitarbeiter des Reichssicherheitshauptamtes! Dass wir in einer beschissenen Lage sind, ist kein Geheimnis, und das darf man auch sagen.«

»Warum hätte man ihn denn sonst verhaften sollen?«, fragte Greta in gespielter Unbedarftheit. Sie konnte Marlene natürlich nicht mitteilen, dass Michel und sie für die Auslandsspionage tätig gewesen waren. »Wie auch immer«, fügte sie hinzu, da Marlene nicht sogleich reagierte, »er ist wirklich in einer beschissenen Lage und braucht Hilfe.«

»Er muss etwas getan haben, das ihm als Verrat ausgelegt werden kann«, wandte Marlene nach einer Weile ein. »Vielleicht wurde etwas aufgedeckt – eine Verbindung zu den Verschwörern vom 20. Juli, wegen des Attentats auf den Führer letztes Jahr.«

»Wie kommst du darauf?«, fragte Greta überrascht.

»Ich bin damals von offizieller Seite befragt worden«, erklärte Marlene dann.

»Befragt? Durch wen?«

»Na, durch die Gestapo!«

Greta blieb eine Weile stumm. Sie mochte kaum glauben, was sie hörte. Ergab das überhaupt einen Sinn? »Zum Attentat auf den Führer? Ernsthaft?«

»Ganz ernsthaft.«

»Was wollte man von dir wissen?«

»Ob ich erfahren hätte, dass Michel etwas von den Attentatsplänen wusste.«

»Und was hast du gesagt?«

»Natürlich habe ich erklärt, dass es Unsinn ist. Als Angehöriger der SS würde Michel doch nicht bei einem

Mordkomplott auf den Führer mitmachen, habe ich gesagt.«

»Hast du Michel von deinem Verhör erzählt?«

»Ja, allerdings.«

Michel und sie hatten sich damals gerade kennengelernt, fiel ihr ein. Es lag daher nahe, dass er sie aus der Sache hatte raushalten wollen. Doch warum hatte er in den vergangenen Tagen nichts von den Ermittlungen der Gestapo erzählt, nachdem ihr selbst der Verdacht gekommen war, dass die Gestapo dabei war, sie zu enttarnen?

»Und was hat Michel dazu gesagt?«

»Das Gleiche, was ich selber dachte, und dass ich mir keine Gedanken machen solle. Es habe so viele Eingeweihte in die Pläne zur Beseitigung des Führers gegeben, dass sie jeden verdächtigten.«

Greta war ratlos. Der Hinweis von Marlene stellte alles auf den Kopf. Sie wusste, dass Michels Erfahrungen im Osten ihn zu einem Gegner des Führers gemacht hatten, und wenn sie es recht bedachte, war es nicht ausgeschlossen, dass er in die Geschehnisse um das Attentat auf Hitler verstrickt gewesen war. Es war in den letzten Monaten mehrfach die Rede davon gewesen, dass es sich um eine großangelegte Aktion gehandelt hätte. Wenn Michel in die Verschwörung vom 20. Juli verwickelt war, hatte man ihn aus diesem Grunde, nicht aber wegen Spionage verhaftet, ein Umstand, der für ihr eigenes Schicksal nicht ohne Bedeutung war. Vielleicht wusste man wirklich nichts von ihrer Beteiligung an Michels Aktionen, sondern hatte sie allein um Michels willen beobachtet. Die Tatsache, dass er ihr eine Zyankalikapsel hatte zukommen lassen, blieb allerdings bestehen! Er hatte sich Sorgen um ihre Sicherheit gemacht, und das gewiss nicht ohne Grund.

»Hast du Michel geglaubt?«, fragte Greta.

Marlene schaute sie an. »Damals habe ich ihm geglaubt. Jetzt bin ich mir nicht mehr sicher, ob alles stimmte, was er mir erzählte. Ich habe damals nicht gewusst, dass Arthur Nebe in die Verschwörung gegen den Führer verwickelt war.«

Michel hatte sich also Marlene gegenüber genauso abwiegelnd verhalten wie ihr gegenüber. Er hatte sie beide nicht beunruhigen wollen. »Arthur Nebe? Wer ist das?«

»Er war einer der Chefs des Reichssicherheitshauptamtes, ein hoher SS-Mann, der das Reichskriminalpolizeiamt geleitet hat. Ich hätte es nicht für möglich gehalten, dass solche Männer bei einem Attentat auf den Führer mitmachen. Aber es war so! Er wurde zum Tode verurteilt und gehängt.«

Etwas Beunruhigendes war an Marlene. Noch nie war es so klar hervorgetreten wie an diesem Tag. Worin genau bestand es? War es diese fast unmerkliche Herablassung, die sie zur Schau trug? Oder lag es daran, dass sie den Eindruck vermittelte, etwas zu wissen, in das sie Greta nicht einweihen konnte?

»Hatte Michel denn mit diesem Nebe etwas zu tun?«, fragte sie.

Marlene zuckte mit den Achseln. »Michel war nicht in Nebes Polizeiamt tätig, sondern bei der Abwehr. Doch wenn schon ein Mann wie Nebe zum Verräter wird, kann man es bei niemandem im Reichssicherheitshauptamt ausschließen.«

»Michel hat im Osten schreckliche Dinge erlebt«, hob Greta an, um Vorwürfe gegen Michel, sollten sie zutreffen, ein wenig zu entkräften, aber kaum hatte sie es gesagt, da beschlich sie das Gefühl, sie hätte es besser gelassen.

Marlene sah eine Weile still vor sich hin. Von ihren Lachgrübchen, die Greta so liebte, war nicht einmal ein Ansatz zu sehen.

»Wenn er den Führer verraten hat, so wie die Attentäter des 20. Juli es taten, dann geschieht es ihm recht, dass er verhaftet wurde!«, erklärte sie. »Dann können wir nichts für ihn tun.«

Greta erschrak. »Wie kannst du so etwas sagen, Marlene! Du hast ihn doch geliebt, oder liebst ihn noch! Wir beide müssen zusammenhalten, jetzt in der Stunde der Not!«

»Nun mach mal halblang! Ich glaube nicht, dass Michel unsere Hilfe braucht, und ich glaube nicht einmal, dass er sich unsere Hilfe überhaupt wünscht! Du hast ein falsches Bild von ihm! So ein Unschuldslamm, wie du denkst, ist er auf keinen Fall.«

Greta runzelte die Stirn. Sie wurde aus Marlene nicht schlau. »Warum sagst du das? Natürlich kann man ihn zu Unrecht beschuldigt haben! So etwas kommt doch ständig vor!«

»Michel ist nicht irgendein SS-Mann«, erwiderte Marlene. »Er war eine Zeit lang der SS-Kavalleriebrigade von Hermann Fegelein zugeteilt.«

Greta zuckte mit den Achseln. »Was ändert das?«

»Fegeleins SS-Kavalleriebrigade war nicht Teil des gewöhnlichen Heeres, sondern Teil einer Einsatzgruppe.

Michel hat dem Führungskommando dieser Einsatzgruppe angehört!«

»Was heißt denn Einsatzgruppe? Darunter kann ich mir nichts vorstellen. Die Einsatzgruppen haben auch an der Front gekämpft, nehme ich an.«

»Die Einsatzgruppen haben nicht an der Front gekämpft, sondern waren im Hinterland der Front tätig.« Sie zögerte. »Sie haben Partisanen bekämpft.«

»Partisanen? Gut, ich verstehe. Gehört das nicht zum Krieg, dass man die Saboteure bekämpft? Im Krieg passieren nun einmal schreckliche Dinge.«

»Sie haben nicht nur Partisanen und Saboteure bekämpft«, erwiderte Marlene leise. »Sie haben Juden bekämpft. Die Männer, aber auch die Frauen und Kinder.«

»Jüdische Partisanen und ihre Familien?«

»Alle Juden sind Partisanen.«

»Wie – alle? Auch die Frauen und Kinder?«

Marlene zögerte. »Ja!«

Greta musste an die Gerüchte denken, die ihr zuweilen zu Ohren gekommen waren. Anders als vor dem Krieg gab es nicht mehr viele Juden in Berlin. Sie erinnerte sich noch gut, wie man mit den Juden umgesprungen war. In den Jahren vor dem Krieg hatte man sie auf das Übelste schikaniert, um sie aus Deutschland zu vertreiben und zur Ausreise zu zwingen, und das, obwohl die meisten von ihnen für eine Ausreise gar kein Geld besaßen. Trotzdem waren sie nach und nach praktisch alle aus der Stadt verschwunden. Es hatte geheißen, dass man sie in die besetzten Gebiete im Osten umgesiedelt hätte. Es wurde gemunkelt, dass viele Juden umgekommen seien und sie in den besetzten Gebieten sehr schlecht behandelt wurden. Was daran stimmte, wusste Greta nicht, und sie hatte es auch gar nicht so genau wissen wollen. Sicher, diese Menschen hatten gewiss Schlimmes auszustehen; – aber Frauen und Kindern töten? Und was hatte Michel damit zu tun? So etwas würde nicht zu ihm passen.

»Was willst du mit deinen Andeutungen sagen?«, fragte sie Marlene. »Glaubst du, dass Michel bei der Verschwörung gegen den Führer mitgemacht hat, weil er im Osten so schreckliche Dinge gesehen hat?«

»*Gesehen*?«, wiederholte Marlene gedehnt. »Als Offizier in einer Einsatzgruppe hat er nicht nur zugeschaut.«

»Ich kann mir nicht vorstellen, dass Michel an Mordtaten gegen Frauen und Kinder beteiligt war«, erwiderte Greta. »Wenn Partisanen hingerichtet werden, tötet man doch nicht deren Frauen und Kinder. Und sollte so etwas dennoch geschehen sein, war Michel gewiss nicht daran beteiligt!«

»Ich würde mir da an deiner Stelle nicht so sicher sein.«

Könnte es die Erklärung für das schlechte Gewissen sein, das ihn quälte? Greta beschlich ein komisches Gefühl. »Woher weißt du das eigentlich alles, was du da behauptest?«

»Hast du vergessen, dass ich Michel schon gekannt habe, bevor du ihm begegnet bist?«, gab Marlene nicht ohne Schärfe im Ton zurück.

»Hat er dir denn davon erzählt?«, fragte Greta. »Ich weiß, dass er ungern über das gesprochen hat, was er im Osten erlebte. Eigentlich gar nicht.«

»Mit mir schon«, erwiderte Marlene knapp.

Eine Zeit lang herrschte angespanntes Schweigen im Zimmer.

Greta fühlte sich nicht wohl, doch nahm das Gespräch wieder auf. »Bei allem, was er erlebt hat, erscheint mir sein Wunsch, dass das alles endlich zu Ende geht, umso verständlicher«, sagte sie.

Marlene blickte sie unvermittelt an, als hätte sie eben einen Entschluss gefasst. »Ob das wirklich sein Wunsch ist, erscheint mir doch fraglich«, sagte sie kalt. »Michel muss wegen seiner Taten im Osten besonders große Angst haben, dass der Krieg verloren geht.«

Greta wusste nicht mehr, was sie sagen sollte. Marlenes Erklärungen waren so undurchsichtig wie beklemmend; andererseits mochte sie das Thema nicht gern vertiefen. »Es wird sich zeigen, woran Michel beteiligt war«, entgegnete sie. »Es spielt im Augenblick jedenfalls keine Rolle. Wenn man ihn verhaftet hat, müssen wir ihm helfen. Vielleicht ist es schon zu spät dafür, doch wir müssen es wenigstens versuchen! Alles andere ist im Augenblick unwichtig!«

»Was willst du denn tun? Willst du deine weiblichen Möglichkeiten zum Einsatz bringen?«

»In der Not …«

»Du weißt nicht, wovon du sprichst, Greta! Michel braucht unsere Hilfe nicht! Ich kenne ihn besser als du!«

»Du warst Michels Geliebte, bevor er mir begegnet ist«, erwiderte sie. »Deshalb komme ich zu dir! Wir sind beide ihm gegenüber in der Pflicht. Du hast ihn doch auch gehabt!«

Marlene blickte aus den schönen grünen Augen auf. »Ja, du sagst es, Greta: Ich hatte ihn einmal!«

Trug sie es Michel nach, dass er sie verlassen hatte oder sie ihn mit Greta teilen musste? Sie hatte Michel früher nie nach seinem Verhältnis zu Marlene befragt, sondern dergleichen Erörterungen tunlichst gemieden. Nur bei ihrem letzten Gespräch hatte sie ihn auf seine Beziehung zu Marlene angesprochen, sich aber mit seiner knappen Erwiderung, die den Eindruck von Aufrichtigkeit gemacht hatte, zufrieden gegeben. Einmal hatte sie von Michel wissen wollen, ob es ihm nichts ausmachen würde, wenn sie mit anderen Männern schliefe. »Der Zweck heiligt die Mittel«, hatte ihr Geliebter geantwortet, »wir leben in keiner normalen Zeit. Was in Friedenszeiten gut und richtig ist, hat unter den gegenwärtigen Verhältnissen keine Bedeutung. Damit müssen wir alle leben.« Seine Worte hatten in ihren Ohren so geklungen, als ob dies eine allgemein akzeptierte Einstellung sei, der sich die Frauen in Nellies Etablissement bereitwillig unterordneten. Aber wie sich nun zeigte, war das in Marlenes Fall wohl ein Irrtum gewesen.

»Dass er ein Verhältnis mit mir begonnen hat, ist kein Grund, ihn jetzt im Stich zu lassen, Marlene!«, sagte sie.

»Er braucht und will keine Hilfe!«, wiederholte Marlene schroff. »Wenn er ein Verräter ist, hat er es nicht anders verdient, als verhaftet zu werden. Dann kann man ihm sowieso nicht helfen, und wir können erst recht nichts für ihn tun. Auch mit unseren weiblichen Reizen nicht.«

Greta wurde es heiß und kalt. Ob Marlene gar selbst die Denunziantin war, die der Gestapo einen Tipp gegeben und sie auf Michels Spur gesetzt hatte?

»Du willst ihm wirklich nicht helfen? Bei allem, was war? Ich kann es nicht glauben!«

Marlene schien aufbrausen zu wollen, hielt sich aber im Zaum. »Halt dich da raus, Greta! Geh in deine Wohnung und warte das Ende des Krieges ab! Es wird nicht mehr lange dauern. Der Endsieg ist futsch, das ist mir schon klar, ich bin ja nicht blöd. Trotzdem! Wenn du törichte Schritte unternimmst, wird die Gestapo Schritte gegen dich unternehmen, und dann kommen auf dich vielleicht sehr unangenehme Konsequenzen zu.«

Greta wusste nicht, wie sie auf diese unverhohlene Drohung reagieren sollte. Doch eines war nun klar: Mit Marlene war nicht zu rechnen. Sollte Michel noch nicht tot sein, wäre das bitter. Marlene war so ziemlich die einzige Person, die vielleicht etwas bei der Gestapo zugunsten von Michel ausrichten konnte.

»Hauptsache du weißt selbst gut, was du tust«, gab Greta zurück. »Wahrscheinlich ist Michel tot! Dann braucht er unsere Hilfe nicht mehr. Solange ich es nicht sicher weiß, muss ich etwas für ihn tun. Ich werde in der Prinz-Albrecht-Straße nach ihm fragen. Ich kann in dieser Situation nicht untätig sein.« Sie erhob sich vom Stuhl. Sie musste ihren Weg alleine gehen. Von Marlene war nichts zu erhoffen.

Marlene stand ebenfalls auf. »Ich kann dich dorthin nicht begleiten«, sagte sie. »Michel ist Mitarbeiter des Reichssicherheitsdienstes. Es wird ihm nichts geschehen, wenn er wirklich unschuldig ist. Geh besser nicht dorthin.«

Greta sagte nichts mehr, sondern ging ohne ein Abschiedswort hinaus.

7. KAPITEL

Die Tür zu Nellies Etablissement im Erdgeschoss war nicht verschlossen und Greta betrat dahinter den ihr vertrauten Salon. Sie wusste, wo das Telefon stand. Daneben lag ein Telefonbuch. Sie nahm es zur Hand und suchte, bis sie die Nummer des Steglitzer Lazaretts fand, in dem ihre Schwester Dörte arbeitete.

Das öffentliche Fernsprechnetz funktionierte genauso einwandfrei wie in Friedenszeiten. Es war ein kleines Wunder.

Das Lazarett werde gerade aufgegeben, erfuhr sie, als eine Verbindung hergestellt war. Dörte Jenski sei nicht mehr im Haus, sondern vermutlich – wie die meisten anderen Krankenschwestern – in ein neu unter der Reichskanzlei eingerichtetes Notlazarett beordert worden.

Ausgerechnet in die Reichskanzlei, dachte Greta und legte auf. Sie hatte schon gehört, dass sich unter der Reichskanzlei ein riesiges Keller- und Bunkersystem befand.

Sie machte sich zu Fuß auf den Weg durch das Berliner Ruinenmeer. Die Straßen hatten von Granateinschlägen tiefe Krater bekommen. Der Anblick der einst prächtigen Gebäude war bedrückend. Von vielen Häusern standen nur noch die Fassaden.

Am Ende des von Ruinen gesäumten Kurfürstendamms ragte das Skelett der ausgebrannten Kaiser-Wilhelm-Gedächtniskirche in den Himmel. Die Zeiger der vom Rauch geschwärzten Uhr standen seit einem Bombenangriff, der schon länger als ein Jahr zurücklag, auf halb acht. Unweit der Kirche lag der einst weltberühmte Berliner Zoo. Gretas Erinnerungsbilder streiften kurz die Tiere aus den Weiten Afrikas und Asiens, die Kängurus, Nashörner, Tiger und Elefanten, und sie fragte sich, wie es denen wohl erging. Auch der ehemals schöne Tiergarten, der grüne Park im Herzen der Stadt, der den Zoo umgab, lud nicht mehr zu Spaziergängen ein. Der liebliche Wald war nahezu verschwunden. Der Boden war von den Bomben und Granateinschlägen aufgewühlt, entwurzelte Platanen lagen quer über den Wegen. Die zutraulichen Eichhörnchen, denen sie hier früher begegnet war, waren geflohen oder tot. Sie sah ein paar Hitlerjungen, die am südlichen Rand des Tiergartens unter der Anleitung eines älteren Volkssturmmannes einen Schützengraben aushoben, Kinder und alte Männer, das war Berlins letztes Aufgebot.

Sie marschierte kreuz und quer und bahnte sich zwischen Granattrichtern und anderen Hindernissen ihren Weg, mal auf der einen, mal auf der anderen Straßenseite, ganz wie die Durchlässe es erforderten, während sie aus der Ferne das Grollen der fortdauernden Kanonade hörte. Sie hätte die Strecke gewöhnlich in einem strammen Fußmarsch binnen einer Stunde bewältigen können, doch die zahllosen Trümmerpfade verlängerten ihren Weg.

Das Haus in der Prinz-Albrecht-Straße war ein wuchtiges, angsteinflößendes Gebäude. Es hatte Bombenschäden davongetragen, schien aber noch ausreichend intakt zu sein, um als Sitz der Gestapo fungieren zu können.

Greta betrat das fünfstöckige Gebäude durch den Haupteingang. Sie erblickte ein Treppenhaus und daneben einen Gitterschacht mit einem Aufzug, der den Eindruck erweckte, seit Längerem nicht mehr benutzt worden zu sein.

Sie schaute sich um. Auch das Innere des Gebäudes wies augenfällige Brandschäden auf. Doch hier wurde noch gearbeitet, die Behörde schien im Großen und Ganzen noch zu funktionieren.

In der Nähe des Treppenhauses sah sie eine offene Tür zu einem Raum, der beim Nähertreten wie eine Art Empfangszimmer auf sie wirkte. Hinter dem Schreibtisch saß ein ungefähr 50-jähriger Mann in Uniform, der aufblickte, als sie im Türrahmen erschien. Er sah aus, als ob er bereits eine unwirsche Bemerkung auf den Lippen hatte, doch als er sie genauer musterte, entspannten sich seine Züge und in seine Augen trat ein Schimmer von Interesse.

»Was kann ich für Sie tun, junges Fräulein?«

»Ich möchten einen der Insassen besuchen, Herrn Michael Greinz«, erwiderte Greta.

»Greinz?«, wiederholte der Beamte nachdenklich. »Der Name kommt mir bekannt vor. Er ist ein Häftling?«

»Er ist mein Verlobter«, behauptete sie, um ein Besuchsrecht zu begründen, »er soll gestern verhaftet worden sein.«

»Ihr Verlobter? Soso! Nun gut, dann wollen wir einmal schauen.«

Der Beamte griff zu einer Mappe, die am Rande seines Schreibtisches lag, klappte sie auf und ging die Eintragungen durch.

»Kann den Namen nicht finden«, sagte er. »Seit gestern, sagten Sie, soll er bei uns sein?«

»Ja, seit gestern.«

Greta fiel ein, dass Michels Dienststelle nicht weit entfernt lag. Das Reichssicherheitshauptamt hatte seinen Sitz in der Wilhelmstraße, in der unmittelbaren Nachbarschaft. Die Gestapo hatte es nicht weit gehabt, um ihn abzuholen.

Der Beamte legte die Mappe aus der Hand und griff zu dem schwarzen Telefonhörer, dann betätigte er die Drehscheibe ein einziges Mal.

»Bei mir steht eine junge Dame, die einen Herrn Greinz sprechen möchte«, sagte er in den Hörer. »Ist etwas über diesen Herrn bekannt?«

Er warf Greta ein aufmunterndes Lächeln zu, während er auf die Antwort wartete, doch es dauerte nicht lange, bis sich der Ausdruck seines Gesichts veränderte. Die Antwort hatte ihn erreicht, die aufgesetzte Freundlichkeit wich, und er runzelte die Stirn, dann ließ er Greta aus den Augen, als ob es ihm unangenehm war, ihr noch länger ins Gesicht zu sehen.

»Soso«, hörte Greta ihn leise murmeln. »Soso!« Der Gestapobeamte legte den schweren Hörer auf das Telefon zurück, stützte beide Ellenbogen auf den Schreibtisch und faltete die Hände wie zum Gebet.

»Weil Sie so hübsch sind, möchte ich Ihnen einen Rat geben«, sagte er. »Und zwar diesen: Gehen Sie einfach nach Hause und stellen Sie keine Fragen mehr. Für diesen Herrn Greinz können Sie nichts mehr tun. Glauben Sie es mir! Tun Sie besser etwas für sich selbst!«

Er löste seine verschränkten Hände und rieb sich Stirn und Augen.

Greta blieb stumm. Ihre schwache Hoffnung war verflogen. Er war tot, dachte sie, und ihre Augen füllten sich mit Tränen.

Der Beamte hinter dem Schreibtisch bemerkte es und zuckte mit den Achseln, als wollte er andeuten, dass es ihm leid täte, das Ganze aber nun einmal nicht zu ändern sei.

»Ist er tot?«, fragte sie.

»Gehen Sie nach Hause, junge Frau! Es ist mir nicht gestattet, Ihnen Auskünfte zu erteilen.«

Trotz ihres Schmerzes stieg ein Gefühl von Unmut in ihr auf. Der Mann, ob er es nun gut meinte oder nicht, gab ihr denselben Ratschlag wie Marlene Raulf; doch sie wollte keine dummen Ratschläge mehr hören, sondern wissen, was mit Michel geschehen war.

»Wo ist Herr Greinz? Was ist mit ihm passiert?«

»Herr Greinz ist nicht mehr hier«, sagte er ruhig. »Nochmals: Beherzigen Sie meinen Rat und hauen Sie ab! Sonst behält man Sie noch hier!«

»Warum denn? Ich habe nichts getan.«

»Mag sein, dass Sie nichts getan haben, aber das stellt sich manchmal erst nach einiger Zeit heraus. Und manchmal stellt sich etwas ganz anderes heraus, als man erwartet. Sie wären nicht die Erste, der das hier passiert ist.«

»Sagen Sie mir wenigstens, ob Herr Greinz noch lebt? Mehr will ich gar nicht wissen! Danach werde ich gehen!«

Der Beamte antwortete nicht, sondern blickte an Greta vorbei zu der offen stehenden Tür.

»Ich wiederhole, dass ich nicht befugt bin, Ihnen Auskünfte zu erteilen«, sagte er nach einer Weile förmlich und ließ den Blick über die Akten auf seinem Schreibtisch schweifen, als ob er zum Ausdruck bringen wollte, dass das Gespräch damit für ihn beendet sei.

»Herr Greinz ist tot«, hörte Greta hinter sich eine Stimme sagen, und erschrocken fuhr sie zu dem Sprecher herum.

Sie wollte etwas entgegnen, aber sie schaffte es nicht. Mehr noch als die fürchterlichen Worte hatte der Anblick des Mannes, der die Worte gesprochen hatte, sie erstarren lassen. Sie hatte das Gefühl, als sei sie buchstäblich zu Tode erbleicht.

Sie kannte den Mann mit den blauen Augen und dem bleichen, länglichen Gesicht, der in den Rahmen der geöffneten Tür getreten war und sie lächelnd betrachtete. Es war derselbe Mann, den sie in dem Lokal gesehen hatte, in das sie mit Dr. Bewel gegangen war; ein Mann, der inzwischen wissen musste, wer sie war, sofern er es nicht damals schon gewusst hatte. Heute trug er kein Zivil, sondern eine schwarze SS-Uniform.

»Ist das wirklich wahr?«, kam es schließlich fast tonlos über ihre Lippen.

»Ich mache keine Scherze«, antwortete der Gestapomann. »Ich bin Obersturmführer Ahlmann.«

»Aber was ist denn passiert?«, hauchte sie zurück.

»Herr Greinz hat es vorgezogen, sich selbst zu entleiben«, erwiderte der Gestapomann kalt.

Sie suchte nach den richtigen Worten. »Er hat sich erschossen?«

»Er hat Zyankali geschluckt.«

Sie konnte nicht verhindern, dass sie selbst heftig schlucken musste. »Warum hat er das getan?«

»Er wird schon gewusst haben, warum«, erwiderte der schreckliche Gestapomann ungerührt. »Vielleicht können Sie selbst diese Frage viel besser beantworten als ich.«

Greta schüttelte den Kopf. »Ich habe keine Erklärung.«

Sie hatte sich wieder einigermaßen gefasst. Aber sie befand sich in einer Situation, in der ihr gar nichts anderes übrig blieb, als sich schnell wieder zu fassen.

»Dann denken Sie mal darüber nach«, sagte der Obersturmführer Ahlmann. »Es könnte von Vorteil für Sie sein, wenn Sie eine Erklärung fänden, aber sehr unangenehm, wenn nicht. Das gilt auch für den Fall, dass Sie sich nicht ernsthaft um die richtige Antwort bemühen sollten.«

Sie musste schnellstens fort von hier, kam es ihr in den Sinn. Für Michel konnte sie nichts mehr tun. Nachdem ihr Geliebter in den Tod gegangen war, stand nun ihr eigenes Leben auf dem Spiel.

»Ich werde mir Mühe geben, eine Antwort darauf zu finden«, erwiderte sie.

Es hätte nahegelegen, Ahlmann zu fragen, weshalb Michel verhaftet worden war. Sie wagte es aber nicht, ein Thema anzuschneiden, das ein Licht auf ihre eigene und über das Private hinausgehende Rolle in Michels Leben hätte werfen können. Es war nicht vorherzusehen, in welche Richtung sich ein solches Gespräch entwickeln würde, und sie war nun einmal ganz klar in der schwächeren Position.

»Bestimmt haben Sie eine Vermutung«, sagte der Obersturmführer in einem Ton, der in ihren Ohren nicht ungefährlich klang.

Sie straffte ihre Schultern, bevor sie langsam den Kopf zurück zu dem anderen Mann drehte, der hinter dem Schreibtisch saß. Der ältere Beamte vermied es, sie anzusehen. Von ihm war keine Hilfe zu erwarten.

Langsam erhob Greta sich aus ihrem Stuhl und wandte sich erneut in die gefährliche Richtung. Der geschniegelte SS-Mann stand ihr nur ein paar Schritte entfernt gegenüber.

»Er hatte wohl einfach Angst«, gab sie zurück.

»Gewiss nicht ohne Grund«, lächelte Ahlmann böse.

Gretas Instinkte drängten zur Flucht. Sie hatte das Gefühl, irgendetwas sagen zu müssen, wusste aber nicht, was. Alles in ihr hatte sich zusammengezogen, sie wollte nur noch fort. Am liebsten wäre sie hinausgerannt. Sie musste sich regelrecht beherrschen, um nicht panisch zu reagieren.

»Wo ist Herr Greinz?«, fragte sie. »Kann ich ihn sehen?«

»Wir sind hier kein Leichenschauhaus«, erwiderte Ahlmann brutal. »Außerdem ist er längst unter der Erde! Es ist Krieg! Da bleibt nur das Massengrab!«

Greta empfand einen jähen Schmerz. Die Erfahrungen mit dem Tod ihrer Mutter hatten ihr bewusst gemacht, wie hart es war, nicht mehr von einem geliebten Menschen Abschied nehmen zu können. Doch der Schmerz, den sie fühlte, war an diesem Ort das kleinere Übel.

Sie nahm ihren ganzen Mut zusammen. »Wenn es so ist, werde ich jetzt gehen«, sagte sie, bevor sie einen nicht ganz sicheren Schritt in Richtung des Obersturmführers machte, der sich selbst während ihres Gesprächs kaum bewegt hatte.

Sie war sich sicher, dass Ahlmann sie im nächsten Moment fest an den Schultern greifen würde, um sie festzuhalten und zu verhindern, dass sie das Gebäude verließ. Doch nichts dergleichen geschah. Der SS-Mann machte sogar einen leichten Schritt zur Seite, um sie passieren zu lassen.

»Auf Wiedersehen!«, murmelte sie, als sie ihm so nahe war, dass sie ihn fast berührte.

An der Art, wie Ahlmann ihr mit den eisblauen Augen zulächelte, war zu spüren, dass er sich nicht als Verlierer fühlte. Es war, als dächte er daran, dass sie ihm nicht entkommen würde, weil er es in der Hand hätte, sie jederzeit festsetzen zu lassen und zurückzuholen.

»Heil Hitler!«, bellte er ihr hinterher.

Sie zuckte kaum merklich zusammen, dann eilte sie aufrechten Ganges auf den Ausgang zu.

Niemand folgte ihr. Niemand schrie hinter ihr her. Niemand hinderte sie daran, das Gebäude zu verlassen, und so ging sie einfach hinaus.

8. KAPITEL

Sie sah schwarzen und gelben Rauch, brennende Häuser und gespenstische Ruinen. Explosionen ließen die Erde erbeben. Die russische Artillerie schien es sich zur Aufgabe gemacht zu haben, die bisher noch unversehrt gebliebenen Gebäude zu zerstören.

Als sie um die Straßenecke gebogen war, begann sie zu laufen. Sie lief in südliche Richtung zur Leipziger Straße. Auch die anderen Menschen, die sie sah, liefen oder hasteten mit eiligen Schritten durch die Trümmerpfade an den Ruinen entlang. Zum Glück konnte ihr niemand ansehen, dass sie nicht in erster Linie vor den Artilleriegeschossen, sondern vor der Gestapo floh.

Michel war tot. Wahrscheinlich würde auch sie bald sterben. Ein schneller Tod durch ein Artilleriegeschoss wäre nicht einmal das Schlimmste. Nur in den Händen dieser Mörder, die Michel in den Tod getrieben hatten, sollte ihr Leben auf keinen Fall ein Ende finden!

Als sich unweit von ihr eine Explosion ereignete, hielt sie inne und lief in einen Hauseingang. Sie tat es weniger, um sich zu schützen, als vielmehr, um zur Besinnung zu kommen und um sich darüber klar zu werden, wohin sie sich wenden sollte. Konnte sie in ihre Wohnung zurück?

Es hatte des Todes ihres Geliebten bedurft, um sie von der bizarren Wunschvorstellung des Freitods zu befreien. Sie wollte nicht sterben, weder durch deutsche noch durch russische, und erst recht nicht durch eigene Hand. Was aber tun? Weglaufen konnte sie nicht. Die

Stadt war eingekesselt und der Einschluss der Russen um die noch nicht eroberten Teile der Stadt zog sich jeden Tag enger zusammen. Es mochte ein paar Schlupflöcher geben, aber ihr selbst waren keine bekannt.

Das böse Lächeln des Gestapomanns Ahlmann, der ihr schon bei ihrem Treffen mit Dr. Bewel auf der Spur gewesen war, würde sie so schnell nicht vergessen. Andererseits hatte man sie nicht in dem Gefängnis in der Prinz-Albrecht-Straße festgehalten, und das sprach dafür, dass die Gefahr, die ihr vonseiten der Gestapo drohte, weniger groß war als von Michel und ihr selbst befürchtet. Man hatte Michel offenbar nicht wegen seiner Spionagetätigkeit für den Feind verhaftet, sondern aus einem anderen Grund, wahrscheinlich dem von Marlene genannten. Doch das war alles nicht sicher. Außerdem waren da die Russen, bei denen ihr Name ebenfalls auf einer schwarzen Liste stand. In ihrer Wohnung war sie allein, ohne jeglichen Schutz und obendrein zur Untätigkeit verdammt. Es widersprach ihrem Naturell, sich in der Giesebrechtstraße zu verkriechen und der Dinge zu harren, die sich ereignen mochten. Es drängte sie, selbst etwas für ihr Überleben und ihr Fortkommen zu tun.

Sie musste untertauchen, sagte sie sich. Irgendwo in den Kellern und Ruinen, wo man sie nicht kannte. Doch zunächst musste sie in ihre Wohnung zurück, um sich mit dem Nötigsten zu versorgen; danach würde sie sehen, wie es weiterging.

Kaum hatte sie den Entschluss zur Rückkehr in ihre Wohnung gefasst, als ihr das Telefonat einfiel, das sie am Morgen mit dem Steglitzer Krankenhaus geführt hatte. Wo war Dörte, ihre Schwester? Sie schaute in die Richtung zurück, aus der sie gekommen war. Die Reichskanzlei lag fast um die Ecke. War sie im Lazarett in der Reichskanzlei nicht am besten geschützt? Gut, dass sie haltgemacht hatte, dachte sie bei sich. Sie musste zurück! Das war die richtige Antwort auf die selbst gestellten Fragen. Bevor sie weitere Schritte unternahm, musste sie in Erfahrung bringen, ob Dörte tatsächlich im Lazarett unter der Reichskanzlei untergekommen war. Was sie weiter unternehmen würde, hing davon ab.

Die Granateinschläge erfolgten im Abstand weniger Minuten, aber mehr als die Einschläge selbst zerrte das Dröhnen der Artillerie an ihren Nerven. Immerhin bekam sie ein Gefühl dafür, wie mit der Bedrohung durch die Granaten umzugehen war. Nachdem ein Einschlag erfolgt war, herrschte meist für eine Weile Ruhe, und diese Zeit konnte sie nutzen, um vorwärts zu kommen. Schwieriger einzuschätzen war es, wann sie wieder pausieren müsste, um den Geschossen zu entgehen.

Sie löste sich aus dem Schutz der Überdachung und machte kehrt, eilte den Weg zurück, auf dem sie hergekommen war, auf der Wilhelmstraße zurück nach Norden, und als das Gestapo-Hauptquartier wieder in Sichtweite kam, ließ sie es rechter Hand liegen.

Im Außenministerium sowie im einstigen Reichspräsidentenpalais war kein Fenster heil geblieben und in den prächtigen Mauern der Gebäude klafften riesige Löcher. Der Rauch eines größeren Brandes, den ein Einschlag ausgelöst hatte, hüllte die Trümmer und Fassaden ein.

Die Reichskanzlei, die mit einer Länge von mehreren hundert Metern die gesamte Nordseite der Voßstraße einnahm, war an vielen Stellen abgerissen und beschädigt, stand aber noch und gab sich den Anschein, als könnten die Granaten sie in ihren Grundfesten nicht erschüttern.

Hinter diesen Mauern lebte irgendwo der Mann, dessen fürchterlicher Wille Berlin in eine Hölle verwandelt hatte. Dieser Mann hatte die Tür geöffnet, durch die Dämonen aller Art Einlass gefunden hatten.

Am Eingang der Reichskanzlei stand ein Wachtposten, der sie neugierig musterte.

»Wohin möchten Sie denn, junge Dame?«

»Ins Lazarett. Meine Schwester arbeitet dort, sie hat mich hergebeten.«

»Ich muss Sie durchsuchen! Haben Sie eine Waffe?«

Greta schüttelte den Kopf.

»Öffnen Sie einmal Ihren Mantel.«

Sie tat es, und der junge Mann tastete alle Taschen ab, dann auch ihre Taille, schließlich durfte sie passieren.

»Zu den Bunkerräumen geht es rechts die Treppe runter und dann den Gang entlang«, rief er ihr nach.

Greta folgte dem Hinweis und betrat am unteren Ende der Kellertreppe einen langen Gang, der parallel zur Voßstraße durch das Kellerlabyrinth der Reichskanzlei führte.

Beidseits des Ganges öffneten sich zahlreiche Türen zu Räumen unterschiedlicher Größe, die inzwischen offenbar sämtlich als Luftschutzkeller dienten. Sie hörte Befehle, die gerufen wurden. Einige der Räume waren anscheinend von Truppen oder Kampfeinheiten besetzt. Dann aber hörte sie Stimmen, die von Frauen und Kindern herrühren mussten, und dann auch Rufe, die wie die von Verwundeten klangen.

Gleich darauf befand sie sich inmitten eines großen Lazaretts. Die Verwundeten lagen oder saßen dicht an dicht an den Wänden; die Schwerverletzten waren auf Strohsäcken gebettet. Verwundete Soldaten, aber auch Zivilisten wurden versorgt. Manche jammerten, manche wirkten apathisch, andere sahen sie neugierig an.

Sie traf auf eine Helferin mit einer Rotkreuzarmbinde und fragte sie nach Dörte Jenski.

»Die habe ich eben noch gesehen«, bekam sie zur Antwort. Die angesprochene Helferin schaute sich um und wies dann mit der Hand in Richtung eines angrenzenden Zimmers. »Schauen Sie mal da nebenan!«

Greta fühlte eine augenblickliche Erleichterung. Sie suchte sich ihren Weg zwischen den Verletzten hindurch und erreichte den Durchgang zu einem kleineren Raum, offenbar eine Art Ruheraum oder Arztzimmer, in dem zwei Feldbetten, ein Medikamentenschrank und eine Anrichte standen. Davor erblickte sie eine schlanke junge Frau mit hellblondem Haar wie ihr eigenes, die ihr den Rücken zuwandte. Kein Zweifel, sie hatte Dörte gefunden.

»Dörte!«, rief sie. »Dörte!«

Ihre Schwester drehte sich herum.

»Greta! Du hier? Wo kommst du her? Geht es dir gut?« Sie eilte der Schwester freudig entgegen. »Ach, ja, du siehst gut aus. Ich bin froh, dich unbeschadet zu sehen.«

»Du siehst heute bestimmt besser aus als ich«, sagte Greta, nachdem sie die Schwester umarmt hatte. »Aber egal, wie ich aussehe – es geht mir nicht so gut, wie du denkst – Michel ist tot.«

Dörte schaute sie erschrocken an. »Michel, wer ist das? Sollte ich ihn kennen?«

»Er war mein Freund, mein Geliebter«, erwiderte Greta, der erst in diesem Moment bewusst wurde, dass

Dörte Michel nie kennengelernt hatte. »Ich hatte ganz vergessen, dass du gar nicht von ihm weißt.«

Dörte schaute sie mitleidig an. Sie wirkte nicht mehr erschrocken, sondern war augenscheinlich beruhigt, dass es kein Angehöriger oder gemeinsamer Bekannter war, von dessen Tod Greta ihr zu berichten wusste. Wie sollte es anders sein? Gewöhnliche Todesnachrichten waren nichts Besonderes mehr. An der Front wurde schon seit Jahren gestorben, aber längst war der mörderische Tod auch in Berlin angekommen und hauste an allen Ecken und Enden der Stadt.

»Ich nehme an, er hat dir sehr nahe gestanden?«, fragte Dörte.

»Ja, sehr«, erwiderte Greta mechanisch und spürte doch bereits eine Art inneren Abstand zu ihrem toten Geliebten. »Ich war sehr gern mit ihm zusammen.«

Sie merkte, dass sie nicht über Michel sprechen wollte. Ein subtiler Abgrund zwischen der Zeit vor und der nach seinem Tod hatte sich aufgetan. Zum Trauern war im Moment auch keine Zeit, und so sehr Michels Tod sie auch schmerzte, so empfand sie doch, dass ihr Leben bereits in eine neue Phase getreten war und das Schicksal ihr keine Zeit ließ, sich von dem Verlust ihres Freundes zu erholen. Unversehens stellten sich ihr neue Herausforderungen, die sie bewältigen musste, wollte sie nicht untergehen.

Sie schaute sich um. »Was für ein großes Lazarett!«

»Ja, es erstreckt sich über mehrere Räume«, erwiderte Dörte. »Eigentlich ist es ein Notlazarett, aber es besteht schon seit dem Beginn der Luftangriffe. Zuerst war es eine Verbandstation, aber Mitte März wurde das notwendige medizinische Instrumentarium hergeschafft, wie ich hörte, und vor ein paar Tagen hat man unsere komplette Krankenstation hierher verlegt.«

»Und was machen all die Soldaten hier?«

»Gestern ist Generalmajor Mohnke mit seiner Kampftruppe in die Kellerräume neben dem Lazaretttrakt eingerückt und hat hier seinen Gefechtsstand eingerichtet. Er befehligt von hier aus fast tausend Mann, die das Regierungsviertel schützen sollen.«

Sie befand sich gewissermaßen in der Höhle des Löwen, dachte Greta; aber manchmal war es in der Höhle des Löwen sicherer als an Orten, an denen man sich unerkannt im Verborgenen wähnte.

»Es kommen immer mehr Verwundete, nicht nur Soldaten, sondern auch Zivilisten«, fügte Dörte hinzu. »Wir haben Angst, dass bald schon Medikamente und Verbandsmaterial knapp werden könnten.«

Greta gingen verschiedene Gedanken durch den Kopf. »Sag, Dörte, könnte ich nicht hier bei euch Unterschlupf finden, bis alles vorüber ist?«, fragte sie. »Ich weiß nicht recht, wo ich hin soll. In meiner Wohnung bin ich so allein.«

»Wenn du einen Platz zum Schlafen findest, kannst du gern hier bleiben«, erwiderte Dörte. »Nicht nur Verwundete, auch andere Leute, die nicht wissen, wo sie hin sollen, suchen hier Schutz, weil sie glauben, dass sie in der Nähe des Führers gut und sicher aufgehoben sind. Es wird niemand abgewiesen.« Sie machte eine Kopfbewegung in Richtung des Ausgangs. »Er wohnt dort hinten!«, sagte sie leise. »Im Bunker unter dem Garten. Aber hast du deine Sachen denn dabei?«

»Ich müsste sie erst holen gehen. Noch sind die Russen ja nicht da. Es wird hoffentlich noch eine Weile dauern, bis sie den Ku'damm erreichen. Ich packe meinen Koffer und komme dann wieder zurück.«

»Am besten wäre es, wenn du dich hier etwas nützlich machen könntest«, sagte Dörte. »Im Lazarett werden wir in den nächsten Tagen Hilfe brauchen. Wenn du kommst, kannst du dich auf Professor Haase berufen. Ich werde ihm von dir erzählen. Das heißt, wenn du es willst.«

Greta überlegte nur einen kurzen Moment. »Ja, natürlich will ich«, sagte sie. »Unbedingt! Was müsste ich im Lazarett tun?«

»Du wärst eine Hilfsschwester und müsstest die Kranken und Sterbenden mit Wasser versorgen, solche Sachen. Für viele der Schwerverletzten wäre es schon eine Hilfe oder Erleichterung, ein Mädchen wie dich in der Nähe zu haben, das ihm die Hand hält und ein beruhigendes und tröstendes Wort zu ihm spricht, alles andere wird sich finden. Den Anblick von Blut kannst du doch ertragen, oder etwa nicht?«

Der Status einer Hilfsschwester würde ihr zusätzlichen Schutz gewähren, dachte Greta. Vor den Männern der Waffen-SS, die man hier unten sah, hatte sie keine Angst. Sie wusste, dass diese nicht mit den Männern gleichzusetzen waren, denen sie im Hauptquartier der Gestapo begegnet war.

»Damit habe ich keine Schwierigkeiten«, sagte sie.

»Gut, dann hol deine Sachen!«, sagte Dörte. »Nimm am besten einen Rucksack. Vielleicht müssen wir diesen Unterschlupf eines nicht fernen Tages wieder räumen.«

»Gut, Dörte, so wollen wir es machen. Aber es ist bereits fünfe durch. Vor der Verdunkelung heute werde ich es nicht mehr zurück in die Reichskanzlei schaffen«, erklärte Greta. »Aber morgen in der Früh mache ich mich sofort auf den Weg.«

In der Tür tauchte eine der Krankenschwestern auf und rief nach Dörte. Diese erwiderte etwas und sagte dann zu Greta: »Sieh zu, dass du sicher durch die Straßen kommst! Ich muss wieder an die Arbeit. Findest du hinaus?«

»Ich komme zurecht«, entgegnete Greta. »Wir sehen uns morgen.«

Dörte eilte zu den Verletzten und Greta verließ den Lazaretttrakt. Sie machte sich guten Mutes auf den Weg in Richtung des Ausgangs, vorbei an den Soldaten und Zivilisten, die die Gänge bevölkerten.

Die Reichskanzlei war mit einem regelrechten Labyrinth von Luftschutzräumen unterkellert. Sie gelangte in einen Raum, der offenbar zu dem Gefechtsstand der Soldaten gehörte. Sie sah mehrere junge Männer in SS-Uniformen, und kaum wurde sie bemerkt, da zog sie bewundernde Blicke auf sich.

»Hier sind wir richtig«, hörte sie einen der jungen Männer zu seinem Kameraden sagen, die anscheinend gerade dabei waren, sich in ihrem neu geschaffenen Befehlsstand häuslich einzurichten.

Greta lächelte. Es störte sie nicht, dass sie Interesse erregte. Die Soldaten, die sie sah, waren gutaussehende Kerle, die einen sympathischen Eindruck machten, und auf den Umgang mit Männern verstand sie sich gut. Im Allgemeinen bekam sie von den Männern, was sie wollte. War ihr hingegen etwas unangenehm, sagte sie es laut, und wie sie selbst gestrickt war und aufzutreten verstand, nahmen die Männer von ihr die Zurückweisungen hin. Die Bescheidenheit vieler ihrer Geschlechtsgenossinnen war ihr nicht eigen. Nicht selten hatte sie in ihrem Leben zu hören bekommen, es sei ein Junge an ihr verlorengegangen, aber sie hatte diese Art von Kritik an ihrem Verhalten stets als ein Kompliment aufgefasst.

›Na ja, bilde dir bloß nicht zu viel ein‹, dachte sie; ›warte, bis die Russen kommen, mit denen wird das nicht so einfach!‹

Sie ging zügig weiter, doch kurz darauf merkte sie, dass sie die Orientierung verloren hatte. Sie nahm die Treppe, die nach ihrem Dafürhalten nach oben zum Ausgang führte, und als sie das Ende der Treppe erreichte, sah sie zu ihrer Überraschung schon das Tageslicht. Sie ging weiter und gelangte ins Freie, stellte aber fest, dass sie nicht den Ausgang zur Straße, sondern den zum Hof erwischt hatte. Genauer gesagt war es ein Ausgang zu einem Garten; dem Garten der Alten Reichskanzlei, wie sie begriff.

Sie blickte sich um. Was für ein schöner Garten, als herrschte Frieden. Die Sonne schien, das frische Grün der Bäume leuchtete. Die schönen Frühlingstage nahmen kein Ende, doch nur an einem Ort wie diesem war es möglich, den milden Tag ein wenig zu genießen, ohne Angst haben zu müssen, im nächsten Moment von einem Geschoss getroffen zu werden. Ach, wer wollte es ihr verbieten, einmal in diesen Garten zu gehen? Sollte man sie doch verscheuchen, falls es verboten war.

Sie atmete auf. Endlich frische Luft; der Frühlingsduft ohne Bomben, Granaten und Rauch. Von den fernen Donnergeräuschen abgesehen, war es fast still. Wie herrlich es doch war, in der Natur zu sein, ohne beständig Angst vor einem Artilleriegeschoss haben zu müssen. Auch hier war es zwar nicht sicher, doch es fühlte sich wenigstens so an. Ganz in der Ferne, nahe einem Gewächshaus, sah sie ein paar Gestalten, doch davon abgesehen war sie allein.

Langsam machte sie sich auf den Weg, der nach rechts abging in Richtung des seitlich liegenden Gebäudes, dann hielt sie wieder inne, als sie im Schatten des Spätnachmittags eine weitere Gestalt bemerkte, die sich aus der entgegengesetzten Richtung langsam auf sie zubewegte.

Sie blieb stehen und schaute in den Frühlingshimmel, zur Sonne und den auf ihren Schwingen dahingleitenden Vögeln, und sie war glücklich über die wärmenden Strahlen auf ihrer Haut. Sie schloss die Augen, um das Gefühl zu genießen, und als sie den Kopf wieder senkte und nach vorn schaute, sah sie, dass die Gestalt auf dem Weg vor ihr näher gekommen war. Es war ein Mann in einem langen Mantel, wie sie nun erkannte, er hatte einen schleppenden Gang und wurde von einem Hund begleitet.

Wahrscheinlich hatte er eine Verwundung, dachte sie, und als sie die Augen zusammenkniff und die Gestalt im Gegenlicht genauer in Augenschein nahm, wurde der Eindruck vorherrschend, dass es ein eher alter Mann war, der da im Garten der Anlage spazieren ging; er wirkte in dieser Umgebung, wo man eher mit schneidigen Offizieren und jungen Soldaten rechnete, ein wenig fremd. Seine Hände waren in den Taschen seines dunkelgrauen Uniformmantels vergraben, der Kragen hochgeschlagen, die Mütze mit dem großen Schirm in die Stirn gedrückt. Er schien tief in Gedanken versunken zu sein.

Instinktiv verspürte Greta den Wunsch, sich in irgendeine Ecke zu verdrücken, aber das hätte wohl etwas komisch gewirkt. Außerdem sagte sie sich, dass kein Anlass dazu bestand. Was sollte ihr schon geschehen?

Sie wandte sich zum Weitergehen, und als sie ihm näher kam, sah sie, dass der Mann mit dem schleppenden Gang den Kopf tief zwischen die Schultern gezogen hatte und dass sein ganzer Körper leicht zitterte; es war schauderhaft, er hatte wirklich etwas von einem Gespenst. Sein Gesicht war von seiner Schirmmütze halb bedeckt, sodass man von dem Gesicht nicht so viel erkennen konnte, aber als er noch näher gekommen war, konnte sie trotz des Schattens der Mütze einen Blick auf seine Augen werfen – und im nächsten Moment erschrak sie, noch heftiger als vor ein paar Stunden bei dem Anblick des unheimlichen Gestapomanns Ahlmann.

Sie kannte den Mann mit der Schirmmütze, der nun, nachdem sie stehen geblieben war, mit dem Hund noch ein paar hinkende Schritte in ihre Richtung machte. Dann zog er die Leine straff, an der sein Hund spazierte, blieb ebenfalls stehen und richtete den Blick seiner dunkel schimmernden Augen auf sie.

Der Hund setzte sich neben dem Mann mit der Schirmmütze nieder und ließ die Zunge aus dem Maul hängen. Der Mann war Adolf Hitler, der Reichskanzler und Führer.

»Oh, mein Führer«, murmelte sie.

Der Reichskanzler betrachtete sie und ein Funke von Interesse blitzte in seinen Zügen auf. Sein Gesicht war bleich und aufgedunsen, aber seine Augen hatten einen merkwürdig anziehenden Glanz. Trotz seines Interesses an ihr wirkte er gleichmütig und strahlte eine fast unheimliche Ruhe aus.

»Ich freue mich, Sie zu sehen«, sagte der Führer zu ihr, als ob sie alte Bekannte wären oder sie sich auf einer Veranstaltung befänden, bei der man sich im Austausch von Höflichkeiten erging. Seine Hand, die er bisher auf dem Rücken hinter seinem Mantel verborgen hatte, kam hervorgeschossen und streckte sich ihr entgegen.

Sie ergriff sie, und er hielt die ihre einen Moment länger fest, als es üblich war.

»Sie gehören zum Personal?«

»Ich habe zugesagt, im Lazarett meinen Dienst aufzunehmen, mein Führer«, antwortete Greta und betrachtete ihn genauer. Hitler entsprach in keiner Weise dem Bild, das sie von ihm hatte. Trotz der Hinfälligkeit seiner Gestalt ging eine starke Wirkung von ihm aus. Es waren seine Augen, die groß und klar, ruhig und selbstbewusst auf sie gerichtet waren, die diese Wirkungsmacht entfalteten. Diese Augen mit dem merkwürdig fernen Blick waren das hervorstechendste Merkmal seines Gesichts und spiegelten eine Energie, die nicht erloschen war. Es war etwas zutiefst Verstörendes und Unheimliches an dem Mann, der dem Tode nahe zu sein schien, aber doch nicht nahe genug, um zu sterben.

»Sie sind sehr hübsch«, sagte der Führer. »Der Anblick einer schönen Frau übt immer eine beruhigende Wirkung auf mich aus.«

»Vielen Dank für Ihre freundlichen Worte, mein Führer«, sagte sie erschüttert. »Ich bin … es tut mir leid … ich …«

»Ist schon gut«, unterbrach der Führer sie und beugte sich schwerfällig ein Stück zu seinem Hund hinunter, um ihm den Kopf zu tätscheln, und während sie es beobachtete, fragte sie sich, ob Hitler nicht wohl am liebsten ihren eigenen Kopf gestreichelt hätte. Sie hätte es sich bestimmt gefallen lassen, ging es ihr durch den Kopf.

»Längst hatte ich vor, Ihnen, den Ärzten und den anderen Schwestern drüben einmal einen Besuch abzustatten«, sagte der Reichskanzler, als er sich wieder langsam aufrichtete. »Um Ihnen dafür zu danken, wie aufopferungsvoll Sie sich um die Verwundeten kümmern. Aber selbst in diesen Tagen weiß man nicht, was man zuerst und zuletzt tun soll.«

»Wir tun unseren Dienst gern, mein Führer«, sagte Greta, die sich wieder gefasst hatte, »es ist unsere Pflicht.«

Er nickte fürsorglich. Tatsächlich hatte er etwas von einem treusorgenden Hausvater, doch sie wusste nur zu gut, dass dieser Mann etwas ganz anderes als ein treusorgender Hausvater war. Der äußere Anschein, den er um sich verbreitete, trog wie selten bei einem Mann.

Der Führer nickte ein weiteres Mal mit dem beschirmten Gesicht. »Wenn doch alle so denken würden wie Sie und die anderen tapferen Frauen hier in der Reichskanzlei«, sagte er in gutturalem Ton, »dann wäre Deutschland nicht in eine solche Not geraten, wie wir sie nun in dieser schweren Stunde tragen müssen.«

Sie dachte daran, dass dieser Mann die Verantwortung für die Situation trug, in der sie sich befanden. Sein Entschluss, nach Russland einzumarschieren, hatte Rolf das Leben gekostet und schließlich die Rote Armee in die Stadt gerufen, die gekommen war, Rache an den Deutschen zu nehmen, auch an den deutschen Frauen. Sie hätte diesen Mann hassen müssen, doch in diesem Moment empfand sie kein solches Gefühl. Irgendetwas war an ihm, das alles, was sie von ihm wusste, überlagerte. So gebrochen der Mann äußerlich erscheinen mochte, so ungebrochen war doch die merkwürdige Kraft, die in ihm wirkte und die verhinderte, dass ihre wahren Gefühle hervorbrechen und sie veranlassen konnten, ihm die Nägel ihrer Finger durch das Gesicht zu ziehen, wie sie es eigentlich hätte tun müssen.

»Gewiss, mein Führer!«, sagte sie.

In seinem Hintergrund tauchten plötzlich ein paar Gestalten auf, und Greta begriff, dass man in diesem Garten nie wirklich alleine war, vor allem natürlich der Führer nicht, wenn er hier umherschlenderte. Er war zu sehr gefährdet, um außerhalb seiner Privaträume ungeschützt zu sein.

Hitler machte eine abweisende Handbewegung zu den Männern seines Begleitkommandos und diese blieben zurück.

Sein Blick schweifte in die Ferne, verharrte dort starr für einige Momente und kehrte dann zu ihr zurück. »Ich weiß, Sie haben es nicht leicht hier«, murmelte er, »aber das alles wird bald vorüber sein – so oder so.«

»Ja, mein Führer«, antwortete sie pflichtschuldigst, doch dann fasste sie sich ein Herz und sagte: »Ist es denn nicht gefährlich für Sie, mein Führer, noch länger in Berlin zu bleiben? Wenn nun ein Artilleriegeschoss hier im Garten einschlägt.«

»Ich kann Berlin nicht verlassen«, antwortete Hitler. »Ich könnte zum Obersalzberg fliegen, aber in ein oder zwei Wochen würde ich dort vor denselben Problemen stehen wie hier. Nein, nein, falls wirklich das Ende bevorsteht, werde ich hier in der Reichskanzlei bis zum letzten Atemzug, bis zum letzten Blutstropfen, bis zur letzten Kugel kämpfen.«

Ihr Herz schlug heftig, nicht erst jetzt, sondern schon die ganze Zeit. Der Führer war ein Mann, vor dem man Angst haben musste, aber er regte noch andere Gefühle in ihr an. Ja, Angst ganz gewiss, Mitleid, doch fast noch stärker war eine merkwürdige Ergriffenheit, in die sich trotz allem, was sie über ihn wusste, Respekt und Bewunderung mischte. Er verdiente kein Mitleid, und noch weniger Bewunderung und Respekt. Alles, was sie über ihn dachte, würde das Herz dieses ungeheuerlichen Mannes nicht erreichten.

»Ich wünsche Ihnen viel Glück«, sagte der Führer und wandte sich zum Weitergehen.

»Das wünsche ich Ihnen auch, mein Führer«, sagte Greta.

Einige Momente sah sie ihm nach, wie er davon hinkte und der Hund ihm um die Beine strich. Dann drehte sie sich um und ging auf dem Weg, den sie hergekommen war, in den Keller zurück.

Mit zügigen Schritten durchquerte sie den Bunker in der entgegengesetzten Richtung, fragte einen Soldaten nach dem Ausgang zur Voßstraße und verließ kurz darauf die Reichskanzlei.

9. KAPITEL

Sie schritt zügig die Voßstraße entlang, überquerte den Potsdamer Platz und eilte auf der Potsdamer Straße weiter in Richtung Berliner Westen. Während sie durch die Trümmer, begleitet von nahen Einschüssen und Explosionen ihren Weg fortsetzte, fiel ihr ein, dass sie den Führer gern gefragt hätte, wie lange er den Krieg noch fortsetzen wolle und warum er nicht kapituliere. Gut, dass ihr so etwas nicht früher eingefallen war, dachte sie. Es wäre wohl nicht ohne böse Folgen geblieben, dem Führer solche Fragen zu stellen. Gewiss hätte man sie ohne viel Federlesens erschossen oder erhängt.

Wie gut dieser Mann die Leute doch zu täuschen verstand, ging es ihr durch den Kopf. So gut, dass sie ihn nicht einmal hassen konnte, obwohl sie genau wusste, dass er nichts anderes verdiente.

Als sie ihre Wohnung in der Giesebrechtstraße erreichte, war es Abend geworden. Sie war müde von den anstrengenden Fußmärschen, aber mehr noch hatten sie die aufwühlenden Erlebnisse erschöpft. Sie zündete ein paar Kerzen an und nahm ihren Rucksack, packte Wäsche und Toilettenartikel, ein paar persönliche Dinge und Papiere, Wertsachen und etwas Geld hinein. Der Rucksack war ein Geschenk ihres Vaters gewesen und der Gedanke an ihn, an ihre Kindheit und die Familie machte sie traurig. Würde sie ihren Vater jemals wiedersehen?

Unter der Wäsche im Schrank hatte sie neben Michels Pistole die Dollarnoten versteckt, die sie von Hermann

Fegelein bekommen hatte. Sie steckte die Waffe in den Rucksack, behielt die Banknoten aber in der Hand und betrachte sie eine Weile ratlos. Sollte sie das Geld mitnehmen? Der Besitz von Devisen war gefährlich. Im Moment würde ihr das Geld nichts nutzen, sagte sie sich; andererseits war sie nicht sicher, ob sie noch einmal in die Wohnung zurückkehren konnte. Sie verschob die Entscheidung auf den nächsten Morgen und ließ die Scheine einstweilen im Schrank.

Eine Zeit lang saß sie bei Kerzenlicht im Halbdunkel und dachte an Michel, ihren toten Geliebten. Michel fehlte ihr, besonders jetzt in der Nacht. Sie vermisste seinen Körper, seine Zärtlichkeit und ihrer beider Lust. Er hatte sterben wollen und wohl geahnt, dass er den Krieg nicht überleben würde. Obwohl sie selbst befürchtet hatte, dass ihre Verbindung zu ihm keine Zukunft besaß, konnte sie den Gedanken kaum ertragen, dass er für immer von ihr gegangen war.

Sie musste daran denken, dass vielleicht heute die Nacht gewesen wäre, in der sie den gemeinsamen Schritt in den Tod unternommen hätten. Es war gut, dass es anders gekommen war, dachte sie; wenngleich es Michel sicher vorgezogen hätte, mit ihr sein Vorhaben ausführen zu können. Hoffentlich käme nicht auch noch für sie die Stunde, in der sie bedauern würde, dass der gemeinsame Liebestod nicht stattgefunden hatte. Sie konnte schließlich nicht wissen, was das Schicksal in den kommenden Tagen für sie bereithalten würde. Die Zukunft war düster und die Tatsache, dass ausgerechnet der Zugriff der Gestapo auf Michel sie vor dem gemeinsamen Freitod bewahrt hatte, machte es für sie nicht leichter, mit ihrem

Schmerz über Michels Verlust fertig zu werden. Es war ein so sinnloser Tod, in den letzten Tagen des Krieges in den Fängen der Gestapo sein Leben lassen zu müssen.

Sie hätte gern geweint, aber obwohl sie schrecklich um Michel trauerte, konnte sie es nicht. Sie setzte sich auf ihr Bett und schließlich legte sie sich hin.

Mit wachen Sinnen lag sie im Dunkeln und lauschte dem Grollen der Kanonen in der Ferne. Die Stadt ächzte und wand sich in ihrem furchtbaren Kampf, und in manchen Momenten war ihr, als ob mit dem Sterben der Stadt auch ihr eigener Todeskampf begonnen hätte. Die Zuversicht, dass alles sich für sie noch zum Guten wenden würde, die sie nach der Begegnung mit Dörte und dem Gespräch mit dem Führer empfunden hatte, schwand wieder dahin. Dunkle Vorahnungen drangen auf sie ein.

Sie fühlte sich entsetzlich allein. Gott sei Dank verließ sie am nächsten Tag ihre Wohnung. Gelegentlich schreckte sie hoch, weil sie Schritte vernahm. Waren das andere Hausbewohner oder schlichen schon die ersten Russen in den Straßen herum? Nein, es war etwas noch Schlimmeres, dachte sie. Die unheimlichen Geräusche, die die Stadt machte, waren das höhnische Gelächter der Dämonen, die aus den Ruinen gekrochen waren und ihren Sieg über die Menschen feierten.

Wenn sie überleben wollte, musste sie einen Schlussstrich unter alles Bisherige ziehen und etwas ganz Neues wagen, sagte sie sich. Was für ein Wahnsinn, dass sie ausgerechnet jetzt, da der Tod es so leicht hatte, nach ihr zu greifen, an so etwas dachte. Doch es war wichtig, mit Entschiedenheit und ohne Aufschub gegen das drohende Verhängnis anzukämpfen, machte sie sich Mut. Sie hatte bereits damit begonnen und ihr Umzug in den Keller der Reichskanzlei wäre der nächste richtige Schritt.

Ihre Finger tasteten nach der Kette um ihren Hals und nach dem Behältnis, in dem sich das Gift befand. Ein Glück, dass sie die Kapsel besaß.

Irgendwann dämmerte sie davon, dann schlief sie ein, und als sie erwachte, zeigte sich im Osten ein erstes graues Licht. Greta hatte trotz all ihrer Angst mehrere Stunden geschlafen und fühlte sich wieder besser. Sie zog sich an, Schuhe, einen kurzen Rock und eine ärmellose Bluse. Nicht nur draußen würde es warm sein, sondern auch in dem überhitzen Keller des Notlazaretts. Sie machte eine Kerze an und aß von ihren letzten Vorräten so viel, wie sie hinunterbrachte, packte dann das Übrige in einen Brotbeutel.

Sie beschloss, nicht länger zu warten, schlüpfte in ihren Mantel und verließ die Wohnung, als ihr die Dollarnoten im Schrank wieder einfielen. Sie hatte die Devisen vergessen! Sie kehrte um und holte die Scheine aus dem Schrank, als die Türklingel ging.

Entsetzt fuhr Greta zusammen. Wer läutete um diese frühe Zeit an ihrer Tür? Etwa ein Nachbar? Oder wieder so ein unheimlicher Besucher wie der vom vorgestrigen Tag?

Sie schob die Scheine in das Schrankfach zurück, dann stand sie still und horchte.

Sie würde nicht aufmachen, nahm Greta sich vor, und während sie dastand und wartete, hoffte sie inständig, der frühe Besucher würde wieder gehen, weil er keine Geräusche aus der Wohnung vernahm, und annehmen müsste, sie sei nicht zu Haus.

Es läutete erneut, und dann kam ein Klopfen, nicht nur einmal, sondern mehrfach, zuerst verhalten, dann rücksichtslos heftig.

»Aufmachen! Wir wissen, dass Sie zu Hause sind. Machen Sie auf! Sonst gebrauchen wir Gewalt!«

Gestapo, dachte Greta, und Schweißperlen traten auf ihre Stirn. Michels Mörder standen vor ihrer Tür.

Sie griff nach dem Kettchen mit der Kapsel. Greta hatte sich zu früh gefreut, sie kamen also doch! Nun kam sie selbst an die Reihe! Sie hätte schreien mögen vor Verzweiflung.

Sie öffnete das Behältnis an der Kette und starrte auf die Kapsel. Es war so leicht, sich vorzustellen, darauf zu beißen, und so schwer, dieses Vorhaben in die Tat umzusetzen! Wenn man es tat, gab es kein Zurück! Eine schwerere Entscheidung als die, vor der sie stand, gab es nicht! Wie sollte man überhaupt in der Lage sein, eine so schreckliche Entscheidung zu treffen? Sie konnte es nicht!

Sie schloss das Behältnis und ließ die Halskette wieder unter ihre Bluse gleiten. ›Sag ihnen nichts‹, nahm sie sich blitzschnell vor, ›sag ihnen kein Sterbenswörtchen! Sie bluffen, sie wissen von nichts.‹

»Tür aufbrechen!«, vernahm sie von draußen einen entschlossenen Befehl.

Sie stellte den Rucksack hin, schritt auf die Tür zu und machte sie auf.

Vor ihr standen drei Männer in schwarzen SS-Uniformen.

»Nicht so stürmisch!«, sagte sie. »Ich musste mich erst anziehen, es ist ja noch halb in der Nacht.«

Einer der Männer trat sogleich vor. Es war SS-Obersturmführer Ahlmann. Greta war nicht wirklich überrascht. »Ich muss Sie bitten, uns zu begleiten«, sagte Ahlmann. »Sie sind verhaftet.«

Greta fühlte, wie sie blass wurde.

»Weshalb? Was wollen Sie von mir?«, versuchte sie ihr Entsetzen zu überwinden. »Das muss ein Irrtum sein.«

»Das denke ich nicht«, erwiderte Ahlmann kalt. »Aber ich habe das nicht zu entscheiden. Wir erfüllen einen Auftrag.« Ein falsches Grinsen umspielte seine Lippen. »Wenn es sich um einen Irrtum handeln sollte, wird sich das bald erweisen.«

Ohne ihre Reaktion abzuwarten, schob er sich an ihr vorbei ins Innere der Wohnung. Seine beiden Begleiter bauten sich vor ihr auf und drängten sie in die Wohnung zurück.

Gleich darauf fanden sie sich zu viert in dem Zimmer wieder, in dem neben einem Stuhl Gretas Rucksack stand. Ahlmann hatte ihn sofort entdeckt und hob ihn an, wie um dessen Gewicht zu prüfen.

»Wo ist der Koffer?«, fragte er.

»Was für ein Koffer?«

»Spielen Sie nicht die Unschuldige! Wir wissen, dass er hier ist.«

Greta ahnte, worum es ging. Man vermutete wahrscheinlich einen Koffer mit einem Funkgerät bei ihr.

Sie deutete auf den Rucksack. »Es gibt nur diesen Rucksack! Ich habe ihn gepackt, weil ich zur Reichskanzlei in der Voßstraße will. Ich werde dort im Lazarett als Hilfsschwester eingesetzt. Man erwartet mich bereits.«

Ahlmann sah sie gelangweilt an. »Na ja, die Richtung stimmt! Der Aufenthaltsort, den wir Ihnen zugedacht haben, befindet sich ganz in die Nähe.«

Die beiden Häscher grinsten. Einer der beiden Unterführer trug eine Hornbrille, die seine Augen unnatürlich vergrößerte. Sein Anblick machte Greta große Angst. Von so jemandem stand alles zu befürchten. Der andere Mann war blond, noch sehr jung und sah recht gut aus; unter anderen Umständen wäre er ihr auf Anhieb sympathisch erschienen.

»Der Rucksack!«, sagte der Obersturmführer zu dem Unterführer mit der Hornbrille.

Dieser schnürte ihn auf und kippte den Inhalt auf den Fußboden. Als Erstes fiel mit einem Poltern Michels Pistole heraus.

»Eine so zarte junge Frau und eine so gefährliche Waffe«, kommentierte Ahlmann höhnisch und schüttelte den Kopf. »Geben Sie mir die Pistole.«

Der SS-Mann mit der Hornbrille hob sie auf und reichte sie seinem Vorgesetzten. Dieser überprüfte die Sicherung und schob die Pistole dann in die Jackentasche seiner Uniformjacke.

»Schaut euch hier um!«, rief er seinen Begleitern zu.

Der mit der Hornbrille ging sofort rücksichtslos ans Werk, indem er die Schranktüren und Schubladen aufriss und deren Inhalt auf den Boden warf. Der Blonde half ihm dabei.

»Warum tun Sie das?«, rief Greta erbost. »Sagen Sie mir doch, wonach Sie suchen, Herr Obersturmführer Ahlmann, dann bekommen Sie es von mir. Ich habe nichts zu verbergen. Ihre Leute sollen nicht alles durchwühlen.«

»Ich sagte Ihnen bereits, wonach wir suchen«, reagierte Ahlmann kalt und schwieg.

Greta sah zur Seite und erwiderte nichts mehr. Es machte ja doch keinen Sinn.

Die beiden anderen Männer traten in ihr Schlafzimmer. Ahlmann und sie selbst blieben im Wohnraum zurück. Den Geräuschen nach zu urteilen, die von drüben zu vernehmen waren, richteten sie in ihrem Schlafraum das gleiche Unheil an.

»Haben Sie mal darüber nachgedacht, was wir gestern besprachen?«, fragte sie der Obersturmführer. »Haben Sie eine Erklärung für den Selbstmord Ihres Geliebten gefunden?«

»Ja!«, antwortete Greta. »Michel – Herr Greinz – hat mir einmal erzählt, dass er im Osten an schrecklichen Dingen beteiligt war. Er konnte die Erinnerung daran kaum ertragen. Es ist die einzige Erklärung, die ich habe.«

»Dinge im Osten? Was meinen Sie damit?«

Greta schluckte. »Morde an Frauen und Kindern.«

Ahlmann starrte sie an. »Was für Frauen und Kinder?«

»Jüdische Frauen und Kinder.«

»Sonst nichts?«

Greta schüttelte den Kopf und blieb stumm.

»Das ist Unsinn! Da müssen Sie sich schon etwas Besseres einfallen lassen.«

Sie erwiderte nichts. Wenn bei diesen Herren schon Morde an Frauen und Kindern nichts mehr galten, musste man mit dem Schlimmsten rechnen.

»Haben Sie einen Keller oder einen Dachbodenverschlag?«, fragte Ahlmann sie.

»Der Keller dient dem Luftschutz«, antwortete Greta. »Oben ist alles kaputt. Das Dach hat vor zwei Monaten etwas abgekriegt. Sie können aber gern hochgehen, wenn Sie mir nicht glauben.«

Ahlmann kommentierte es mit einem Lächeln.

»Sagen Sie mir doch, Herr Obersturmführer, wessen man mich beschuldigt«, versuchte sie es noch einmal, obwohl sie kaum noch Hoffnung hatte, dass der Kelch, was immer er auch enthielt, an ihr vorüberginge. »Was liegt gegen mich vor?«

Ahlmann sah sie mit einem Ausdruck gespielten Mitleids an. »Wir haben einen Hinweis erhalten.«

»Einen Hinweis? Von wem denn?«

»Darüber bin ich nicht befugt zu sprechen.«

»Bestimmt von einem dieser furchtbaren Denunzianten«, entgegnete sie. »Solchen Leuten darf man nicht glauben. Wahrscheinlich will mir jemand schaden.«

Ahlmann nickte. »Ja, vielleicht.«

Greta nahm sich vor, sich nicht einschüchtern zu lassen. »Haben Sie einen Haftbefehl, Herr Obersturmführer?«

Obwohl Greta es nicht erwartet hatte, kramte Ahlmann tatsächlich ein Schriftstück aus der Innentasche seine Uniformjacke, faltete es auseinander und hielt es ihr unter die Nase.

Sie warf einen Blick darauf und erkannte ihren Namen. Mehr las sie nicht, da in diesem Moment die beiden anderen Männer aus dem Schlafzimmer zurückkehrten.

Der sympathisch aussehende Blonde grinste breit. »Einen Koffer haben wir nicht gefunden, aber das hier!« Er hatte etwas in der Hand und streckte es Ahlmann hin. »Dollars, genau so sehen amerikanische Dollars aus!«

»Sie sehen nicht nur so aus«, sagte der andere mit der Hornbrille. »Es sind auch welche.«

Sie schienen furchtbar stolz über ihre banale Entdeckung zu sein. Hauptsache, sie hatten irgendetwas entdeckt, aus dem sie ihr einen Strick drehen konnten.

Auch Ahlmann begann zu lächeln, als ob er sich über einen Fahndungserfolg freute.

Was für Narren!, dachte Greta. Hatten diese Leute wirklich keine anderen Sorgen? Warum gingen sie nicht nach Hause, zogen sich ihre Zivilkleidung an und sahen zu, dass sie Land gewannen oder sich irgendwo versteckten?

»Ich bewundere Ihre Kenntnisse«, konnte Greta sich nicht verkneifen einzuwerfen. »Es sind tatsächlich amerikanische Dollars.«

»Wo haben Sie die Devisen her?«, fragte Ahlmann.

»Ich habe diese Banknoten als Bezahlung erhalten, von einem Kunden, einem hohen Herrn der SS, einem General der SS. Einem Vorgesetzten von Ihnen!«

Ahlmann sah sie an. »Sie wissen, dass der Besitz von Devisen verboten ist?«

»Nein«, sagte Greta, »davon weiß ich nichts. Und ich glaube es auch nicht. Wenn es so wäre, hätte der Herr General von der SS sie mir sicher nicht gegeben.«

Ahlmann sah sie eine Weile an und sie spürte die Blicke der beiden anderen in ihrem Rücken. Sie kannte das. Die Männer dachten an ihre Attraktivität. Die beiden anderen hatten inzwischen bemerkt, dass sie kein Kind von Hässlichkeit war, und so fragte sie sich, ob sie ihre Reize gezielt zum Einsatz bringen konnte. Doch sie verwarf den Gedanken. Bei dem hübschen Blonden hätte sie vielleicht Erfolg gehabt, aber die beiden anderen – und auf die kam es an! –, waren einfach nur ehrgeizige Polizisten, die mit ihren schrecklichen Dienstverrichtungen so lange fortfahren würden, bis man ihnen das Handwerk legte. Schon der Versuch, den Herren ein eindeutiges Angebot zu machen, um im Gegenzug der

Verhaftung zu entgehen, würde Gretas Lage vermutlich verschlimmern.

»Sie werden uns begleiten«, sagte Ahlmann. »Ihren Rucksack können Sie mitnehmen.« Er sah zu dem jungen Blonden. »Packen Sie die Sachen der Dame wieder hinein!«

Wenn überhaupt etwas tröstlich war, so war es die Tatsache, dass die Männer in offizieller Funktion gekommen waren, als pflichtbesessene deutsche Beamte, und das ließ Greta hoffen, dass es wenigstens nicht zu verbotenen Übergriffen auf sie kommen würde.

Es ging hinaus und mit schnellen Schritten die Treppen hinunter. Im Treppenhaus war es inzwischen etwas heller geworden, sodass man leidlich sehen konnte.

Unten auf der Straße stand ein kleiner viertüriger Mercedes mit einem Fahrer darin. Obwohl hinten kaum Platz für drei Personen war, nahmen Ahlmann und der hübsche Blonde sie auf der Rückbank in ihre Mitte, der mit der Hornbrille setze sich zu dem Fahrer nach vorn.

Die Stadt war noch verdunkelt. Der Wagen setzte sich in Bewegung und bog um die Ecke. Greta ahnte, wohin es ging. Die Prinz-Albrecht-Straße war das Ziel.

Der Fahrer suchte sich im Dämmerlicht seinen Weg durch die Trümmerlandschaft. Er schien einige Übung zu besitzen und sich auf die herrschenden Straßenverhältnisse eingerichtet zu haben, denn der Wagen kam zügig voran.

Sie schloss die Augen. Sie wollte nicht an das denken, was ihr bevorstand, konnte aber nicht verhindern, dass sie es trotzdem tat. Es war genauso gekommen, wie sie am Abend zuvor gedacht, jedoch nicht ernsthaft erwartet hatte. Der Gedanke beherrschte sie, dass sie keinen schönen Tod wie den mit Michel geplanten haben würde, sondern einen Tod, der am Ende eines verschärften Verhörs oder sogar körperlicher Folter stand.

Wie sollte sie sich verhalten? Sollte sie gestehen, was man ihr vorwarf, um sich Quälereien zu ersparen? Gleich alles zu gestehen, könnte jedoch einen Tod zur Folge haben, der sie schneller ereilte, als ihr lieb sein konnte. Also einen Mittelweg gehen, so wie es wohl die meisten versuchten, die in eine solche Situation gerieten. Es war ein schmaler Grat, auf dem sie würde wandeln müssen. Wenigstens würde sie dadurch ein wenig Zeit gewinnen.

Sie spürte das Kettchen an ihrem Hals. Gott sei Dank hatten sie es ihr noch nicht abgenommen. Die innere Stimme, die ihr flüsternd riet, in die Kapsel zu beißen, auf dass sie endlich ihren Frieden fände, war wieder deutlich zu vernehmen. Nicht hier im Auto, brachte sie die innere Stimme zum Schweigen, sonst würden ihre Bewacher sie daran hindern; in einem passenden Moment, wenn sie alleine war. Es kostete nicht viel Zeit, in die Kapsel zu beißen, aber ein wenig Ruhe brauchte man dafür schon.

Nach einiger Zeit bog der Wagen zweimal scharf ab und hielt dann vor einem eisernen Gittertor. Sie waren am Hauptquartier der Gestapo angelangt.

»Sie wissen, wo wir sind, nicht wahr?«, sagte Obersturmführer Ahlmann. »Es ist ja nicht Ihr erster Besuch in unserem schönen Haus, der letzte liegt noch nicht lange zurück.«

Der Beifahrer stieg aus und öffnete das Tor, der Wagen fuhr hindurch und das Tor wurde hinter ihnen wieder geschlossen.

Das Gelände hinter dem Haus war größer, als sie gedacht hatte. Es war deutlich zu erkennen, dass weite Teile des Gebäudes durch Bomben zerstört worden waren, was seiner Bedrohlichkeit indes keinen Abbruch tat.

Als sie aus dem Wagen gestiegen waren und Greta zum Hintereingang des wuchtigen, eindrucksvollen Gebäudes geführt wurde, verlor sie für eine Weile allen Mut. Sie wusste, dass es dieses Mal nicht so einfach wie am Vortag werden würde, das Gebäude zu verlassen.

Innen war es spärlich beleuchtet. Kein normales Deckenlicht, sondern eine Art Notbeleuchtung, deren Quelle sie nicht ausmachen konnte. Die breite steinerne Haupttreppe, die sie hinaufgeführt wurde, verzweigte sich in zwei Seitentreppen, die in das zweite Geschoss mündeten. Im Haus war es ruhig, andere Häftlinge waren keine zu sehen.

Man brachte sie in einen länglichen Raum, in dem ein bräunlicher Stuhl stand. Sie wurde aufgefordert, sich hinzusetzen. An ihren Hinterkopf wurde eine Metallstange gedrückt. Hinten an der Wand war ein Fotoapparat aufgebaut, neben dem zwei Gestapobeamte standen. Einer der Beamten drückte auf den Auslöser und ein jäher Blitz blendete sie. Kurz darauf wurde der Stuhl nach rechts gewendet und ein zweiter Blitz beleuchtete ihr Profil. Danach durfte sie aufstehen und wurde von Ahlmanns Gehilfen wieder hinausgeführt.

Vorbei an dem Gitterschacht mit dem nicht mehr in Betrieb befindlichen Aufzug stiegen sie über breite Treppenläufe in das dritte Geschoss, wo sie in einen breiten und hohen, nur schwach beleuchteten Flur mit vielen Türen und Schildern zu beiden Seiten kamen. Vor einer der Türen hielten sie und Greta wurde in den Raum geschoben. Es war ein Büro, das noch verdunkelt war. Die Fenster waren zum Teil mit Brettern vernagelt, man konnte kaum etwas sehen. Elektrisches Licht gab es nicht, wahrscheinlich funktionierte die Stromversorgung nicht mehr. Mitten im Raum stand ein großer Schreibtisch, und seitlich an der Wand noch ein kleinerer Tisch, außerdem gab es einen Metallschrank und ein paar Stühle.

»Nehmen Sie Platz«, sagte Ahlmann und wies mit der Hand auf einen Stuhl vor dem Schreibtisch. Greta setzte sich darauf nieder, dann ging Ahlmann hinaus und ließ sie mit den beiden anderen Männern allein zurück.

Die beiden Männer hatten sich auf den Tisch an der Seite gesetzt. Einer von ihnen zündete eine Kerze an, die er auf den großen Schreibtisch stellte, sodass sich flackerndes Licht verbreitete, was der Atmosphäre im Raum nicht guttat. Keiner von den Männern sagte ein Wort. Sie spürte ihre Blicke und bekam das Gefühl, dass sie dabei waren, sie im Geiste auszuziehen. War man nicht nackt, wenn man auf die Folter kam? Bei einer jungen Frau wie ihr würden sich diese Männer das Vergnügen, sie zu entblößen, gewiss nicht entgehen lassen.

Sie wusste, dass die Hauptarbeit der Gestapo darin bestand, den Vorgesetzten Ergebnisse zu liefern. Ob dabei ein Geständnis durch Folter erzwungen wurde, oder jemand, der eigentlich schuldig war, versehentlich heil davon kam, spielte für die Gestapo eine untergeordnete Rolle. Um ein vorzeigbares Ergebnis zu bekommen, war dieser Sorte von Beamten jedes Mittel recht. Die Tatsache, dass sie eine Frau war, würde sie vor Grausamkeiten und Quälereien nicht schützen. Nicht in diesen Tagen, in denen man das unvermeidliche Ende hinauszuzögern suchte und in denen die Geheimpolizei, obwohl es gar nichts mehr zu schützen gab, noch schlimmer wütete als jemals zuvor.

Ruhig bleiben, sagte sie sich. Ruhe bewahren. Nur nicht die Nerven verlieren, vielleicht kam es gar nicht so schlimm, wie sie dachte.

Als Ahlmann in den Raum zurückkehrte, wurde er von einem weiteren Mann begleitet.

Es war ein kaum mittelgroßer Mann, der eine geschniegelte Uniform trug. An seinem Kragenspiegel erkannte sie, dass er einen höheren Rang haben musste als Ahlmann. Er hatte angegrautes Haar und wirkte auf den ersten Blick unscheinbar, aber Greta fielen sofort die dunklen unheimlichen Augen auf.

»Sie beide warten draußen!«, sagte Ahlmann zu ihren beiden Bewachern, »wir rufen Sie, falls wir Sie brauchen.«

Kurz darauf war Greta mit Ahlmann und dem anderen Mann im Verhörzimmer allein.

Der andere stellte sich ihr nicht vor, sagte kein einziges Wort, sondern trat zur Seite und setzte sich auf den Stuhl neben dem kleinen Schreibtisch an der Wand, von wo aus er Greta, sie aber nicht ihn beobachten konnte; als ob er eine Art Gast war und nicht vorhatte, sich an ihrem Verhör zu beteiligen.

Ahlmann setzte sich ihr gegenüber auf die Schreibtischkante.

»Der Hinweis, den wir erhalten haben, weist darauf hin, dass Sie für den Feind gearbeitet haben«, sagte er, ohne sich mit einleitenden Worten aufzuhalten.

»Wer behauptet das?«, fragte Greta. »Dieser Mensch ist ein Denunziant und Lügner!«

»Kennen Sie einen Dr. Ludwig Bewel?«, fragte der Obersturmführer.

Mit dieser Frage hatte sie gerechnet. Sie hätte darauf antworten können, dass sie sich im Auftrag der Gestapo mit Bewel getroffen hatte, doch es erschien ihr zu gefährlich einzuräumen, dass sie eine Spionin war, außerdem hätte sie damit einen Trumpf aus der Hand gegeben, den sie sich für den Fall aufsparen wollte, dass überhaupt nichts anderes mehr ging.

»Ja, ich kenne ihn. Er ist … ein Verehrer und hat sich um meine Gunst bemüht.«

»War er erfolgreich?«

Greta zögerte. »Nun, es war nichts Festes, und wird es auch nie sein. Ist er es gewesen, der mich angezeigt hat?«

Ahlmann antwortete nicht. Er hatte einen Schreibblock und einen Stift zur Hand genommen und machte sich eine Notiz.

»Worüber haben Sie mit Bewel gesprochen?«

»Woher soll ich das noch wissen?«, antwortete Greta. »Über alles Mögliche!«

»Auch über den Krieg?«

»Gewiss auch über den Krieg.«

»Was haben Sie über den Krieg gesagt?«

Sie nahm sich vor, die Unschuld vom Lande zu spielen, solange es irgend ging, und eine zu große Ängstlichkeit war dann fehl am Platz. »Dass ich mir wünschte, er möge bald enden.«

»Was hat Bewel geantwortet?«

»Nun, so etwas Ähnliches. Was jeder so sagt. Ich weiß es nicht mehr genau.«

»Wo haben Sie Dr. Bewel kennengelernt?«

»In einem Luftschutzkeller nahe seiner Wohnung.«

Den Hinweis auf den Keller hatte sie von Michel erhalten. Es war ihr nicht schwergefallen, dort Bekanntschaft mit Bewel zu schließen.

»Was hatten Sie in diesem Luftschutzkeller zu suchen?«

»Ich wurde auf der Straße von dem Alarm überrascht. Ich kam von einer Freundin.«

»Wo wohnt diese Freundin?«

Greta nannte eine Adresse. All das war Teil ihrer Tarnung. Wenn sie es überprüfen sollten, würde sich herausstellen, dass die Freundin existierte, sie aber inzwischen die Wohnung verlassen hatte. Die Spur war verwischt.

»Und wie ging es weiter?«

»Bewel hat mich dann zu sich eingeladen«, fügte sie hinzu, »und zwar für den vergangenen Sonntag. Ich habe die Nacht auf Montag bei ihm verbracht.«

Ahlmann nickte, als hätte er das längst gewusst. »Und dann?«, fragte er. »Was war am nächsten Tag?«

Greta tat einen Moment, als dächte sie nach. »Es war Montagmorgen, und er ist zu seiner Arbeit gegangen, er wollte aber bald zurück sein und bat mich, auf ihn zu warten. Als er kam, sind wir in ein Lokal gegangen, und dann …« Ihr lag auf der Zunge zu sagen: ›Dann habe ich Sie gesehen‹, doch sie wusste, dass es unklug wäre. »Dann bin ich gegangen, und das war alles. Danach habe ich ihn nicht wiedergesehen.«

Ahlmann erhob sich und ging um den Schreibtisch

herum. »Hat Bewel mit Ihnen über seine Arbeit gesprochen?«, fragte er.

Greta überlegte nur kurz. Da anzunehmen war, dass sie sich mit Bewel unterhalten hatten, wussten sie es sowieso.

»Mag sein, dass wir über seine Arbeit gesprochen haben«, sagte sie. »Ja, ich erinnere mich, dass ich ihn fragte, weshalb er nicht bei den Soldaten ist, und da hat er gemeint, er sei wegen seiner Arbeit unabkömmlich.«

»Hat er Ihnen erzählt, worin seine Arbeit besteht?«

»Er sagte, dass er ein Wissenschaftler sei, und hat irgendetwas von Geheimwaffen angedeutet, die bald zum Einsatz kämen«, sagte sie und sah zum Fenster. »Ich nahm deshalb an, er hätte etwas mit deren Entwicklung zu tun.«

Ahlmann beugte sich vor und pustete die Kerze auf dem Schreibtisch aus. Wie sich zeigte, brauchte man die Kerze nicht mehr. Inzwischen war es draußen heller geworden.

Ahlmann setzte sich hinter den Schreibtisch, lehnte sich vor und stützte die Ellbogen auf die Schreibtischplatte.

»In welchem Verhältnis standen Sie zu Herrn Greinz?«, wechselte er abrupt das Thema.

Greta senkte die Augen und sagte leise: »Er war mein Geliebter.«

»Wussten Sie, dass Herr Greinz für den Feind gearbeitet hat?«

Sie war über die Direktheit der Frage überrascht. »Ich – nein! Wie kommen Sie darauf? Michel hat bestimmt nichts Unrechtes getan!«

»Haben Sie Herrn Greinz von Ihrem Gespräch mit Dr. Bewel erzählt?«

Wenn sie die Frage nicht bejahte, würde sie kaum noch glaubhaft erklären können, sich auf Michels Weisung, doch in Erfüllung einer patriotischen Pflicht mit Bewel getroffen zu haben.

»Ja, ich habe ihm von der Einladung erzählt.«

Ahlmann starrte sie eine Weile stumm an. »Greinz, Ihr Geliebter, war ein attraktiver Mann. Dieser Bewel ist nichts als ein blasser, farbloser Wissenschaftler. Trotzdem gehen Sie mit diesem Bewel ins Bett! Wie soll ich mir das erklären?«

»Nun, es ist ja mein derzeitiger Beruf, dass ich mit Männern …«, sie hielt inne, weil sie das Gefühl bekam, dass sie sich auf Glatteis begab; aber andererseits war es etwas Selbstverständliches, von dem sie ohnehin wussten, und daher fuhr sie fort: »Ich arbeite in einer Bar, ›Nellies Salon‹, und so farblos, wie Sie sagen, war Herr Bewel nun auch wieder nicht.«

»Sie wollen sagen, dass Sie in einem Puff arbeiten und eine Prostituierte sind?«

Greta sah ihm direkt ins Gesicht. »Wenn Sie es so nennen wollen, meinetwegen.«

»Wie soll man es denn sonst nennen?«, fragte Ahlmann.

»Es ist nichts Unrechtes an dem, was ich tue. Auch manche Herren von SS und Gestapo haben Nellies Etablissement gern aufgesucht.«

»Zu diesen Herren, die Sie aufgesucht haben, gehörte auch Ihr Geliebter, Herr Michael Greinz, nicht wahr?«

»Ja, gewiss«, bestätigte sie.

»Wer gehörte noch dazu?«, fragte Ahlmann. »Zum Beispiel?«

Greta zögerte.

»Ich warte auf Namen!«, sagte Ahlmann scharf.

»Zum Beispiel Herr Fegelein«, antwortete Greta. »SS-Gruppenführer Hermann Fegelein. Er ist ein General der Waffen-SS.«

Von der Wand kam ein Geräusch. Der stille, graue Mann hatte sich in seinem Stuhl bewegt, und Greta registrierte, dass Ahlmann ihm leicht zunickte.

»Gut, kommen wir auf Dr. Bewel zurück«, sagte Ahlmann. »Hat er Sie bezahlt?«

Greta spürte die Blicke des Mannes an der Seite. Er beobachtete sie wie ihre beiden früheren Bewacher es getan hatten, aber sie nahm einen Unterschied wahr. Bei ihm war es weniger ein voyeuristisches Interesse, das sie fühlte, sondern eine kalte Gnadenlosigkeit, als stünde die Meinung, die der Mann von ihr hatte, längst fest. Greta begriff, dass nicht Ahlmann entscheiden würde, was weiter mit ihr geschehen sollte, sondern sicherlich dieser unheimliche Mann. Alles in ihr zog sich zusammen und kalter Schweiß sammelte sich unter dem Haaransatz auf ihrer Stirn.

»Haben Sie mich nicht verstanden?«, wiederholte Ahlmann. »Hat Bewel Sie bezahlt?«

Was sollte sie darauf erwidern? Für Liebesdienste müsste man sie bezahlen. Und doch …

»Nein – doch: Ja!«

Ahlmann sprang auf. »Sie lügen!«

»Nein!«, rief Greta zurück.

»Wir haben uns mit diesem Bewel unterhalten«, erwiderte er. »Er hat uns berichtet, dass er Ihnen nichts für Ihre Liebesdienste bezahlen musste. Er hat nicht gewusst, dass Sie eine Nutte sind.«

Greta schossen ein paar Tränen in die Augen. »Doch, er hat es gewusst!«, schoss sie zurück.

»Lügen Sie mich nicht an!«, donnerte er sie an.

»Hören Sie auf!«, rief sie nun selbst recht laut. »Erzählen Sie mir doch, was ich gemacht haben soll, dass Sie mir diese Fragen stellen! Die körperliche Liebe bedeutet mir sehr viel! Das war schon immer so! Sie können mir vorwerfen, dass ich verschiedene Männer habe. Sonst nichts!«

Ahlmann starrte sie hasserfüllt an. »Bisher bin ich sehr höflich gewesen«, sagte er leise, mit drohendem Unterton. »Ich kann auch anders.« Er reckte den Kopf ein Stück vor, und als er fortfuhr, war seine Stimme schneidend und laut. »Hören Sie endlich auf, hier das leichtfertige Dummchen zu spielen, Fräulein Jenski! Diese Rolle passt nicht zu Ihnen! Die kaufe ich Ihnen nicht ab!«

Sie durfte keine Angst zeigen, dachte Greta bei sich und nahm ihren ganzen Mut zusammen. Noch wollte sie die letzte Trumpfkarte nicht spielen, das ginge zu schnell, vielleicht beim nächsten Verhör, nicht jetzt.

»Sie sind auf dem Holzweg, mein Herr«, sagte sie, »was immer Sie mir vorwerfen mögen – ich habe ein reines Gewissen. Michel ist tot, sonst würde er es bestätigen. Fragen Sie doch Herrn Fegelein, der kann sich für mich verbürgen.«

Sie hatte versucht, ihrer Stimme einen empörten Anstrich zu geben; aber von der Seite des Raums kam nun ein Lachen, und als Greta zu dem Mann an dem kleinen Schreibtisch blickte, sah ihr dieser mit einem Anflug von Spott in die Augen.

»Wir werden ihn befragen«, ließ der höherrangige

Gestapomann sich von der Seite her mit sonorer Stimme vernehmen. »Darauf können Sie Gift nehmen.«

Daraufhin erhob er sich und ging hinter ihrem Rücken an ihr vorbei. Sie hörte, wie die Tür aufgemacht und wieder geschlossen wurde.

Gott sei Dank war er fort, dachte sie. Der stille, graue Mann war ihr so unheimlich gewesen, dass sie es beinahe als eine Wohltat empfand, mit Ahlmann allein im Zimmer zu sein.

»Sie suchen sich die falschen Freunde aus, Fräulein Jenski«, sagte dieser nach einer Weile. »Es gibt so viele anständige Männer in der SS. Aber nein, ausgerechnet den Greinz, diesen Filou, bei dem sich die Damen die Klinke in die Hand gaben, haben Sie sich zum Geliebten genommen – und von Fegelein …«, er machte eine wegwerfende Handbewegung, »… von dem will ich erst gar nicht reden!«

Greta schüttelte den Kopf. »Michel Greinz war ein guter Mann. Sie dürfen nicht schlecht von ihm sprechen! Es ist schrecklich, dass er tot ist. Es tut mir so leid, dass er sich umgebracht hat! Ich verstehe es noch immer nicht, und eine andere Antwort als die, die ich Ihnen schon gab, habe ich nicht gefunden.« Sie wischte sich ein paar Tränen aus den Augen. »Darf ich jetzt nach Hause gehen?«

Ahlmann lachte auf, als hätte sie einen Witz gemacht. »Nein, das dürfen Sie nicht, Fräulein Jenski. Sie bleiben hier!«, erwiderte er brutal. »Immerhin kann ich Ihnen eine Einzelzelle im Keller anbieten. Ich weiß, wir haben keinen guten Ruf, aber im Moment wären viele Leute in der Stadt für eine solche Unterkunft ganz dankbar.«

»Ich würde trotzdem lieber gehen«, sagte Greta und schluchzte auf, »ich habe doch nichts Unrechtes getan. Bitte, lassen Sie mich gehen!«

Ahlmann erhob sich abrupt von seinem Stuhl, ging um den Schreibtisch und weiter zur Tür, um sie aufzumachen.

»Michel, ich meine Herr Greinz würde mich entlasten können, wenn er noch am Leben wäre«, rief sie Ahlmann zu.

Ahlmann gab ihr keine Antwort mehr. Kurz darauf traten ihre beiden früheren Bewacher wieder ins Zimmer. »Bringen Sie die Dame in den Keller!«, sagte er kalt. »Marsch, marsch, ab in die Unterkunft!«

10. KAPITEL

Im Flur nahmen die SS-Männer Greta in ihre Mitte und geleiteten sie bis in den Keller. Im Untergeschoss durchschritten sie einen durch Kerzen beleuchteten Gang, bis sie an ein Gitter gelangten, das den ganzen Flur bis zur Decke absperrte. Eine der Männer schloss es auf, sodass sie hindurchgehen konnten.

Das Büro, in das sie kurz darauf traten, war eine Art Aufnahme- oder Empfangsraum. Ein schmieriger Kerl saß an einem leeren Tisch und stand auf, als er die Ankommenden erblickte.

»Kundschaft, Otto«, sagte der SS-Mann mit der Hornbrille. »Ein ganz besonderer Gast. Die Dame soll unsere beste Zelle bekommen.«

Der schmierige Kerl mit Namen Otto starrte Greta mit breitem Grinsen an. »Die kriegt sie, die kriegt sie«, grinste er frech. »Den Rucksack bitte!«

Greta tat wie geheißen. Otto warf nicht einmal einen Blick hinein, sondern schob ihn in das metallene Regal an der Wand.

»Mantel ausziehen!«, sagte er.

Greta kam der Aufforderung nach und Otto musterte mit Wohlgefallen ihre nackten Arme.

»Die Armbanduhr!«

Greta löste das Armband von der Haut und musste an ihr Halskettchen denken. Mein Gott, dachte sie, hoffentlich will er die Halskette nicht noch haben.

»Möchten Sie sonst noch etwas abgeben?«, fragte er und betrachtete sie anzüglich.

Greta schüttelte den Kopf.

Hauptsache, er sieht die Kette nicht, dachte sie. Alles andere war ihr egal. Um ihn abzulenken, gab sie sich sogar Mühe, auf das Grinsen mit einem vorsichtigen Lächeln zu reagieren.

»Gut, gut«, sagte Otto und holte dann von irgendwo eine Karteikarte her, die er auszufüllen begann. »Name, Anschrift.«

Greta machte die nötigen Angaben, die er haben wollte.

»Rucksack, braun, mit diversem Inhalt«, murmelte er. »Reicht das, oder soll ich alles einzeln aufführen?«

»Es ist gut so«, erwiderte Greta.

»Na, dann wollen wir mal schauen, wo wir noch ein Zimmerchen für die schöne junge Dame freihaben«, erklärte er und legte die Karteikarte zur Seite.

Greta atmete unhörbar auf.

Mit einem Schlüsselbund ging Otto in den Flur voran und bedeutete ihren Bewachern, ihm zu folgen. Nachdem sie zweimal um eine Ecke gebogen waren, erreichten sie einen langen Zellengang, von dem zahlreiche schmale Türen abzweigten.

Die Türen hatten wuchtige Schlösser und Klappen, hinter denen sich Gucklöcher verbargen. Auf jeder der Türen befand sich eine Zellennummer in schwarzer Schrift. Bei einer dieser Türen blieb der Zellenwart stehen und öffnete sie. Mit gespielter Freundlichkeit deutete er mit der Hand ins Zelleninnere.

Die SS-Männer schoben Greta in die Zelle. Greta war nun eingesperrt und allein.

Sie schaute sich um. Auf der linken Seite der Zelle gab es ein an der Wand hochgeklapptes eisernes Bett. Rechts standen ein Tisch und ein Schemel. Auf dem Tisch lagen zwei Decken, eine größere und eine kleinere. Die zweite war offenbar zur Verdunkelung der Zelle bestimmt, für das kleine Fenster, das sich gegenüber der Zellentür befand.

Sie schob den Schemel vor das Fenster, stieg hinauf und blickte nach draußen. Vor ihr lag ein menschenleerer Hof. Öde und grau, ein paar Trümmer lagen herum, dahinter sah sie Ruinen. Das Fenster konnte so aufgeklappt werden, dass sich ein schmaler Spalt öffnete. In der Ferne hörte sie das Grollen, das wohl nicht mehr enden würde, bis der Krieg vorüber war.

Sie stieg vom Schemel und stellte ihn zurück, setzte sich darauf und lehnte den Rücken an die Wand, dann starrte sie vor sich hin. Was würde hier mit ihr geschehen? Es war keine Zeit, sie vor ein ordentliches Gericht zu stellen, vor dem man sie der Spionage für den Feind anklagen könnte, aber für einen ›kurzen Prozess‹ reichte es immer! Sie stützte die Ellbogen auf den Oberschenkeln ab und vergrub ihr Gesicht in den Händen, als sie an die Standgerichte und die Deserteure und Verräter dachte, die man an den Laternen aufhängte. Der Gedanke an ein Standgericht war fast noch schlimmer als der an die Quälerei durch ein verschärftes Verhör.

Sie richtete sich auf und lehnte sich wieder gegen die Wand. Sie durfte sich nicht selbst verrückt machen, sagte sie sich; sonst würde sie nicht mehr imstande sein, überlegt zu handeln. Noch war sie nicht am Ende. Als letzte Zuflucht blieb ihr das Gift und noch hatte sie ihren Trumpf nicht ausgespielt.

Die Zeit verrann, ohne dass etwas passierte. Also klappte sie das Bett herunter und zog die Schuhe aus. Das Bett bestand aus einer durchgelegenen Matratze. Sie konnte leidlich darauf liegen. Es hätte schlimmer kommen können.

Sie hatte noch keine Viertelstunde auf dem Bett gelegen, als das Guckloch in der Zellentür aufging und eine Stimme sie anfuhr: »Aufstehen! Das Bett wieder an die Wand. Das wird erst abends heruntergeklappt!«

Greta folgte der Anweisung und setzte sich auf den Schemel zurück.

In der Zelle war es warm und sie fühlte sich müde und erschöpft. Das Warten und das Nichtstun, das Alleinsein mit den eigenen Gedanken waren quälend. Sie hätte gern etwas zum Lesen gehabt. Ob es in diesem furchtbaren Haus wohl eine Gefängnisbibliothek gab? Eigentlich kaum vorstellbar, dachte sie, aber in Deutschland, wo alles seine Ordnung hatte, konnte so etwas möglich sein.

Für ein weiteres Verhör musste Greta besser gewappnet sein, überlegte sie. Sie rief sich die Einzelheiten ihrer Vernehmung durch Ahlmann und seinen unheimlichen Vorgesetzten ins Gedächtnis und rekapitulierte die Fehler, die sie gemacht hatte. Sie hätte ihr Verhältnis zu Bewel von Anfang an in ein besseres Licht rücken müssen, machte sie sich klar, doch diesen Aspekt hatte sie nicht rechtzeitig bedacht.

Von dem Uranforschungslabor hatte Ahlmann nichts verlauten lassen, und daher stand zu hoffen, dass Bewel der Gestapo wenigstens den Teil ihres Gesprächs, der sich um den Umzug des Labors nach Süddeutschland gedreht hatte, verschwiegen hatte. Natürlich könnte das Thema noch kommen.

Was hatte die Gestapo über die aktuelle Situation im Uranforschungslabor gewusst? Michel hatte ihr einmal erklärt, dass das Reichssicherheitshauptamt eine Art Oberbehörde für verschiedene Ämter war, zu denen auch SD und Gestapo gehörten, dass all diese Ämter jedoch weitgehend unabhängig voneinander arbeiteten und keines der Ämter so genau darüber Bescheid wusste, was die anderen taten. Als Mitarbeiter des Reichssicherheitshauptamtes hatte Michel einen Wissensvorsprung hinsichtlich des Uranforschungslabors gegenüber der Gestapo, aber ebenso wie die zahlreichen anderen Mitarbeiter des Amtes hatte er nicht zu allen Informationen Zugang gehabt, die das Reichssicherheitshauptamt besaß. Selbst wenn irgendjemand in diesem Amt um die Räumung des Uranforschungslabors gewusst hatte, bedeutete das nicht, dass die Gestapo Kenntnis davon gehabt hatte. Sollte sie daher beim nächsten Verhör auf das Uran angesprochen werden, müsste man ihr doch eigentlich glauben, wenn sie erklärte, dass sie in der Vorstellung gehandelt hatte, Informationen zu beschaffen, mit denen sie dem Reich dienen würde.

Der Nachmittag zog sich dahin. Sie hatte keine Ahnung, wie spät es war. Als das Abendessen kam, war es draußen noch hell. Sie erhielt ein Stück Brot und eine Schale mit Wasser; es war nicht viel, aber sie empfand es als einen Segen. Es war in diesen Tagen nicht selbstverständlich, dass sie überhaupt noch verpflegt wurde. Greta hätte sich nicht gewundert, wenn man sie hätte hungern und dürsten lassen.

Als es zu dämmern begann, klopfte Greta mehrmals gegen ihre Tür. Schließlich erschien Otto, der Zellenwart, der sie in Empfang genommen hatte.

»Darf ich das Bett herunterklappen?«

Otto brummte sein Einverständnis. »Außerdem die Decke vor das Fenster«, befahl er. »Es ist Verdunkelung.«

»Sind hier im Trakt noch andere Frauen?«, fragte Greta ihren Bewacher.

Otto schüttelte den Kopf. »Die Frauen bleiben ja selten länger als eine Nacht«, meinte er, »dann werden sie zum Gefängnis am Alex gebracht. Das Problem ist nur, man kommt nicht mehr hin! Zum Alex! Deshalb behält man Sie wahrscheinlich hier. Wohin sollte man Sie auch bringen?«

»Ja, ich verstehe«, murmelte sie.

Otto seufzte, bevor er hinzufügte: »Höchstens in die Kirche; aber da würde ich an Ihrer Stelle lieber nicht hinwollen.«

»Kirche? Was für eine Kirche?«

»Die Kirche ist ganz in der Nähe, aber man wird nicht zum Beten dahingebracht.« Er grinste. »Höchstens zum letzten Gebet, denn wer da landet, für den hat meist das letzte Stündlein geschlagen. Hoffen wir, dass Sie nicht die Bekanntschaft dieser Kirche machen müssen.«

Das Grinsen verschwand und er sah sie an, als hätte er plötzlich Mitleid mit ihr. »Mit ’nem Mädchen wie Ihnen sollte man so etwas eigentlich nicht tun«, brummte er nach einer Weile, »es ist ein Frevel, aber so sind sie, die Herren – sie kennen keine Gnade.«

Kaum hatte er es gesagt, da drehte er sich um, als hätte er Angst, Ärger zu bekommen, wenn er noch mehr erzählte, und verschloss schnell wieder die Sichtklappe in der Tür.

Sie hängte die kleinere Decke vor das Fenster, aber es drang trotzdem Licht zu ihr herein. An Schlaf war ohnehin nicht zu denken. Ihre Gedanken kamen nicht zur Ruhe. Sie konnte nicht aufhören, sich zu fragen, wie sie in diese abscheuliche Situation geraten war. Was hatte die Gestapo gegen sie in der Hand? Wie war man Michel und ihr auf die Spur gekommen? Wodurch hatten sie sich verraten? Hatte jemand sie denunziert? Und wenn ja, wer hatte es getan?

Sie versuchte, sich vorzustellen, wie Marlene Raulf sich verhalten würde, wenn sie von Michel, ohne von seiner Doppelagententätigkeit Kenntnis zu haben, auf Dr. Bewel angesetzt worden und in eine Situation wie die ihre geraten wäre. Marlene wäre gewiss nicht um die rechten Antworten verlegen gewesen. Auch Michel hatte ihr für den Fall, dass man sie verhören sollte, den Rat gegeben, sich als gutgläubige Gestapoagentin zu gerieren; aber nicht nur eine gutgläubige – eine überzeugte Gestapoagentin wie Marlene musste sie sein!

Draußen wurde es dunkel und Greta ging im Geiste die Fragen durch, mit denen sie rechnen musste, wenn das Verhör am folgenden Tag seinen Fortgang nahm. Schließlich war sie zufrieden, und mit dem Gefühl, alle Antworten, die sie würde geben müssen, passend und schlüssig gemacht zu haben, dämmerte sie schließlich ein.

Mehrfach in der Nacht schreckte sie hoch, weil von draußen das Donnern eines Granateneinschlags in ihre Zelle drang, doch von diesen Unterbrechungen abgesehen, schlief sie durch bis zum Morgen.

Sie wachte auf, als sie hörte, wie Türen aufgeschlossen wurden und jemand schrie: »Fertigmachen zum Waschen!«

Den Geräuschen nach zu urteilen, wurden die Gefangenen einzeln zum Waschen geführt. Greta wartete, was weiter geschehen würde, sie war immer noch müde und ihre Glieder waren ihr schwer. Sie zwang sich aufzustehen und ein paar Liegestütze zu machen, danach fühlte sie sich besser.

Sie entfernte die Decke vom Fenster, sodass das Tageslicht hereinfallen konnte. Schließlich wurde auch ihre Tür aufgemacht.

»Kommen Sie heraus!«, sagte Otto, dessen Mitleid sie erregt hatte, aber Greta sah, dass er nicht allein gekommen war; eine große blonde Frau, die ihn um einen halben Kopf überragte, stand neben ihm.

Sie folgte der Aufforderung des Wärters und wurde von der Frau über den Flur geführt. Er lag leer und still, als ob sie ganz allein in dem Zellentrakt wäre. Die anderen Türen waren geschlossen, sie konnte niemanden von den anderen Gefangenen sehen.

Der Waschraum war gefliest und verfügte über mehrere Waschbecken. Auf einem der Becken entdeckte sie ihren Beutel mit ihrer Seife, Waschlappen, Zahnbürste und Zahnpulver, einen Becher und einen Eimer mit Wasser, den man ihr hingestellt hatte.

»Wir achten hier sehr auf Sauberkeit«, sagte die große Blonde. »Leider funktioniert die Wasserversorgung nicht mehr, deshalb der Eimer.«

Es tat Greta gut, sich waschen und ein wenig herrichten zu können, und dieses Alltägliche ließ sie neue Hoffnung schöpfen. Als sie wieder in ihrer Zelle war, kam das Frühstück, eine Art Kaffeeersatz und ein mit Margarine bestrichener Kanten Brot.

Der Vormittag schritt voran. Stunde um Stunde verging, ohne dass etwas geschah. Greta wurde unruhig. Wie lange würde sie denn noch warten müssen, bis man sie endlich holte? Wann würde man über ihr Schicksal entscheiden? Langsam wurde es doch Zeit! Immer wieder horchte sie nach draußen. Inzwischen sehnte sie fast ihre Häscher herbei. Aber niemand kam, um sie zu vernehmen. Hatte man vor, sie eine weitere Nacht hier zu behalten?

Das Mittagessen, das aus einer lauwarmen Krautsuppe mit einer Scheibe Brot bestand, brachte etwas Abwechslung, aber danach setzte sich das Warten aufs Neue fort, und je mehr Zeit in den Nachmittag hinein verstrich, umso unruhiger wurde sie. War etwa schon alles entschieden? Hatte man den Schuldspruch über sie bereits verhängt? Sollte sie um jeden Preis sterben und hatte das erste Verhör bereits ausgereicht, sie so weit zu überführen, dass man sie reinen Gewissens als Feindspionin hinrichten konnte?

Ob das Wartenlassen eine spezielle Art von Folter war, die angewandt wurde, um sie zu zermürben? Je länger sie darüber nachdachte, umso wahrscheinlicher erschien es ihr. Den Menschen im Ungewissen zu lassen, war nicht die schlechteste Wahl, um an sein Ziel zu kommen. Die Gestapo verstand sich auf vielfältige Methoden, um ihre Opfer zum Sprechen zu bringen. Aber immer noch besser als eine körperliche Tortur, dachte sie. Nein, so schnell würde sie nicht verzagen.

Manchmal stand sie von dem Schemel auf und ging in der Zelle hin und her, vom Fenster zur Tür und wieder zurück, fünf Schritte in die eine und fünf Schritte in die andere Richtung. Es gab nichts anderes zu tun, als umherzugehen, und die eigene Situation zu begrübeln, aber sie nahm sich ein ums andere Mal vor, sich nicht selbst verrückt zu machen. Sie setzte sich auf den Schemel und versuchte sich an einer Meditation, und nachdem sie anfängliche Schwierigkeiten überwunden hatte, erzielte sie ein paar Fortschritte und wurde etwas ruhiger.

Über all dem Grübeln und Meditieren wurde es Abend. Draußen setzte die Dämmerung ein, und als Otto, der Wärter, die Tür aufmachte, war er allein und nur gekommen, um sie zum Waschraum und zu der Toilette zu bringen. Die Frau vom Morgen war nicht im Dienst und der Wärter wartete draußen, während sie auf der Toilette saß, die sich unmittelbar neben dem Waschraum befand, ohne sie zur Eile zu drängen.

Eigentlich war Otto gar kein so unangenehmer Mensch, dachte sie, allemal sympathischer als Ahlmann und sein unheimlicher Vorgesetzter.

Zurück in der Zelle durfte sie das Bett herunterklappen, und als sie sich hingelegt hatte, hielt sie sich dazu an, ihre geistige Arbeit fortzusetzen, und sich dieselben Fragen und geplanten Antworten wie in der vergangenen Nacht noch einmal vorzulegen.

In der Zelle wurde es schließlich finster. Von draußen vernahm sie Rumpeln und Grollen und dazwischen die Einschläge der Granaten. Der Gefechtslärm kam immer näher, aber das beunruhigte sie nicht, sondern war ihr ein kleines Stück Hoffnung. Was würde die Zukunft bloß bringen? Diesem Gedanken nachhängend, schlief sie ein.

Mitten in der Nacht schreckte sie auf. Auf dem Korridor wurden Befehle gebrüllt.

»Raustreten«, hörte sie mehrere Männerstimmen rufen.

Die Gefangenen wurden aus den Zellen geholt. Greta setzte sich auf. Verschiedene Zellennummern wurden aufgerufen und die Insassen, die zu den Nummern gehörten, mussten in den Flur heraustreten. Sie stieg aus dem Bett und zog ihre Schuhe an.

Greta erwartete jeden Moment, ihre eigene Zellennummer zu hören, doch als die Stimmen sich ihrer Tür näherten, hörte sie, wie jemand sagte. »Da drin ist die Frau! Die nicht!« Es war Otto, der sie davor bewahrt hatte, dass man ihre Zellentür aufschloss. Die Schritte und die Stimmen entfernten sich schließlich und in dem Zellentrakt wurde es geradezu unheimlich still.

Was geschah mit den Menschen, die mitten in der Nacht aus ihren Zellen geholt wurden? Greta schwante plötzlich Böses. Wurden diese Gefangenen etwa umgebracht?

Sie warf sich auf ihr Bett und begann verzweifelt zu schluchzen.

Dass man sie selbst nicht geholt hatte, beruhigte sie nicht. Aufgeschoben war nicht aufgehoben. Mehr als alles andere, was sie bisher in diesem Gebäude erlebt hatte, machte dieses nächtliche Geschehen ihr deutlich, wie es in Wirklichkeit um sie stand. Zuerst kamen die Männer dran, doch am Ende würde man auch die Frauen nicht verschonen. Im Gegenteil! Sie kam sich vor, als hätte man sie aufgespart, um mit ihr etwas besonders Böses anzustellen.

Sie griff nach der Kette um ihren Hals und umschloss sie fest mit der Hand. Die Kapsel war ihre letzte Zuflucht. Der Tag, an dem sie sterben würde, mochte bereits angebrochen sein.

Am Morgen kam Otto in die Zelle. Trotz ihrer Verzweiflung hatte sie noch ein paar Stunden geschlafen. Der Zellenwart machte ein trübsinniges Gesicht, und er wirkte fast so, als käme er sich ohne all die Menschen, die man mitten in der Nacht fortgebracht hatte, nutzlos vor.

»Jetzt schicken sie mich wahrscheinlich auch noch zum Volkssturm«, brummte er.

»Was ist mit den Gefangenen geschehen, die man heute Nacht aus den Zellen geholt hat?«, fragte Greta.

»Da ist keiner mehr von da«, lautete die Antwort.

»Was heißt das? Was ist mit ihnen passiert?«

Otto zuckte mit den Achseln.

»So sprechen Sie doch!«

»Nichts Gutes ist mit denen passiert, fürchte ich«, gab ihr Bewacher zurück. »Aber ich bin nicht schuld daran.« Er schaute sich um, wie um sich zu vergewissern, dass niemand in der Nähe war, und fügte leise hinzu. »Sie wurden alle draußen auf einem Acker erschossen.«

Greta starrte ihn entsetzt an.

»Warum?«

»Das Gefängnis wird wohl bald aufgelöst«, gab Otto zurück, als sei das eine zufriedenstellende Antwort. »Was sollen sie machen? Der Feind steht vor der Tür. Es kann nicht mehr lange dauern, bis er hier sein wird. Und vorher …«

»Was vorher? Vorher bringt man die Insassen um, wollen Sie das sagen? Bin ich der einzige lebende Häftling hier?«

»Ganz allein sind Sie nicht. Es gibt noch ein paar andere! Aber die – wie soll ich sagen? – Gästeliste ist in der vergangenen Nacht doch erheblich geschrumpft.«

Greta blieb eine Weile still. »Ich danke Ihnen, dass Sie mir helfen wollen«, sagte sie dann. »Was wird mit mir geschehen? Wird man mich freilassen?«

Otto schaute sie mitleidig an. »Es wäre ja wirklich schade um ein so schönes Mädchen, wie Sie eines sind. Aber mit einer Freilassung würde ich lieber nicht rechnen. Ich spreche aus Erfahrung. Na ja, ich hole Ihnen erst einmal was zu essen.«

Er schlurfte davon, und als er wieder zurückkam, brachte er ihr einen Teller mit Wurstbroten und einen großen Becher Kaffee mit.

»Ist das meine Henkersmahlzeit?«, fragte Greta.

»Essen Sie, Kindchen, Sie können es vertragen, so ein dünner Hering, wie Sie sind. Kopf hoch, Mädchen, manchmal kommt es doch nicht so schlimm, wie man denkt. Mir geht es nicht besser als Ihnen, ich muss auch zusehen, dass ich meinen Kopf behalte. Muss langsam mal drüber nachdenken, was ich dafür anstellen muss.«

Greta konnte nichts essen, nahm aber die Wurstbrote und den Kaffee mit in ihre Zelle, in die der Wächter sie wieder einsperrte.

Anders als am Vortag war ihr die Vorstellung, man würde sie hier vergessen, nicht unerträglich, sondern angenehm geworden. Sobald der Feind kam, würde der sie befreien. Wenn man sie aber vorher holen kam, drohte ihr ernstliche Gefahr.

Draußen herrschte jetzt ununterbrochen Gefechtslärm. Mal schien er näher zu kommen, dann war er wieder weiter entfernt. Pausenlos schlugen irgendwo Granaten ein oder knatterten Maschinengewehre. In ihre unmittelbare Nähe schienen die Gefechte noch nicht gekommen zu sein. Es konnte nicht mehr lange dauern, bis die ganze Stadt in der Hand der Russen war. Aber wie lange noch? Stunden? Oder waren es doch Tage?

Sie legte sich auf ihr Bett. Heute hinderte sie keiner mehr daran. Alle Ordnung brach nach und nach in sich zusammen, selbst hier, in dem halb verlassenen Gestapo-Hauptquartier, der Brutstätte eines sadistischen, preußisch-pedantischen Polizeibetriebs. Sie machte sich keine Illusionen. Ihre Häscher konnten mit ihr anstellen, was sie wollten. Niemand würde sie dafür noch zur Rechenschaft ziehen.

Der Tag verging und es kam der Abend. Otto brachte Brot und Wasser. Sie fragte ihn, ob es etwas Neues gäbe, aber ihr Bewacher wirkte genauso ratlos wie sie selbst.

Er zuckte mit den Achseln. »Es gibt nichts zu machen«, meinte er philosophisch. »Deutschlands Aufstieg ist Deutschlands Untergang. Wir sind mit hinauf, also müssen wir auch wieder mit runter. Keiner von uns kann seinem Schicksal entrinnen.«

Nachdem er noch ein paar aufmunternde Worte zum Besten gegeben hatte, verschloss er ihre Zelle und aus dem entmutigenden Abend wurde eine schlaflose Nacht.

11. KAPITEL

Es dauerte noch bis zum folgenden Nachmittag, ehe sie kamen. Ahlmann und zwei Gehilfen, und auch der mit der Hornbrille war mit dabei; nicht aber der junge Hübsche, den hatte man durch einen grobschlächtigen, stiernackigen Kerl ersetzt, einen Mann fürs Grobe, dem die Skrupellosigkeit ins Gesicht geschrieben stand.

»Es ist so weit!«, sagte Ahlmann. »Sie werden sich für Ihren Verrat am Deutschen Volk vor einem Standgericht verantworten müssen. Das tagt nicht hier, sondern anderenorts. Sie werden dorthin überstellt.«

Greta merkte, dass sie bleich geworden war. »Lassen Sie mich doch einfach gehen, Herr Obersturmführer Ahlmann«, bat sie. »Es geht doch alles zu Ende. Ich würde auch ein gutes Wort für Sie einlegen, wenn Sie mich einmal brauchen sollten! Für Sie alle drei! Möglicherweise könnten Sie bald auf Hilfe angewiesen sein.«

Ahlmann sah sie lange an. »Ob ein Mensch anständig oder ein treuloser Verräter ist, erweist sich in einer Stunde wie dieser!«, sagte er kalt.

Greta spürte seinen unterschwelligen Hass. Sie war an die Falschen geraten. Es wäre besser gewesen, sie hätte geschwiegen.

»Ich habe nichts getan«, murmelte sie.

»Darüber wird man anderenorts befinden«, gab Ahlmann zurück. »Über eines sollten Sie sich im Klaren sein und ich will es Ihnen gar nicht verschweigen! Es gibt nur zwei mögliche Urteile: Freispruch oder Todesurteil! Auch

Vergehen, für die man in Friedenszeiten nur eine Weile ins Gefängnis käme, werden jetzt mit dem Tode bestraft.«

In Greta krampfte sich alles zusammen. Nach dem Dafürhalten dieses Mannes hatte sie kaum Aussichten, der Hinrichtung zu entgehen.

Ahlmanns Begleiter lächelten, als ob sie wegen dem, was Greta vermutlich bevorstand, eine Art sadistischer Freude empfanden.

»Abführen!«, befahl Ahlmann.

Stumm ließ sie sich aus der Zelle bringen und dann weiter in das kleine Büro. Otto half ihr in den Mantel und gab ihr den kleinen Rucksack zurück.

»Alles Gute«, murmelte er, obwohl die drei anderen Männer es hörten. »Wird schon wieder werden, Kindchen.«

Die Häscher nahmen sie in ihre Mitte, und unter der Führung von Ahlmann begaben sie sich über die schmale Treppe ins Erdgeschoss und weiter in den Hof der Zentrale, wo der Mercedes stand, in dem man sie vor zwei Tagen hergebracht hatte.

Der Hof bot einen gefechtsmäßigen Anblick. Im Vergleich zu den umliegenden Gebäuden, die zu Ruinen zusammengeschossen waren, befand sich das Gestapo-Gebäude immer noch in einem recht guten Zustand. Soldaten mit Stahlhelmen und umgehängten Maschinenpistolen standen herum. Es herrschte Gefechtslärm; Granaten, die irgendwo in der Ferne oder auch in der Nähe einschlugen, untermalt vom Rattern der Maschinengewehre. Der Krieg war in Berlins Mitte angekommen.

Greta wurde hinten in den Wagen geschoben, dann stiegen die anderen ein. Einer von den bewaffneten Posten öffnete das schwere Gittertor, durch das der Mercedes das Prinz-Albrecht-Gelände verließ. Es war dasselbe Tor, durch das man sie vorgestern hergebracht hatte, und mit Beklommenheit musste sie registrieren, dass sich ihre Situation in der Zwischenzeit deutlich verschlechtert hatte.

Die Stadt brannte an allen Ecken und Enden. Dunkle Rauchwolken zogen durch die Straßen. Die Fahrt ging auf der Prinz-Albrecht-Straße nach Osten, dann in die Friedrichstraße hinein und nach Norden. Überall waren zerstörte Häuserfassaden zu sehen. In manchen von den leeren Fensterhöhlen sah man den Widerschein von Bränden. Bewaffnete Männer mit Stahlhelmen schienen noch immer entschlossen, den anrückenden Feind zu bekämpfen.

Der Wagen bog in die Mauerstraße ein. Nachdem er sich seinen Weg um ein paar Straßenbarrikaden gebahnt hatte, hielt er schließlich vor einer zerbombten Kirche gegenüber der Ruine des Hotels Kaiserhof. Die Kirche, dachte Greta, und es überlief sie kalt. Der Wärter im Gestapokeller hatte zu Recht befürchtet, dass dies ihre letzte Station sein würde. Nun war sie da.

Sie wurde aus dem Wagen gezerrt und zu dem Kirchenrundbau geführt. Das Innere des Rundbaus war ausgebrannt. Die Umfassungsmauern waren noch vorhanden.

Es war lange her, dass sie das letzte Mal eine Kirche von innen gesehen hatte. Wie grotesk, dass man in einer Kirche über sie zu Gericht sitzen würde, dachte sie, und obwohl sie mit Ausnahme der Tatsache, dass sie getauft war, zum Christentum keine Verbindung besaß, begann sie leise zu beten; es war, als ob es eine Instanz in ihr gab, die unabhängig von aller Erziehung und Erfahrung genau wusste, was der Mensch am Ende seines Lebens am Nötigsten hatte.

Der Keller, in den man sie über eine Treppe führte, war eine große Krypta und schien unversehrt zu sein. Sie diente inzwischen als Luftschutzbunker. Greta musste ihren Rucksack abgeben und den Mantel ausziehen, und ehe sie sich versah, hatte man ihr die Arme auf den Rücken gerissen und ihr die Handgelenke zusammengebunden.

An den Seiten gab es einige Türen zu kleinen Räumen, die offenbar zu Zellen umfunktioniert worden waren. Ein SS-Mann schloss eine der Türen auf und Greta wurde über die Schwelle gestoßen, sodass sie mit ihren auf den Rücken gefesselten Händen fast gefallen wäre. Kaum stand sie wieder gerade, wurde hinter ihr die Tür geschlossen.

Es herrschte schummeriges Halbdunkel in dem Raum. Tageslicht kam nur durch eine kleine Öffnung. Am Boden lag eine Matratze mit einer schäbigen Decke. Daneben stand ein Eimer, der wohl zur Verrichtung der menschlichen Bedürfnisse diente. Sie hatte am Morgen ihre Periode bekommen, zum Glück waren ihre Beschwerden nie stark gewesen, und jetzt, wo Essbares knapp bemessen war, waren sie kaum noch der Rede wert. Es roch muffig und unangenehm, und Greta beschlich die Erkenntnis, dass der arme Mensch, der vor ihr diesen traurigen Ort bewohnt hatte, sicher nicht mehr unter den Lebenden weilte.

Sie setzte sich auf der Matratze nieder. Ihre Situation mit den auf den Rücken gefesselten Armen war äußerst unbequem. Anders als in der Prinz-Albrecht-Straße war es in diesem Kirchenkeller unangenehm kalt. Sie fror und sehnte sich in ihre alte Zelle zurück, die ihr im Vergleich zu dieser grässlichen Unterkunft fast feudal erschien. Wenn man sie doch nur von dieser Fessel befreit hätte! Wollte man sie quälen, indem man sie der Kälte aussetzte und ihr die Handlungsfreiheit nahm? Diente die Quälerei dazu, sie gefügig zu machen, als Einstimmung auf ein späteres Verhör?

Die Fessel bot gerade genug Spielraum, um mit einigen geschickten Verrenkungen ihren Schlüpfer herunterzuziehen, wenn sie pinkeln musste, aber an den vorderen Teil ihres Körpers kam sie mit den Händen nicht heran. Das Kettchen mit der Kapsel war unerreichbar für sie geworden.

Sie war ihren Henkern ausgeliefert, auf Gedeih und Verderb. Längst war in der Stadt ein rechtloser Zustand eingetreten. Die Unterschrift eines Standgerichts benötigten ihre Peiniger nur zur Absicherung für den äußersten Fall. Eine Unterschrift reichte in Deutschland schließlich aus, damit alles seine Ordnung hatte und man die eigenen Hände in Unschuld waschen konnte. War es nicht damals auch so gewesen, bevor man den, in dessen Namen man diese Kirche errichtet hatte, an ein Kreuz genagelt hatte? Sie konnte die Augen nicht länger vor der schrecklichen Wahrheit verschließen, die sie als die ihre annehmen musste: Ihre Hinrichtung schien beschlossene Sache zu sein!

Es wurde Abend und Greta legte sich nieder, wobei sie es irgendwie schaffte, sich die alte Decke über den Körper zu ziehen. Das dumpfe Grollen der Artillerie und das Rattern von Maschinengewehren ließ die Erde beben.

Aus dem Inneren des Gebäudes, dem Keller nebenan, hörte sie nichts; niemand kam zu ihr oder brachte ihr zu essen oder zu trinken. Es war, als hätte man sie vergessen. Die Zeit schritt voran und man überließ sie weiterhin sich selbst. Mittlerweile litt sie fürchterlich unter Durst.

Allein gelassen und mit quälenden Gedanken, lag sie im Dunkeln auf ihrer Matratze. Ihr Körper schmerzte, denn mit den auf dem Rücken gefesselten Händen war an eine entspannte Körperhaltung nicht zu denken. Es war nun wohl wirklich ihre letzte Nacht, dachte sie entsetzt. Morgen würde der Tag ihrer Hinrichtung sein.

Sie begann zu weinen und leckte die Tränen mit den Lippen auf, aber dann richtete Greta ihre Gedanken zurück auf ihr Leben. Trotz ihrer Jugend war es ein bewegtes Leben gewesen, eines mit Höhen und Tiefen; sie hatte Kummer und Leid, aber auch sehr viele schöne Dinge erlebt. Im Großen und Ganzen war es doch ein recht reizvolles Leben gewesen, dachte sie, und sie hatte es sehr gern gelebt. Sie war viel zu jung, um zu sterben, doch wenn es nun trotzdem zu Ende ging, sagte sie sich, könnte sie alles in allem doch zufrieden damit sein. Sie hatte sich nichts vorzuwerfen. Noch einmal gelebt, hätte sie nichts anders gemacht, und das von sich sagen zu können, war eigentlich etwas Schönes. Viel schlimmer war es, wenn man in den Tod gehen musste, ohne die Dinge, die einem im Leben aufgetragen waren, erledigt zu haben. Sie erinnerte sich, einmal gehört zu haben, dass der Tod das größte Geschenk des Lebens sei, und dass Gott diejenigen, die er am meisten liebte, als Erste zu sich nahm. Vielleicht war es sogar besser zu sterben. Sie würde dort drüben nicht alleine sein. Andere waren schon vor ihr dorthin gegangen und würden sie sicher erwarten; Rolf, Michel, ihre Mutter.

Ihre Gedanken drifteten davon. Selbst in ihrer bedrückten und angstvollen Stimmung empfand sie es als ärgerlich, nicht zu wissen, wer sie verraten hatte. Wenn man hingerichtet wurde, hatte man einen letzten Wunsch frei, fiel ihr ein; ein Wunsch, der dem Todeskandidaten erfüllt werden musste, bevor man ihm das Leben nahm. Die Henker dachten dabei wohl eher an profane Dinge wie ein Essen, eine Zigarette oder einen Schnaps; einen Wunsch wie den ihren würden sie ihr wahrscheinlich nicht erfüllen, auch wenn es der letzte war. Der Gedanke daran war ihr letzter Gedanke, den sie an diesem Abend hatte, dann glitt sie hinüber in einen bleiernen Schlaf.

Sie mochte mehrere Stunden geschlafen haben, als sie wieder erwachte. Es war völlig finster. Der Kanonendonner und die Explosionen schienen sich in der Nacht erneut verstärkt zu haben, aber nach einer Weile merkte sie, dass draußen ein Gewitter tobte. Es war so heftig, dass die Kanonen fast nicht dagegen ankamen.

Sie hatte schrecklichen Durst und konnte an fast nichts anderes mehr denken als an ein Glas Wasser. Einschlafen konnte sie nicht mehr. So lag sie wach und versuchte, sich mit ihrem Leiden zu arrangieren. Endlich graute der Morgen, und als es in ihrem Verließ etwas heller geworden war, stand sie auf und bollerte gegen die Tür. Sie tat es mehrfach, mit letzter Kraft, mit den Füßen und mit der Schulter, und immer wieder, ohne dass jemand reagierte. Mein Gott, dachte sie, wollen die mich hier drinnen etwa verrecken lassen? Sie lehnte die Stirn gegen das Holz und haderte unter Qualen mit ihrem Geschick, doch da hörte sie plötzlich, wie der Schlüssel im Schloss gedreht wurde, und sie wäre beinahe gefallen, als jemand die Tür aufmachte.

Sie blickte in das Gesicht eines jungen Mannes, den sie kannte. Es war der hübsche blonde SS-Mann, der vor ein paar Tagen bei ihrer Verhaftung in der Giesebrechtstraße zugegen gewesen war.

»Bitte geben Sie mir zu trinken!«, bat sie, »ich leide schrecklichen Durst.«

»Ich will mal sehen, was sich machen lässt«, erwiderte der junge Wachmann, dem offenbar noch nicht jedes Mitgefühl abhandengekommen war. Er verschwand für eine Weile, ohne die Tür zu verschließen, aber bevor sie auf den Gedanken kommen konnte, die offene Tür für einen Fluchtversuch zu nutzen, war er wieder zurück und hielt ihr eine Feldflasche hin.

»Nehmen Sie mir doch die Fesseln ab«, bat Greta. »Wie soll ich denn hier entkommen können?«

»Dazu bin ich nicht befugt«, sagte der blonde Wächter und setzte ihr die Flasche an den Mund, damit sie trinken konnte.

Sie trank in gierigen Zügen und es ging ihr gleich um Welten besser.

»Holt mich endlich hier raus und tut mit mir, was ihr tun müsst«, sagte sie zu dem jungen Wächter.

Er starrte sie an, sagte aber nichts, bevor er sich mit einem Ruck abwandte und wieder die Tür verschloss. Es schien ihm schwerzufallen, sie schlecht zu behandeln.

Ihrem eigenen Zeitgefühl nach dauerte es noch zwei geschlagene Stunden, bis man sie holen kam.

Vier Männer traten in den Raum. Zuerst der hübsche Blondschopf, der ihr zu trinken gegeben hatte. Vor diesem hatte sie keine Angst. Wohl aber vor den drei anderen.

Einer der drei anderen war der furchtbare Kerl mit der Hornbrille, der die Uniform eines Waffen-SS-Unterführers trug. Greta beachtete ihn nicht.

Neben ihm stand ein älterer Mann, der einen langen Mantel ohne Rangabzeichen trug. An den Mantel war jedoch ein Eisernes Kreuz Erster Klasse geheftet, was Greta ein wenig seltsam erschien. Der verbeulte Stahlhelm, den er trug, sah aus, als ob er ihn von einem Gefallenen auf der Straße aufgelesen hätte, und das hagere Gesicht unter dem Helm kam ihr bekannt vor, ohne dass sie sich aber hätte erinnern können, bei welcher Gelegenheit sie ihm vielleicht schon einmal begegnet war.

Der dritte war ein brutaler Kerl, grinsend, sadistisch, stiernackig und untersetzt. Auf seinem breiten und derben Schädel saß ein Tirolerhut mit schmaler Krempe. Er steckte in einem braunen Ledermantel, trug ein breites Koppel mit schwerer Pistolentasche und an der linken Seite einen verknoteten Strick. Er war einäugig oder schielte.

Der Henker, dachte sie voller Grauen. Er sah genau so aus, wie sie sich einen Henker in ihren schlimmsten Albträumen vorgestellt hatte.

»Mitkommen!«, befahl der ältere Mann mit dem Mantel und macht eine Kopfbewegung in die Richtung des SS-Unterführers mit der Hornbrille, der vorausgegangen war.

»Nehmen Sie mir doch die Fessel ab! Meine Arme schmerzen.«

Der feiste Kerl brummte. »Das hätten wir sowieso gemacht. Sie müssen nämlich etwas schreiben.«

Schreiben? Eine vage Hoffnung keimte in ihr auf.

»Was soll ich schreiben?«

Der Ältere im langen Polizeimantel löste die Fessel von ihren Handgelenken. Es war eine wunderbare Erleichterung, die Arme strecken und frei bewegen zu können.

»Dort drüben!«, sagte er.

Sie wurde zu einem Tisch geführt, vor dem ein paar Stühle standen.

»Hinsetzen!«

Sie tat es. Vor ihr auf dem Tisch lag ein weißes Pappschild. Man reichte ihr einen dicken Bleistift.

»Schreiben Sie«, sagte der Mann und deutete auf das Schild: »Ich bin eine Spionin und habe mich mit dem Feind eingelassen.«

Sie starrte den Häscher an und wurde aschfahl. Um sie herum schien die Welt zusammenzubrechen. Was sie spürte, war die nackte Todesangst. Sie wusste, was das bedeutete. Ihre Exekution stand unmittelbar bevor. Man würde sie an eine Laterne hängen, mit einem Schild um den Hals.

»Wo ist das Gericht?«, murmelte Greta. »Ich muss vor ein Gericht gestellt werden.«

»Wir sind das Gericht«, sagte der Ältere mit dem Eisernen Kreuz am Mantelrevers.

»Nein! Sie sind nicht ermächtigt, ein Urteil über mich zu fällen!«

»Der Führer hat Ihre Hinrichtung befohlen«, schlug es ihr von dem feisten Kerl entgegen.

»Das ist nicht wahr. Der Führer kennt mich, wir sind uns vor ein paar Tagen im Garten der Reichskanzlei begegnet.«

Der stiernackige Mann lachte. »Da wusste er wohl noch nicht, dass Sie eine Spionin des Feindes sind. Inzwischen ist alles klar.«

»Nichts ist klar! Es hat ja überhaupt keine Verhandlung stattgefunden. Solange meine Schuld nicht bewiesen ist, muss ich als unschuldig gelten.«

»Wir befinden uns im Krieg«, erklärte der Mann im langen Mantel. »Da gilt ein anderes Recht, nämlich das Kriegsrecht, das ist zum Glück nicht so kompliziert wie das Recht in Friedenszeiten. Der Führer setzt das Recht. Im Moment können wir ihn nicht fragen, da er nicht hier ist, und außerdem hat er andere Sorgen. Der Führer hat uns beauftragt, in der Stadt für Ordnung zu sorgen, und diesen Auftrag führen wir aus. Da Sie hinreichend verdächtig sind, eine Spionin zu sein, müssen wir Sie hinrichten. Wenn wir Sie am Leben ließen, würde der Führer uns bestrafen. Nein, kein Gerede mehr. Sie werden gehängt!«

»Sie begehen einen Mord«, schluchzte Greta. »Ohne ein Gerichtsverfahren dürfen Sie mich nicht hängen.«

»Wir hängen lieber einen zu viel als einen zu wenig«, grinste der feiste Henker sie an. »Wenn du dich zum Liebchen eines Verräters machst, hast du eben Pech gehabt und musst die Konsequenzen tragen.«

Greta blickte wütend auf. »Daher weht also der Wind. Ihr wollt mich wegen meines Liebeslebens hängen sehen.«

Das Gesicht des stiernackigen Henkers kam ihr ganz nahe. »Warum verrätst du dein Land, du Nutte?«, herrschte er sie an.

»Was ich tue, hilft meinem Land«, gab sie zurück.

Der Henker schlug ihr mit der flachen Hand ins Gesicht. »Du tust es für Geld! Wie jede Nutte! Wer mit dem Feind ins Bett geht, hat es nicht anders verdient. Ich will dich an der Laterne sehen! Hinaus mit dir!«

Greta war einen Moment wie betäubt. Wenn das so weiterging, würde sie schneller tot sein, als sie denken konnte.

»Du Schuft!«, schrie sie ihn an. »Mach das nicht noch einmal!«

Der Henker fasste sie an den Armen und riss sie, erbost über ihren Widerspruch, einfach vom Stuhl. Kaum dass sie stand, drehten ihr seine Helfer die Arme auf den Rücken und banden ihre Handgelenke mit einem Strick zusammen; gleich darauf ergriffen der Alte mit dem Polizeimantel und der Blonde mit der Hornbrille sie an den Armen, um sie hinauszuführen.

»Nehmen Sie Ihre dreckigen Hände von mir«, schrie Greta vergeblich. »Ich kann alleine gehen.«

Schwarzer und gelber Rauch zog durch die Straße, und während sie zu einem Auto geführt wurde, zitterte sie vor Angst am ganzen Körper.

Der junge, gut aussehende SS-Mann begleitete ebenfalls den Trupp. Er war der einzige von den Häschern, an dem sie einen Hauch von Menschlichkeit gewahrte. Trotz ihrer Angst spürte sie, dass ihm nicht ganz wohl in seiner Haut war. Er trat zu der Fahrertür des Autos und machte die Türen auf. Er musste den Wagen fahren, der das Hinrichtungskommando zur Richtstätte brachte. Der Alte im Polizeimantel und der Blonde mit Hornbrille sorgten dafür, dass sie auf die Rückbank kletterte und zwischen ihnen zu sitzen kam. Der feiste Henker mit Strick und Tirolerhut nahm auf dem Beifahrersitz Platz.

Die Fahrt ging um ein paar Straßenecken, dann hielt der Wagen wieder an. Als sie wieder aussteigen musste, sah Greta an einem der Laternenpfähle, die die Straße säumten, einen Gehängten, einen Jungen von kaum mehr als 14 Jahren. Seine Hände waren auf dem Rücken gefesselt und seine Beine an den Knöcheln zusammengebunden. Man hatte ihn an einer Wäscheleine aufgeknüpft. Er trug eine zerrissene Volkssturmjacke, aber keine Armbinde der Hitlerjugend; wahrscheinlich hatte man sie ihm abgerissen, um ihn als Feigling zu brandmarken. Es gab kein Schild, das den Grund für seine Hinrichtung erklärt hätte.

Es gab ja auch keinen Grund, dachte Greta schockiert, hier waren feige Mörder am Werk. Alle die sich weigerten, die Stadt zu verteidigen, wurden exekutiert, selbst Jugendliche und halbe Kinder.

»Du wirst ihm an der nächsten Laterne Gesellschaft leisten«, kommentierte der feiste Henker die Szene mit einem Grinsen.

»Ihr seid nichts als feige Schweine«, schrie Greta. »Der letzte Dreck! Vergreift euch nicht nur an Frauen, sondern sogar an Kindern.«

Der feiste Henker schlug ihr erneut mit der Hand ins Gesicht. »Halt deinen Mund, wenn du nicht willst, dass wir dein Sterben noch etwas verlängern.«

Der Wagen hatte vor einer Laterne gehalten, und nachdem sie aus dem Wagen geklettert war, musste sie mitanschauen, wie der SS-Unterführer, der neben ihr gesessen hatte, auf das Fahrzeug kletterte und sich daran machte, die Wäscheleine, an die sie aufgehängt werden sollte, an der Lampe zu befestigen.

Sie sah zum Himmel. »Oh lieber Gott«, murmelte sie. »Lass mich so nicht enden.«

Ihre Henker hatten es eilig. Schon schoben sie Greta neben den Laternenpfahl. Der schöne blonde SS-Mann legte ihr die Schlinge um den Hals und zog sie straff. Greta begann zu weinen und heftig zu zittern. Sie würde sterben. Es war zu spät.

Der mit der Hornbrille hängte ihr das Schild um den Hals, das der Welt den Grund für ihre Hinrichtung verkündete.

»Zieht sie hinauf!«, brüllte der Henker.

Ein paar Männer kamen auf der Straße daher.

Greta sah sie und reagierte instinktiv.

»Hilfe!«, schrie sie. »Diese Mörder bringen mich um!«

Die Männer hinten auf der Straße reagierten auf das Anrufen nicht, und Greta hatte es auch nicht wirklich erwartet, trotzdem registrierte sie, dass an der Reaktion der Männer etwas Eigenartiges war. Die Männer waren schon unterwegs! Sie brauchten nicht gerufen zu werden, sondern bewegten sich so zielstrebig auf das um die Laterne versammelte Hinrichtungskommando zu, dass es den Anschein machte, sie hätten schon gewusst oder geahnt, was sich an diesem Ort ereignen sollte. Als seien sie nur hergekommen, um es mitzuerleben. Ob der tote Junge an der anderen Laterne ihnen ein Hinweis darauf gewesen war, dass sich ein ähnlich grausames Schauspiel an diesem Ort wiederholen würde?

Der furchtbare Henker tauchte neben ihr auf und griff

nach der Wäscheleine. »Ich ziehe selbst!«, rief er. »Fasst ihr sie an den Armen!«

Der mit der Hornbrille und der Hübsche ergriffen ihre Arme und hoben sie an, sodass ihre Füße den Boden nicht mehr berührten.

Im nächsten Moment spürte sie den heftigen Druck der Schlinge, der ihr den Atem abschnitt.

Der erste der vier Männer hatte die Laterne erreicht. Er trug ein Gewehr bei sich und richtete die Mündung direkt auf den dicken Henker.

»Machen Sie die Frau los«, fuhr er ihn an.

Der Henker ließ von der Wäscheleine ab, sodass der Druck um ihren Hals verschwand und sie instinktiv Luft holte.

»Was hast du gesagt?«, brüllte der Henker den anderen an.

Die beiden Männer in ihren Flanken ließen sie los und Greta stand wieder auf ihren Füßen.

»Bist du taub!«, brüllte der Mann mit dem Gewehr zurück.

Die Begleiter des Mannes mit dem Gewehr hatten es ihrem Anführer gleichgetan. Sie hatten ebenfalls Gewehre, mit denen sie auf den SS-Unterführer, den älteren Häscher im Polizeimantel und den jungen Fahrer zielten.

»Hauen Sie ab, Sie Irrer!«, bellte der Henker und schlug das Gewehr, das ihn bedrohte, zur Seite. In sein abgebrühtes Gesicht war ein Ausdruck von Erstaunen getreten, als hätte er dergleichen noch niemals erlebt, was sicher den Tatsachen entsprach.

Der Mann mit dem Gewehr wich für einen kurzen

Moment aus, dann stieß er dem Henker die Gewehrmündung frontal in den Bauch.

»Kerl, bist du wahnsinnig geworden!«, brüllte der Henker.

Die Männer, die den Henkern in den Weg getreten waren, trugen Uniformen, aber es waren keine richtigen Uniformen, wie Greta registrierte, sondern Fantasieuniformen, nämlich solche, wie Volkssturmmänner sie trugen. Der Anführer war ein Mann von 50 Jahren mit einem angenehmen, fein geschnittenen Gesicht. Die drei anderen waren ungefähr im selben Alter.

Der ältere Henkersgehilfe im langen Polizeimantel war ungeachtet der Tatsache, dass einer der anderen Volkssturmmänner ihn mit einer Waffe in Schach hielt, neben seinen Kumpan getreten.

»Kehrt unverzüglich in eure Kampfstände zurück, Männer!«, spielte er den Vernünftigen. »Sonst wird euer Verhalten schlimmste Konsequenzen nach sich ziehen.«

»Machen Sie hier keine schlauen Sprüche! Ich bin Kompanieführer einer Volkssturmeinheit. Meine Männer haben mir gemeldet, dass hier Morde an Kindern begangen werden! Das dulde ich nicht! Ebenso wenig wie Morde an Frauen! Der zuständige Kommandeur der Wehrmacht hat seine Soldaten aufgefordert, gegen fliegende Mordgerichte mit Waffengewalt vorzugehen. Ich befolge einen Befehl!«

»Der Volkssturm ist eine Organisation der Partei und nicht der Wehrmacht«, widersprach ihm der Ältere im Polizeimantel.

»Wir sind hier nicht auf einer Parteiveranstaltung, sondern im Krieg«, sagte der tapfere Kompanieführer der

Volkssturmmänner. »Der Volkssturm verteidigt die Heimat genauso wie die Soldaten der Wehrmacht, und deren Grundsätze gelten auch für die von mir geführte Kompanie. Also los jetzt! Nehmen Sie der Frau die Wäscheleine vom Hals!«

Greta konnte kaum glauben, was sie hörte und sah. Es gab sie also doch noch – Männer, die ihr Herz am rechten Fleck hatten und die einfach nicht mitansehen konnten, wie die Gestapo mit kriegsmüden Menschen verfuhr. Die Gesichtszüge des Volkssturmführers ließen zudem erkennen, dass es diesem Mann egal war, was mit ihm selbst passierte, und dass er tun würde, was er für richtig hielt; es war erkennbar ein Mann, der bedingungslos dem eigenen Gewissen folgte.

»Mann, Kerl, du verwirkst dein Leben«, fuhr der feiste Henker ihn an. »Wenn wir mit der Frau fertig sind, hängen wir dich als Nächsten!«

»Vorher bis du dran!«, sagte der anführende Volkssturmmann und fügte hinzu: »Vielleicht ist mein Leben verwirkt, aber mir ist es wichtiger, eine arme Frau wie diese hier aus den Händen von Verbrechern wie euch zu befreien, bevor mein Leben vorüber ist. Also los jetzt! Sonst jage ich dir eine Kugel in den fetten Wanst!«

Aus den Augen des Volkssturmmannes sprach ein solcher Hass, dass Greta das Gefühl bekam, es wäre dem Manne ganz recht, wenn der Henker nicht nachgeben würde und er seine Drohung wahr machen könnte. So wie dieser Volkssturmmann konnte sich nur jemand verhalten, der tatsächlich mit dem eigenen Leben abgeschlossen hatte.

»Wir kennen uns«, sagte da der ältere Begleiter des Henkers, der mit dem langen Mantel und dem Eisernen Kreuz, zu dem Anführer der Volkssturmmänner. »Ich musste einen Moment überlegen, jetzt habe ich Sie erkannt! Sie sind doch Rechtsanwalt, nicht wahr?«

»Wenn ich nicht gerade beim Volkssturm wäre, hätten Sie recht«, erwiderte der Kompanieführer. »Ich kenne Sie auch! Sind Sie nicht ein Gerichtsvollzieher? Nein, ich irre mich! Sie sind Justizbeamter auf dem Schöneberger Amtsgericht. Heißen Sie nicht Bertram?«

»Goltz! Genau, Sie sind der Goltz«, sagte der Justizbeamte im Polizeimantel. »Hören Sie, Goltz! Sie leisten hier Widerstand gegen Vollstreckungsbeamte. Das wissen Sie! Auch für Anwälte ist das verboten! Das wird Sie teuer zu stehen kommen.«

»Sie verwechseln da etwas, Bertram!«, entgegnete Goltz ungerührt. »Auf Mord steht die Todesstrafe! Und die kriegen Sie, wenn Sie mit Ihrem schändlichen Treiben hier weitermachen sollten. Dafür werde ich sorgen!«

Bertram lachte höhnisch. »Wir handeln im Einklang mit Recht und Gesetz!«

»Es gibt kein Urteil gegen mich!«, sagte Greta schnell, die Hoffnung geschöpft hatte, aber befürchtete, das Blatt könnte sich wieder zu ihren Ungunsten wenden. »Man darf mich nicht hinrichten.«

»Die Frau hat recht, das wissen Sie, Bertram!«, sagte Goltz. »Also wird's bald: Lasst die Frau los und verschwindet hier!«

»Die Frau untersteht dem Kriegsrecht«, warf der furchtbare Justizbeamte ein. »Wir sind im Recht.«

»Blödsinn! Da die Frau keine Waffe trägt, untersteht sie nicht dem Kriegsrecht! Außerdem ist sie kein Soldat, sondern eine Frau in Zivil!«, widersprach Goltz weiterhin.

»Ja, Blödsinn ist das alles!«, rief der feiste Henker. »Zieht ihr endlich den Hals lang. Eine schöne Nutte wie die, die sich mit dem Feind vergnügt, hat es nicht anders verdient.«

»Ich will eine Ausnahme machen und das hier vergessen, Herr Rechtsanwalt Goltz«, erklärte Bertram, »wenn Ihre Leute und Sie unverzüglich verschwinden und uns nicht länger daran hindern, unserer Pflicht nachzukommen. Diese Frau ist eine überführte Spionin und muss hingerichtet werden!«

»Hören Sie endlich mit dem Schlaugequatsche auf, Bertram«, sagte Goltz. »Sie brauchen hier nicht den korrekten Beamten zu spielen! Das zieht bei mir nicht! Wenn Sie nicht unverzüglich hier abhauen, sind Sie nicht nur die längste Zeit Justizbeamter gewesen, sondern dann werde ich persönlich dafür sorgen, dass Sie wegen Mordes an dem Jungen zum Tode verurteilt werden. Das verspreche ich Ihnen bei dem Leben dieser Frau!« Er blickte zurück zu dem feisten Henker. »Sie steigen jetzt in Ihr Auto und hauen ab! Und zwar auf der Stelle!«

Der feiste Henker lachte bloß.

»Ich zähle jetzt bis 5«, sagte der Volkssturmmann Goltz. »Nicht bis 10 oder bis 3, sondern bis 5. Wenn Sie bis dahin nicht den Weg zu Ihrem Auto angetreten haben, schieße ich Sie über den Haufen! Niemand wird meine Männer und mich dafür verurteilen, dass ich dieser Frau in der Not beigestanden habe. Ihnen wird kein Mensch eine Träne nachweinen. Wenn Sie tot sind, können Sie mit diesen Schweinereien nicht weitermachen. Also machen Sie sich bereit! Die Frau nehmen wir sowieso mit! So, es geht los: Eins – zwei – drei – vier – fünf!«

Der Henker tat nichts und lächelte den Kompanieführer dreist an. »Ich werde mich nicht von ein paar hergelaufenen Volkssturmhampelmännern an der Ausübung meiner Amtspflicht hindern lassen«, sagte er.

Einer der Volkssturmmänner, die Goltz begleiteten, sagte in Richtung des Henkers: »Du Fettwanst siehst merkwürdig gut genährt aus! Warum bist du eigentlich nicht an der Front, du fetter Sack, und hilfst, die Stadt zu verteidigen, anstatt dich an Frauen und Kindern zu vergreifen?«

Der Henker wollte nach seiner Pistole greifen, doch Goltz stieß ihm die Gewehrmündung gegen den Arm.

»Bist du taub?«, schrie er. »Ich habe dir befohlen, die Frau freizugeben!« Er warf einen schnellen Blick zu dem Justizbeamten. »Ihr weigert euch?«

Bertram lächelte stumm, ließ aber den ersten Anflug von Unsicherheit erkennen.

»Ich habe wirklich den Eindruck«, wendete sich Goltz an ihn, »dass ihr Verbrecher euer grausiges Handwerk erst einstellt, wenn man euch selbst an die Laternen hängt! Wenn du die Frau nicht freigibst, werde ich genau das mit dir tun. Du bekommst dann ein Schild um den Hals, auf dem stehen wird: ›Verräter und Kriegsverlängerer‹.«

Bertram reagierte nicht und Goltz ergriff sein Gewehr mit einer blitzschnellen Bewegung am Schaft, drehte es nach oben und schlug dem Henker den Gewehrkolben mit aller Kraft gegen die Knie.

Der Henker schrie auf und stürzte zu Boden. Als der Mann sich aufzurichten versuchte, stieß ihm Goltz nochmals den Gewehrkolben gegen die Schulter, worauf dieser mit einem erneuten Schrei auf die Straße zurückfiel.

Der SS-Mann, der Greta an den Armen festgehalten hatte, gab sie frei und der Volkssturmmann ihm gegenüber befahl ihm: »Nimm ihr die Schlinge ab!«

Der SS-Mann sah zu dem Justizbeamten.

»Knall ihn ab oder zieh ihm eins mit dem Gewehr über!«, sagte Goltz zu dem Mann, der Bertram in Schach hielt.

Der Mann holte aus und nun hob Bertram eine Hand.

»Gut, gut«, sagte er. »Dass die Frau nicht bewaffnet ist, ist immerhin ein Argument.«

Goltz schnitt ihm sofort das Wort ab. »Und das mit dem fehlenden Urteil auch«, brüllte er den Beamten im Polizeimantel an. »Es ist typisch, dass dir das nicht einfällt, du schlauer Jurist! Also, macht der Frau sofort die Handfesseln ab! Sonst ist der Fettsack ein toter Mann.«

Er richtete das Gewehr auf den Henker, der noch am Boden lag, sich aber erneut aufzurichten versuchte, und Bertram machte eine Kopfbewegung zu dem SS-Mann, der neben Greta stand. Dieser löste den Strick, mit dem ihre Handgelenke zusammengebunden waren.

»Schnappt euch diesen fetten Gartenzwerg und haut ab!«, schrie Goltz ihnen zu, worauf die beiden Männer zu dem am Boden liegenden Henker traten, um ihm beim Aufstehen zu helfen. »Schnell! Sonst machen wir euch Feuer unterm Arsch! Sollten wir euch noch einmal bei einem Mordversuch ertappen, gilt das ohne Vorwarnung. Darauf könnt ihr einen lassen.«

Endlich waren die drei so weit und hatten den Henker ins Auto verfrachtet. Der junge SS-Mann mit dem gut geschnittenen Gesicht, der über die ganze Entwicklung nicht unfroh schien, setzte sich ans Steuer und ließ den Motor anspringen. Unversehens setzte der Wagen sich in Bewegung und holperte davon.

Einer der Männer aus dem Kommando von Goltz nahm Greta das Schild ab, das man ihr umgehängt hatte, und warf es in die Trümmer am Straßenrand.

Es war alles so schnell gegangen, dass Greta noch immer keinen klaren Gedanken fassen konnte. Sie fühlte sich wie betäubt und zitterte am ganzen Körper, die Todesangst war fort, aber Erleichterung stellte sich kaum ein.

»Wir müssen hier ganz schnell weg!«, sagte Goltz zu Greta und seinen Kameraden, bevor er sie am Ellenbogen griff und mit sich zog.

Sie eilten in Richtung Friedrichstraße, bogen dort um die Ecke und rannten weiter die Straße Richtung Französische Straße hinauf.

»Sie haben mir das Leben gerettet, Herr Goltz! Sie und Ihre Gefährten«, sagte Greta zu dem Volkssturmmann, als sie die Friedrichstraße erreichten und im Schutz eines Gebäudes einen Moment stehen blieben. »Ich stehe tief in Ihrer Schuld!«

»Danken Sie dem armen Jungen an der Laterne«, erwiderte Goltz. »Ihm verdanken Sie Ihr Leben! Als wir den armen Kerl dort hängen sahen, haben wir beschlossen zu bleiben, weil wir ahnten, dass seine Mörder mit einem neuen Opfer wiederkehren würden. Wir brauchten nicht lange zu warten. Sie sollten einen der Schutzräume aufsuchen, es gibt hier ein paar in der Nähe.«

»Warum tun die das?«, fragte Greta und schluchzte auf, weil ihr die Tränen kamen. »Warum begehen diese Leute all die scheußlichen Morde, wo doch alles bereits zusammenbricht?«

Goltz sah sie einen Moment nachdenklich an. »Damit ihre Gegner sie nicht vergessen, wenn alles vorüber ist!«, antwortete er dann. »Und ihresgleichen auch nicht.« Er warf einen Blick auf ihre bloßen Arme. »Sie brauchen etwas zum Überziehen.«

»Man hat mir alles genommen«, erklärte Greta. »Meine Wohnung befindet sich nahe dem Kurfürstendamm. Es wird schwierig, dorthin zu gelangen. Am liebsten würde ich mich Ihnen anschließen. Ich möchte etwas Sinnvolles tun. Wenn ich dabei sterben sollte, wäre es wenigstens nicht umsonst.«

»Sie können nicht bei uns bleiben«, sagte Goltz. »Ich gehöre zu einer kämpfenden Truppe, die keine Frauen aufnehmen kann. Wir sind selbst nicht einmal ausreichend bewaffnet. Sie müssen irgendwo untertauchen.«

Er sah zur Seite, die Straße hinauf und hinunter. »Ich kann nicht ausschließen, dass das Kommando zurückkehrt, um nach Ihnen zu suchen«, setzte er hinzu. »Diese Mordkommandos werden von Gestapo-Chef Heinrich Müller befehligt. Ob sie die Schlappe, die sie erlitten haben, weitermelden, erscheint mir zwar nicht sicher, aber ausschließen kann man es nicht. Es wundert mich, dass sie sich inzwischen sogar an Frauen vergreifen, es wird immer schlimmer. Hier ganz in der Nähe gibt es ein Haus, in dem noch viele andere Frauen Unterschlupf gefunden haben. Für eine Frau wie Sie ist es ein ungewöhnlicher und wenig passender Aufenthaltsort, aber diese Tage sind nun einmal alles anderes als gewöhnlich. Ich denke, man wird Ihnen dort helfen. Kommen Sie!«

Es war ein verfallenes Hotel, das sie kurz darauf erreichten. Ein gespenstischer Pförtner mit fahlem Gesicht ließ sie eintreten und Greta ging mit Goltz eine Kellertreppe hinunter, während die anderen Männer oben am Eingang zurückblieben.

Der Volkssturmmann warf einen Blick in den Keller und drehte sich dann zu Greta herum. »Ich muss mich jetzt von Ihnen verabschieden«, sagte er. »Ich denke, Sie werden es dort drinnen erst einmal aushalten können. Etwas Besseres kann ich Ihnen leider nicht anbieten.«

Greta schmiegte sich an den Mann, der ihr das Leben gerettet hatte, und dieser nahm sie in den Arm.

»Vielleicht sehen wir uns einmal wieder«, sagte Greta. »Ich würde mich gern bei Ihnen revanchieren. Sie heißen Goltz und sind Rechtsanwalt?«

»Eugen Goltz. Bis vor ein paar Wochen hatte ich eine Kanzlei nahe dem Bellalliance Platz. Mal sehen, wie es weitergeht.«

Greta drückte sich noch einmal fest an ihn, bevor sie sich von ihrem Retter löste. »Man sieht sich immer zweimal im Leben«, sagte sie. »Ich heiße Greta Jenski.«

»Ich werde an Sie denken«, erwiderte Goltz. »Sie werden es schaffen, diesen Irrsinn zu überleben. Ich wünsche Ihnen viel Glück.«

»Dasselbe wünsche ich Ihnen von Herzen, Herr Goltz, Ihnen und Ihren Männern!«

Goltz wandte sich fort und Greta sah ihm nachdenklich nach, als er die Treppe hocheilte.

12. KAPITEL

Im Keller saßen fast nur Frauen, alte und junge, aber auch ein paar Kinder hatten in dem Luftschutzraum Unterschlupf gefunden. Die Frauen hatten müde Gesichter, die meisten grau und ohne Hoffnung, einige von ihnen sahen zu Greta her, als sie den Raum betrat. Es herrschte Schweigen und Apathie.

»Na, Schöne«, sagte eine von ihnen, denen sie auffiel. »Kommst du gerade von der Arbeit?«

Ein paar andere Frauen lachten.

»Man hat mir meinen Mantel gestohlen«, sagte Greta. »Kann mir jemand mit etwas zum Anziehen aushelfen?«

»Du bist lustig, wir tragen selbst nur das Notwendigste mit uns herum. Hol dir draußen was zum Anziehen! Da liegen genug Tote rum! Die haben Jacken und brauchen keine mehr.«

Doch eine der Frauen gab ihr eine alte Decke. Greta legte sie um die Schulter und fand in einer dunklen Ecke einen Platz zum Sitzen.

Sie saß still da und war froh, dass sie nicht angesprochen wurde. Sie wollte sich nicht unterhalten. Der Schock des Erlebten wirkte in ihr nach. Ein Zittern hatte sie befallen, ein Zähneklappern, dem sie hilflos ausgesetzt war und das sie nicht verbergen konnte. Niemand sprach sie darauf an, dergleichen war jede inzwischen gewohnt.

Es dauerte eine Zeit lang, bis das Zittern sich legte und sie wieder in der Lage war, einigermaßen klar zu denken und sich der neuen Situation zu besinnen.

Viele der Frauen, die sich in dem Keller zusammendrängten, waren Nachtarbeiterinnen; Bordsteinschwalben, die wie Greta ihr Geld mit dem Geschäft der Liebe verdienten; das wurde ihr schnell klar. Der Unterschied war nur, dass diese Frauen nicht in einem Edelbordell Kundschaft bedienten, sondern Tag für Tag auf der Straße um ihr Überleben kämpfen mussten. Wie Greta ihren gelegentlichen Äußerungen entnahm, hatten sie sich angesichts der bevorstehenden Einnahme der Stadt durch die Rote Armee auf das Schlimmste eingestellt. Ihre Hoffnungen beschränkten sich darauf, dass die russischen Soldaten ihnen bei allem, was sie ihnen antäten, wenigstens das nackte Leben lassen würden.

»Hat ja auch sein Gutes«, meinte eine der Frauen und blickte zur Decke. »Immerhin gibt's nichts mehr auf die Mütze, wenn der Feind in den Keller kommt.«

»Lieber einen Russki auf dem Bauch als einen Ami auf dem Kopf«, stimmte ihr eine andere zu.

Der Gegensatz zwischen der trügerischen Ruhe im Keller und dem Kanonendonner und den Artillerieeinschlägen draußen auf den Straßen war beunruhigend, und Greta konnte sich dem Eindruck, dass das Unheil immer näher kam und keine Möglichkeit bestand, etwas dagegen zu tun, kaum entziehen; ein auffälliges und beinahe körperlich spürbares Missverhältnis.

Wie sollte es hier mit ihr weitergehen? Was würde in diesem Kellerloch mit ihr geschehen? Sie verspürte keine Neigung, das Schicksal der Frauen, mit denen sie im Keller zusammensaß, zu teilen, und je länger sie darüber nachdachte, umso klarer wurde ihr, dass sie keine Nacht lang in diesem Luftschutzraum bleiben konnte.

Die Russen waren nicht ihre einzige Sorge. Die Volkssturmmänner hatten sie vor der Hinrichtung bewahrt, dennoch hatte sie nicht das Gefühl, ihren Schergen auf Dauer entronnen zu sein. Falls die SS die Keller der Friedrichstraße auf der Suche nach ihr durchstöbern sollte, womit sie rechnen musste, dann würden sie auch in diesem Luftschutzraum nach ihr suchen.

Doch was sollte sie tun? Wo sollte sie hin?

In den Kellern der weitläufig und undurchschaubar zerstörten Häuserfelder, in denen sich die Bevölkerung verbarg, waren zahllose Deserteure, Versprengte und Flüchtlinge untergetaucht; alles Menschen, die es verstanden, sich in diesem Ruinendschungel dem Zugriff von SS und Gestapo zu entziehen. Sie hatte selbst fest daran geglaubt, dass es ihr nicht schwerfallen würde, ein Teil dieses städtischen Untergrundes zu werden, doch mit dem Näherrücken der Russen war der städtische Raum, in dem sie sich verbergen und unterirdisch bewegen konnte, klein geworden. Nachdem die Rote Armee die Stadt enger und enger eingekreist hatte, waren ihr die meisten Bezirke der großen und unübersichtlichen Stadt versperrt, sodass es selbst für eine Frau mit ihren Talenten schwer werden würde, dem drohenden Ungemach zu entkommen.

Sie dachte an das Notlazarett in der Reichskanzlei. Die Reichskanzlei und die Wilhelmstraße waren die Orte, an denen Deutschlands Schicksal besiegelt werden würde. Erst wenn in der Wilhelmstraße der letzte Schuss gefallen war, wäre der Krieg vorbei. Die Reichskanzlei war die Höhle des Löwen, dort wurde mit allen Mitteln und bis zum letzten Atemzug gekämpft, und doch musste das nicht bedeuten, dass sie dort schlecht aufgehoben wäre. Wenn der Löwe sie nicht fraß, war es bei allen Gefahren ein Ort, der ihr eine bessere Chance bot, dem Elend zu entkommen, als der triste Keller, in dem sie sich befand. Es gab dort Soldaten, und es war besser, unter den Kämpfern zu sein, als in diesem Kellerloch auf das Ende zu warten.

Der Anwalt Goltz hatte recht. Niemand durfte ihr das Leben nehmen. Es gab kein Urteil, das irgendjemand an ihr vollstrecken durfte, und die Soldaten in der Reichskanzlei waren keine Mörder. In der Reichskanzlei hielt sich ihre Schwester Dörte auf und dort würde sie als Lazaretthelferin Unterschlupf finden können. Man würde sie beschützen, sollte einer ihrer Verfolger dort erscheinen, um nach ihr zu suchen, was ihr an sich schon recht unwahrscheinlich erschien. Die Reichskanzlei lag nur ein paar Straßen entfernt. Im Schutze der Dunkelheit musste es möglich sein, unbeschadet dorthin zu gelangen.

In ihre Überlegungen platzte ein versprengter Soldat in den Keller, um sich seiner Uniform zu entledigen.

»Bald sind sie da!«, schrie er mit entsetztem Gesicht und berichtete dann, die Russen seien in den Keller weiter östlich des Zentrums, wo er sich zuletzt aufgehalten habe, hineingestürmt, hätten alle uniformierten Männer erschossen und die Frauen vergewaltigt, bevor sie schließlich zum nächsten Haus weitergezogen seien; er selbst sei als einziger Mann entkommen, weil er sich während des Wütens der Eindringlinge hinter einem alten Schrank habe verbergen können. Der Mann machte einen recht verwirrten Eindruck, sodass Greta Zweifel hatte, ob die Geschichte stimmte, aber viele der Frauen und Mädchen begannen zu weinen, und einige Frauen in Gretas Nähe begannen, offen davon zu reden, dass es vielleicht an der Zeit sei, Selbstmord zu begehen.

»Tut es nicht!«, äußerte Greta. »Nicht alle Russen sind so, und wie der Soldat berichtete, wurden die Frauen nur vergewaltigt, aber nicht umgebracht.«

Nichts war ihr mehr zuwider als ein Zustand der Hysterie, in dem vernünftige Menschen zu Irren wurde, und ihr war klar, je länger das Warten auf die Ankunft der Russen sich hinziehen würde, umso mehr stiegen die Chancen, dass sich der Keller in ein Tollhaus verwandelte, in dem auch ohne die Russen das Leben unerträglich wäre.

Sie konnte die Entscheidung darüber, was weiter mit ihr geschehen würde, nicht anderen überlassen, wurde ihr klar. Die Zukunft war ungewiss, doch es konnte schnell zu spät sein, um von hier zu entkommen. Sie horchte in sich hinein, stellte aber beruhigt fest, dass sie von einer Panik weit entfernt war, und so fasste sie den Entschluss, nicht länger zu zögern.

Sie wartete, bis es dunkel geworden war, und als der Artilleriebeschuss eine Pause einlegte und es draußen ein wenig ruhiger geworden war, verließ sie unter einem Vorwand den Keller. Schweren Herzens, aber gefasst begab sie sich in die Schutzlosigkeit der Nacht.

Sie wandte sich auf der verwüsteten Straße nach Norden. Die Zerstörungen waren erschreckend. Überall, wohin ihr Blick reichte, sah sie die Steingerippe großer Häuser. Viele Gebäude standen in Flammen. Im nächtlichen Feuerschein zeichneten ihre Schornsteine und Giebel ein Bild des Schreckens in den Nachthimmel und nahmen in den Straßen, in denen man auf dem Bürgersteig Gefahr lief, in ein Loch zu stürzen, die Gestalt von riesigen Wegweisern an. Das Gestöber von glühendem Staub und der Ascheteilchen, die unablässig durch die Luft rieselten und alles mit einer kalkigen Schicht bedeckten, hielt unvermindert an.

Greta blieb stehen, um sich zu orientieren, und während sie auf den Feuerschein am Himmel starrte, überkam sie das Gefühl, sich im Schlussakt einer historischen Tragödie zu befinden. Die Stadt schickte sich an, dank der russischen Artillerie vom Erdboden zu verschwinden. Wofür Rom Jahrhunderte gebraucht hatte, war Berlin in ein paar Monaten gelungen. Die Stadt löste sich auf und mit ihr starben die Menschen.

Am Straßenrand lag ein toter SS-Mann. Er war von höchstens mittlerer Statur und trug eine Jacke, die einen vergleichsweise sauberen Eindruck machte. Sie brauchte unbedingt etwas zum Überziehen. Seine Jacke könnte ihr passen. Sie kniete nieder und zog sie ihm aus, was keine geringe Anstrengung war, dann schlüpfte sie hinein. Ihre bloßen Unterarme schauten ein ganzes Stück heraus, doch die Jacke saß gut. Sie sah aus wie eine fesche SS-Braut, dachte sie, und in gewisser Weise war sie das auch.

Im Hüfthalter des Toten steckte eine Pistole, die sie ihm aus dem Halfter nahm. Es war eine kleine Pistole, die derjenigen ähnelte, die sie von Michel bekommen und die man ihr weggenommen hatte. Die Pistole war geladen. Greta löste das Halfter vom Körper des Mannes und band es sich selber um, dann steckte sie die Pistole in das Halfter zurück.

Ferne, gewitterähnliche Blitze begleiteten das Grollen der Geschütze, unvermittelt hochjagender Motorenlärm, vereinzelte Feuerstöße und immer wieder Schreie.

Leuchtkugeln jagten über den Himmel und erhellten die Dunkelheit mit gelbem und rotem Licht. Wenn sie sterben musste, war es nicht zu ändern, sagte sie sich unter dem Eindruck der beängstigenden nächtlichen Geräusche, aber bis es so weit war, würde sie nicht nachgeben, sondern kämpfen, nicht mehr für Deutschland, sondern für sich selbst.

Sie tastete sich – mehr als dass sie ging – durch enge Passagen der mit Trümmern bedeckten Straße. An der nächsten Ecke bog sie nach Westen ab und gelangte in eine ruhigere Seitenstraße, in der sie den Gefechtslärm nur aus der Ferne hörte. Am liebsten hätte sie sich irgendwo in den Trümmern oder Ruinen verkrochen wie ein verwundetes Tier; aber sie wusste, dass das die falsche Wahl gewesen wäre. Ihr Weg musste sie mitten durch die Hölle führen, und er würde entweder in der Freiheit enden oder im Tod.

Die Wilhelmstraße lag unter schwerem Beschuss, es war fast unmöglich, sie zu überqueren. Ringsumher glühte alles im roten Schein der Feuersbrunst und vor sich sah sie, wie ihr Schatten über die hohen Mauern tanzte. Das laute Panzergrollen, das sie hörte, ohne einen Panzer zu sehen, jagte ihr einen Schrecken ein.

Das Außenministerium und das einstige Reichspräsidentenpalais waren nur noch Ruinen. Gefallene Soldaten oder Zivilisten lagen zu Dutzenden in den Trümmern, aber niemand kümmerte sich darum. Die Salven der Artillerie grollten wie bei einem schweren Gewitter. Das Wummern, das von den Mauern zurückgeworfen wurde, ließ sie am ganzen Körper beben und erzittern. Unwillkürlich wanderte ihre Rechte hinunter zu der Pistole.

Die Mauern der Reichskanzlei waren an vielen Stellen beschädigt, aber sie standen, als könnte kein Kanonenfeuer etwas gegen die dämonische Kraft, die zu ihrer Errichtung beigetragen hatte, ausrichten. Greta wusste, dass die Tage dieses mächtigen Symbols des deutschen Strebens gezählt waren. Nicht mehr lange, dann würden diese Mauern fallen, es war nur eine Frage der Zeit, eine Frage von Tagen, doch für sie selbst kam es gerade auf diese Tage an.

Sie wartete den nächsten Granatenhagel ab, dann lief sie los und überquerte mit großen Sätzen die ehemalige Prachtstraße. Das Glück war ihr hold. Unbeschadet erreichte sie die andere Straßenseite und kurz darauf einen der Kellereingänge der Neuen Reichskanzlei. Dem Posten, der sie anhielt, erklärte sie, dass sie Krankenschwester sei und ins Lazarett wolle. Sie durfte passieren, ohne dass man sie durchsucht oder auch nur nach einer Waffe gefragt hätte. Inzwischen, da der Kampf um Berlin in sein letztes Stadium ging, war jedermann bewaffnet, nicht nur draußen auf den Straßen, sondern anscheinend auch in der Reichskanzlei.

Die Bunkerkorridore des riesigen Kellerlabyrinths wimmelten von Menschen. Auf dem Steinfußboden der Flure lagen gefechtsbereite Soldaten, neben ihnen saßen Zivilisten, die hierhin geflüchtet und aufgenommen worden waren. Einige Leute schrien wild herum, als seien sie betrunken, vom Alkohol oder von der Angst, manche wohl auch von beidem.

In den Räumen des Lazaretttrakts herrschte eine nicht minder drangvolle Enge als in den Gängen. Überall waren Verwundete zu sehen, die schweren Fälle lagen auf Strohsäcken, leichter Verletzte mussten anscheinend sehen, wo sie unterkamen, denn sie hockten oftmals auf dem nackten Boden.

Das Lazarett schien sich gegenüber ihrem vorangegangenen Besuch über noch mehr Räume ausgeweitet zu haben und war weniger überschaubar als vor ein paar Tagen. Immerhin hatten die überfüllten Räume auch ihr Gutes, dachte Greta. Unter den vielen Menschen würde sie viel leichter als in kaum bevölkerten Räumen untertauchen können, und fiel selbst als attraktive Frau nicht über Gebühr auf.

Sie durchquerte mehrere Lazaretträume, dann entdeckte sie zu ihrer großen Freude und Erleichterung ihre Schwester Dörte, die bei einem Verletzten kniete.

»Greta, du lebst!«, rief Dörte aus, als sie ihre Schwester erblickte. »Oh, Gott sei Dank!«, rief sie und richtete sich auf. »Ich habe gedacht, du bist tot, weil du nicht zurückgekommen bist. Ich habe befürchtet, eine Granate hätte dich erwischt.«

»Fast wäre ich tot gewesen«, erwiderte Greta. »Es hat nicht viel gefehlt, doch es wäre keine Granate gewesen. Ich habe ein verdammtes Glück gehabt.«

»Wo bist du gewesen? Was ist denn passiert?«

»Ich war mehrere Tage in einem Gefängnis«, gab Greta so leise zurück, dass kein Patient mithören konnte. »Die Einzelheiten erspare ich dir lieber. Falls wir noch einmal ruhigere Zeiten erleben sollten, werde ich dir alles erzählen. Es ist wirklich ein Wunder, dass ich noch lebe. Ich hoffe, der Doktor ist nicht böse auf mich, dass ich nicht eher gekommen bin.«

»Die Ärzte haben anderes zu tun, als auf dich böse zu

sein, Greta. Komm, ich gebe dir einen Kittel. Diese Jacke kannst du hier unten nicht tragen.«

»Ich helfe euch gern, Dörte, aber lass mich irgendwo ein paar Stunden ausruhen. Ich bin noch wie betäubt und kaum bei Besinnung, ich habe Furchtbares hinter mir.«

»Komm, du kannst dich erst einmal auf mein Lager betten, um dich auszuruhen.«

Dörte führte sie in den hinteren Raum, in dem zwei Feldbetten standen. Auf einem Bett lag eine Rotkreuzschwester und schlief. An der Wand lagen ein paar Strohsäcke und Schlafsäcke, und nachdem Greta ihre Jacke ausgezogen hatte, setzte sie sich auf denjenigen, auf den Dörte zeigte.

»Wie lange wird es noch dauern, bis die Russen hier hereinkommen?«, fragte Greta ihre Schwester, die sich neben sie gesetzt hatte. »Was sagen die Soldaten?«

»Alles schaut auf den 1. Mai«, erwiderte Dörte. »Bis dahin wollen die Russen es geschafft haben. Es geht also nur noch um Tage.«

»Ist der Führer noch in Berlin?«

»Ja, und er wird in Berlin bleiben!«

»Er ist noch hier in der Reichskanzlei?«

»Drüben in seinem Bunker. Hundert Meter von hier entfernt.«

»Er will also bis zur letzten Patrone kämpfen?«

»Er wird sich jedenfalls nicht ergeben.«

»Was soll geschehen? Die vielen Soldaten, was werden sie tun? Weißt du etwas?«

Dörte zuckte mit den Achseln. »Es wird von einem geplanten Entsatz von außerhalb durch die Armee Wenk und einem baldigen Frontwechsel der Westalliierten geredet.« Ihre Stimme wurde leiser. »So richtig glaubt kaum noch jemand daran. Inzwischen wird davon gesprochen, dass ein großer Ausbruch stattfinden soll, um sich mit den Truppenteilen im Norden von Berlin zu vereinigen.«

Ausbruch? Das Wort klingelte inspirierend in Gretas Ohren. Ein Ausbruch war gut, darin lag eine Chance, genau so etwas hatte sie gesucht und sich erhofft.

»Wann wird es so weit sein?«

»Das hängt von den Befehlen des Führers ab«, sagte Dörte und reichte ihrer Schwester eine Decke. »Mehr weiß ich nicht. Aber sag, du möchtest doch sicher etwas essen und trinken?«

»Ja, gern.«

Dörte ging noch einmal hinaus und als sie zurückkam, brachte sie ein Kochgeschirr mit heißem Kaffee und einem Marmeladenbrot mit. Greta nahm beides dankbar entgegen.

»Ob die Soldaten auch die Zivilisten mitnehmen würden?«, fragte sie die Schwester.

»Willst du denn mit den Soldaten ausbrechen?«

»Ich muss darüber nachdenken«, sagte Greta und stellte die Tasse beiseite. »Wenn mir das Unternehmen halbwegs erfolgversprechend scheint, werde ich es ganz bestimmt versuchen.«

»Ich weiß nicht«, meinte Dörte. »Mir erscheint das Vorhaben wenig durchdacht. Wie eine verzweifelte Kurzschlusshandlung, weil nichts anderes mehr geht!«

Greta erwiderte nichts, denn sie merkte plötzlich, dass sie sich kaum noch aufrecht halten konnte. »Bevor ich mir weitere Gedanken mache, was ich vorhabe oder nicht, muss ich erst einmal etwas schlafen«, sagte sie und lehnte sich an die Wand.

»Ja, schlaf jetzt ein wenig, Greta«, meinte Dörte und stand auf. »Wenn man geschlafen hat, sieht man klarer. Ich wecke dich in ein paar Stunden. Ich muss zu meinen Patienten zurück. Die Ärzte operieren ohne Unterlass. Nur in der Nacht wechseln sie sich manchmal ab.«

Greta schloss die Augen. Die Luft war schwer und schwül, aber das Summen der Ventilatoren, die für ein wenig Frischluftzufuhr sorgten, hatte eine beruhigende Wirkung auf sie, sodass selbst der Geschützdonner dahinter etwas verblasste.

Es war richtig, hergekommen zu sein, sagte sie sich; hier im Lazarett in der Nähe von Dörte und all den Soldaten fühlte sie sich einigermaßen sicher. Was für ein Wunder, dass sie überhaupt noch lebte, ging es ihr durch den Sinn; eigentlich müsste sie seit einem halben Tag tot sein.

Der Gedanke ließ sie erschaudern. Es waren nicht nur die Einzelheiten des Erlebten; schon die schlichte Tatsache, dass der Tod sie fast ereilt hatte, war verstörend. Hatte sie ihr Überleben einem glücklichen Zufall zu verdanken? Oder war es ihr Schicksal gewesen, bis an die Grenze des Todes zu gelangen und das Grauen zu erleben, das er verbreiten konnte, ohne dass es ihr bestimmt war, in sein unbekanntes Reich zu schreiten?

Sie wollte nicht an ihr Erlebnis denken. Es war zu entsetzlich und zu gegenwärtig. Es gab Fragen, die am Rande ihres Bewusstseins bohrten und von denen sie ahnte, dass sie darauf eine Antwort finden musste; aber erst einmal musste sie schlafen. Mit etwas Abstand würde es ihr leichter fallen, die unvermeidlichen Überlegungen anzustellen, die sich an ihr schreckliches Erlebnis knüpfen.

Endlich versank sie in der erlösenden Dunkelheit, und als sie wieder erwachte, erinnerte sie sich daran, dass sie von Michel geträumt hatte. In ihrem Traum hatte sie ihn gesehen, wie er mit Goltz, dem Volkssturmmann, sprach. Es war, als ob er von dem Ort aus, an dem er sich nun befand, alles daran gesetzt hatte, um sie zu retten. »Ach Michel, armer Michel«, murmelte sie halb im Schlaf, und während alles um sie herum zurückwich und verblasste, glitt sie erneut ins Vergessen.

Als sie das nächste Mal die Augen öffnete, sah sie Dörte, die sich zu ihr gesetzt hatte, und ihr Haar und ihre Schulter streichelte. Die Ventilatoren summten immer noch. Der Morgen war noch nicht angebrochen, aber Greta fühlte sich besser und richtete sich auf.

»Wie spät ist es?«

»Fünf Uhr«, sagte Dörte. »Ich habe dir einen Kittel mitgebracht. Wenn du dich angezogen hast, weise ich dich noch in deine Aufgaben ein, dann lege ich mich selbst für eine Weile hin.«

Immerhin hatte sie ein paar Stunden schlafen können, dachte Greta und richtete sich auf. Ein neuer Tag, ein neues Leben, sagte sie sich; es war der erste Tag in einem neuen Leben, das alte hatte gestern geendet.

13. KAPITEL

Greta zog Rock und Bluse aus und schlüpfte in den Kittel. Dörte gab ihr einen heißen Kaffee und kurz danach folgte sie der Schwester aus dem Zimmer.

Zu dieser Morgenstunde herrschte im Lazarett ein gespenstisches Licht. Sie gingen zu den Verwundeten und Dörte zeigte ihr die wichtigsten Handgriffe und Verrichtungen. Nachdem Greta das Nötigste erfahren hatte, um ihre Aufgaben erfüllen zu können, begleitete sie Dörte zu einem Arzt, den ihre Schwester als Professor Haase vorstellte. Er schnaufte und war vor Erschöpfung kaum noch in der Lage, seiner Arbeit als Arzt nachzugehen, aber er begrüßte Greta freundlich und ruhig.

»Er ist ein sehr fähiger Arzt, für den seine Patienten alles sind«, sagte Dörte, als sie weitergegangen waren. »Er ist selbst schwer krank, doch er hört nicht auf, bis er tot umfällt.«

Dörte machte sie mit einigen der jungen Schwesterhelferinnen und Pflegerinnen bekannt, aus denen das Personal des Lazaretts im Wesentlichen bestand. Manche der Helferinnen konnten kaum älter als 16 oder 17 Jahre sein. Die Mädchen und jungen Frauen hatten die Notversorgung der Verletzten übernommen und behandelten sogar schwere Verwundungen. Es gab auch einige richtige Krankenschwestern, die oberste von ihnen war Schwester Erna, die gute Seele des Lazaretts.

Nachdem Dörte sie allein gelassen hatte, machte Greta sich an die Arbeit, und binnen Kurzem drehte sich alles für sie um Schmerzensschreie, Handreichungen und tröstende Worte. Es war eine Herausforderung neuer Art, die sie bewältigen musste, doch nachdem sie die ersten Schwierigkeiten überwunden hatte, fand sie sich recht schnell in ihre neue Aufgabe hinein, und von den anderen Helferinnen erhielt sie Unterstützung.

Von einer der jungen Schwestern erfuhr Greta, dass die meisten der Helferinnen keine richtigen Krankenschwestern waren, sondern BDM-Mädchen oder einfach junge Frauen, die wie sie in der Reichskanzlei Schutz vor den Russen gesucht hatten und von den Ärzten kurzerhand zu Schwestern gemacht worden waren, indem ihnen Kittel und Rot-Kreuz-Binden in die Hand gedrückt wurden.

Der zweite Arzt im Lazarett, Professor Schenck, war ein schlanker, groß gewachsener Mann von ungefähr 40 Jahren, der den schwer atmenden Professor Haase nach einigen Stunden am Operationstisch ablöste. Seine Uniform war zerknittert, mit Blutflecken übersät und sah fast so schlimm aus wie sein von geronnenem Blut steif gewordener Kittel.

»Sie müssen nur die rechte Einstellung haben«, sagte Schenck zu ihr, als sie ihm am Bett eines Schwerverletzten assistierte. »Wenn Sie das Bedürfnis haben zu helfen, werden Sie instinktiv das Richtige tun. Den verwundeten und sterbenden Soldaten mit Wasser etwas Linderung zu verschaffen oder ihnen zur Beruhigung einfach die Hand zu halten, reicht oft schon aus.«

Ständig schleppten Träger neue Schwerverletzte herein, manche von ihnen mehr tot als lebendig. Von ihnen hörte Greta, dass die Russen schon bis zum Potsdamer Platz vorgedrungen waren und in den angrenzenden Häuserblocks erbitterte Straßenkämpfe tobten.

Ihre Schwester Dörte bekam Greta im Verlauf des Tages kaum zu Gesicht. Sie hatte alle Hände voll zu tun und war so stark in die eingespielten, für sie selbst aber neuen Abläufe in dem Kellerlazarett eingespannt, dass sie die Zeit praktisch vergaß und nicht einmal daran dachte, sich mit Angelegenheiten, die außerhalb ihrer neuen Tätigkeit lagen, zu befassen.

Die Stunden flogen dahin, und erst als es Abend wurde, fand Greta wieder etwas Zeit für sich selbst. Sie hatte sich auf Dörtes Strohsack gelegt, um ein wenig auszuruhen, aber es war ihr unmöglich, ein Auge zuzutun.

Draußen hatte heftiges Trommelfeuer eingesetzt. Immer wieder erbebte das riesige Kellerlabyrinth unter den Granateinschlägen. Der Boden, die Wände und Decken aus Stahlbeton zitterten.

Während des Tages hatten die Arbeiten, die sie unausgesetzt hatte verrichten müssen, Greta daran gehindert, sich Grübeleien über ihr Schicksal hinzugeben, doch nun vermochte sie den Fragen, die am Rande ihres Bewusstseins bohrten und nach Antworten verlangten, nicht länger auszuweichen.

Irgendetwas an den schrecklichen Vorgängen, die am gestrigen Tag fast ihr Leben beendet hätten, war merkwürdig und gab ihr zu denken.

Es war klar, dass ihre Tätigkeit als Feindspionin jedem Standgericht ausreichen würde, mit ihr kurzen Prozess zu machen. Doch sie war keine überführte Spionin und deshalb zweifelte sie daran, dass der furchtbare Henker und der schreckliche Justizbeamte, denen die tapferen Volkssturmmänner das Handwerk gelegt hatten, aus eigenem Antrieb tätig geworden waren, als sie sich anschickten, Greta an der Laterne aufzuknüpfen.

Irgendjemand musste die Henker angewiesen haben, mit ihr zu verfahren, wie es geschehen war; etwas anderes erschien ihr in Anbetracht der Umstände ihrer Verhaftung nicht denkbar. Es kam Greta der Verdacht, dass zu der Zeit, als sie in der Prinz-Albrecht-Straße in Haft gewesen war, ihr Schicksal noch nicht festgestanden hatte. Erst unmittelbar vor ihrer Verbringung in die Kirche oder erst in der Nacht in der Krypta musste jemand entschieden haben, dass sie sterben sollte.

Wer immer den Befehl gegeben hatte, sie zu töten – er hatte es vorgezogen, nicht in Erscheinung zu treten, und die Tatsache, dass sie nicht wusste, wer dieser schreckliche Befehlsgeber war, ließ das Gefühl in ihr aufkommen, dass sie seiner unsichtbaren Bedrohung weiterhin ausgesetzt war.

Sie wälzte sich eine Weile auf ihrem Lager hin und her, doch bei dem anhaltenden Trommelfeuer war an Schlaf nicht zu denken. Schließlich stand sie auf und verließ das Räumchen.

Ob der Vehemenz des Granatfeuers, das die Russen auf die Festung der Regierung legten, herrschte in den Gängen ein angstvolles Gedränge, sodass sie nicht weiter als bis zum angrenzenden Gefechtsstand von General Mohnke kam. Sie schaute sich um und erblickte eine Gruppe von uniformierten SS-Männern, die einen Betrunkenen hereinbrachten, der nicht mehr allein gehen konnte, sondern gestützt werden musste. Sie sah noch einmal genauer hin und erkannte zu ihrer Überraschung, dass es sich bei dem Betrunkenen um den SS-Gruppenführer Hermann Fegelein handelte.

»Hermann«, wollte sie schon rufen, aber dann erschrak sie und biss sich auf die Lippen. Fegelein war kein freier Mann mehr, sondern wurde abgeführt. Er selbst bestätigte es einen Augenblick später, als er seine Begleiter anbrüllte: »Wohin bringt ihr mich, ihr Schufte? Lasst mich los!«

Er blickte in Gretas Richtung, und für einen Moment schimmerte der Funke des Erkennens in seinen Augen auf, doch im selben Moment erbebten die Wände und Decken des Kellers unter einem erneuten schweren Treffer, der jedermann zusammenzucken und manch einen aufschreien ließ. Die SS-Männer schoben Fegelein rasch weiter, sodass Greta einer lautstarken Begrüßung durch einen der besten Kunden aus Nellies Salon glücklicherweise entging.

Fegelein wurde in einen der Räume von Mohnkes Gefechtsstand gebracht, und nachdem sich die Türen hinter ihm und seinen Begleitern geschlossen hatten, hörte Greta, wie jemand von den Umstehenden eine Antwort auf Fegeleins Frage murmelte: »Er kommt vor ein Kriegsgericht.«

»Was hat er getan?«, fragte Greta.

»Er wollte sich absetzen und wurde mit einem Koffer voller Devisen und Geheimunterlagen erwischt«, kam es leise zurück.

Es hatte also noch immer nicht aufgehört, dachte Greta, und sogar vor einem so hohen Tier wie Fegelein machte die Vergeltung nicht halt. Inzwischen konnte man wahrscheinlich die Stunden zählen, die es noch dauern würde, bis der Krieg endgültig verloren war, aber je näher das Ende rückte, umso schlimmer wüteten die SS- und Polizeioffiziere gegen vermeintliche Verräter oder Feiglinge. Fegelein hatte sogar noch Glück. Immerhin kam er vor ein Gericht; mit den kleinen Leuten wurde nicht viel Federlesens gemacht; da reichte ein Verdacht, um erschossen oder aufgehängt zu werden.

Sie setzte sich an der Wand des Korridors auf den Fußboden und schloss für eine Weile die Augen. Fegeleins Anblick hatte Erinnerungen an Nellies Salon in ihr wachgerufen, denen sie sich hingab, um dem massiven Trommelfeuer zu trotzen.

Fast wehmütig hing sie ihnen nach. Ihre Zeit bei Nellie schien Monate zurückzuliegen, dabei war ihr früheres Leben erst seit kaum mehr als einer Woche vorbei. Was hatte sich in dieser Woche nicht alles ereignet! Nellie war tot und Michel lebte nicht mehr und sie selbst war einem Mordanschlag auf ihr Leben um Haaresbreite entgangen! Entwicklungen, die im Frieden Jahre benötigten, fanden in dieser Zeit innerhalb weniger Wochen oder gar Tage statt, und angesichts der herrschenden Umstände hatte es den Anschein, als würde es noch eine Zeit lang so weitergehen.

Mordanschlag? Der Gedanke hallte in ihr nach. Warum dachte sie an einen Mordanschlag?

Ein Mordanschlag war etwas anderes als eine Hinrichtung durch ein Standgericht. Das Ergebnis war zwar das Gleiche, aber eine Hinrichtung war eine Strafe, ein Mordanschlag jedoch ein Ereignis, das in der Regel auf einem anderen Motiv als dem der Bestrafung beruhte.

War das, was auf den ersten Blick wie eine Hinrichtung wegen volksschädlichen Verhaltens ausgesehen hatte, in Wahrheit ein Mordanschlag auf ihr Leben gewesen? Ein geplanter Akt, der sich als Hinrichtung tarnte? Es war weniger ein Gedanke als ein unbestimmtes und unerklärliches Gefühl, das in ihr arbeitete und ihre Vermutung tastend umkreiste. Was war ihr wirklich geschehen? Je länger sie darüber nachdachte, umso mehr wuchs ihre Ratlosigkeit.

Das Trommelfeuer, mit dem die Reichskanzlei beschossen wurde, nahm orkanartige Ausmaße an. Die Menschen saßen und lagen mit bleichen Gesichtern beisammen. Selbst die kampferprobten Soldaten des Brigadeführers Mohnke, die das Regierungsviertel bis zur letzten Patrone verteidigen sollten, hielten kaum der nervlichen Belastung stand, die das pausenlose Feuer der Maschinengewehrsalven und Granaten bedeutete; von den zu Tode erschöpften Zivilisten, den Frauen und alten Männern, den Müttern mit kleinen Kindern, den Jungen und Mädchen ganz zu schweigen. Inzwischen gingen die angstvollen Schreie und die Weinkrämpfe der Menschen in dem Inferno nahezu unter.

Greta blickte auf und sah, wie die Männer, die mit Fegelein in Mohnkes Befehlsraum verschwunden waren, mit dem Gruppenführer aus dem Befehlsstand zurückkehrten, um ihn wegzuführen. Sicher brachten sie ihn in seine Zelle zurück, dachte sie; für eine Verhandlung war er viel zu betrunken.

Die Lampen im Gang warfen ein schwaches, flackerndes Licht. Es war stickig und schwül. Die Ventilatoren schafften es nicht mehr, für frische Luft zu sorgen, sondern bliesen den Trümmerstaub und die Rauchschwaden zusammen mit üblem Verwesungsgeruch aus den Ruinen in das überfüllte Kellergewölbe.

Greta kehrte ins Lazarett zurück. Sie fühlte sich furchtbar müde und wie zerschlagen. Dörte lag wach auf ihrem Lager, aber an ein Gespräch war bei dem höllischen Lärm nicht zu denken. Eine Zeit lang saß Greta am Bett ihrer Schwester und hielt deren Hände, und dabei fragte sie sich, wie es mit ihnen beiden weitergehen sollte und wie das alles hier unten wohl enden würde.

Endlich ebbte der furchtbare Lärm etwas ab. Sie nahm eine Decke und legte sich auf eine freie Schlafstelle in der Ecke. Nachdem sie eine Weile im Dunkeln dagelegen hatte, war ihr, als ob sich das Trommelfeuer draußen noch weiter abgeschwächt hätte. Dann fielen ihr die Augen zu und sie versank in einen bleiernen Schlaf.

14. KAPITEL

Greta hatte keine Ahnung, wie spät es war, als sie ihr Tageswerk erneut in Angriff nahm. Im künstlichen Licht des Kellerlabyrinths machten Tag und Nacht keinen Unterschied mehr. Noch immer wurden neue Verwundete hereingebracht. Soldaten und Zivilisten, die durch das schreckliche Trommelfeuer, das auf dem Gebiet um Tiergarten, Brandenburger Tor und Anhalter Bahnhof lag, schwer verwundet worden waren.

Einige Male stand sie an einem Sterbelager und erlebte mit, wie ein schwer verletzter Soldat aus dem Leben schied. Manchem der sterbenden Soldaten mochte ihr Anblick wohl wie der eines Engels erscheinen, denn ihre Anwesenheit schien sie zu beruhigen und ihnen das Sterben zu erleichtern. Trotz der schrecklichen Verletzungen, die sie mitansehen musste, und des Leids der Patienten, das sie miterlebte, hatte sie das befriedigende Gefühl, etwas Sinnvolles zu tun.

Einer der Soldaten, die ins Lazarett kamen, um sich wegen einer kleineren Wunde verarzten zu lassen, berichtete Greta, dass es nicht mehr lange dauern würde, bis man den Bunker verlassen müsste; angeblich sei schon in Kürze ein großer Ausbruch geplant.

»Aber nicht heute«, sagte Professor Schenck, als sie ihm Wasser zum Operieren brachte und das Thema erwähnte. »Keine Sorge, so weit sind wir noch nicht.«

»Was soll denn nun noch werden?«, fragte eine der jungen Helferinnen, die mitgehört hatten.

»Wir müssen noch ein oder zwei Tage durchhalten«, sagte eine andere, »dann wird es einen großen Knall geben und der Krieg ist aus und gewonnen.«

Die Besatzung des großen Bunkers wuchs auch im Laufe des zweiten Tages, den Greta in dem Kellerlabyrinth verbrachte, stetig an, aber wie Greta hörte, war in der Reichskanzlei noch genug Proviant vorhanden. Die Versorgung mit Nahrungsmitteln war nirgendwo so gut wie in der Nähe des Führers.

Der Keller selbst konnte nicht allen Proviant aufnehmen, der benötigt wurde. Um die schwindenden Vorräte zu ersetzen, mussten Getränke, Konserven und was sonst benötigt wurde, von oben aus der Reichskanzlei herbeigeschafft werden.

Am Nachmittag wurde Greta zu einem Botengang nach oben geschickt. Sie nahm eine Tasche und machte sich auf den Weg durch das riesige Labyrinth. Das Durchkommen auf den Korridoren war nicht leicht. Überall standen, saßen oder lagen Menschen. Da waren die Männer der Kampfgruppe Mohnke, die das Regierungsviertel bis zu letzten Patrone verteidigen sollten. Übermüdet und erschöpft schliefen sie oft im Stehen ein. Außerdem gab es eine große Zahl von Zivilisten, alte Männer und junge Frauen, Mütter mit Kindern, die sich Schutz suchend vor den MG-Salven und Granaten in die Keller der Reichskanzlei geschleppt hatten, und nahe beim Führer Schutz zu finden hofften. Auch zahllose Offiziere und Beamte hatten sich in dem Kellerlabyrinth einquartiert; SS-Führer, Diplomaten und Amtsträger der Partei. Eichenlaub und Kränze auf den Kragenspiegeln gaben einander die Hand. Mittendrin saßen die Funktionäre der NSDAP und

SS-Führer in voller Uniform auf ihren Koffern, in denen sich neben allem Lebensnotwendigen vermutlich ausreichend Zivilkleidung befand, die sie sich bei nächstbester Gelegenheit, nachdem die Schlacht überstanden war, überziehen würden, um unerkannt fliehen und untertauchen zu können.

Die Treppe, die sie für den Weg nach oben benutzte, mündete direkt in die große Marmorgalerie, die mit einer Länge von rund 150 Metern doppelt so lang war wie der Spiegelsaal von Versailles. An den Wänden hingen schwarze Leuchter und im Raum standen Tische und schwere Sessel. Die Fensterscheiben waren geborsten und mit Pappe abgedichtet, manche wurden noch von schweren olivfarbenen Samtvorhängen bedeckt, die bis zum Boden reichten. Draußen schien die Sonne, doch drinnen war alles düster und schattenhaft.

Die Galerie war leer. Greta erblickte eine überhohe Tür, die halb offen stand. Sie ging hindurch und befand sich in einem Raum, in dem in Fensternähe ein riesiger Schreibtisch und ein Sessel standen. Durch eine breite Front von Fenstern, die von Säulen unterbrochen wurde, sah man den Garten mit seinen grünen Bäumen.

Greta ahnte, wo sie war. Es war das Arbeitszimmer des Führers, das sie betreten hatte. Der Raum hatte riesige Dimensionen und glich eher einem Thronsaal als einem Büro. So etwas Ähnliches war es bis vor Kurzem gewesen. Inzwischen war der vormalige Glanz bis zur Unkenntlichkeit verblasst.

Vorsichtig, als hätte sie Angst, dem Mann, dem das riesige Büro gehörte, im nächsten Augenblick zu begegnen, zog sie sich wieder in die Galerie zurück. Sie durchschritt eine ganze Reihe weiterer beeindruckender Räume, wie eine Eingangshalle, einen Mosaiksaal und eine Kuppelhalle.

Alle Pracht und Herrlichkeit von einst war aus den Räumen verschwunden, die Geschosse der russischen Artillerie hatten den Traum von deutscher Größe zerplatzen lassen und in Trümmer aufgelöst. Von dem einstigen Palast waren kalte, nun beschädigte Mauern übrig geblieben.

Die einst festliche Halle, in der der Führer noch vor wenigen Monaten Staatsgäste empfangen hatte, war zum Durchgang geworden und Teil eines Kampfstandes. Auf dem ornamentalen Steinfußboden lagen teure und große Teppiche, von groben Stiefeln verschmutzt. Auch Vorräte hatte man dort gelagert.

Zügig durchschritt sie die Halle vor dem Ehrenhof und fand rechter Hand die Tür zu einem kleinen Raum, in den man von der Halle aus gelangte. Reihum an den Wänden stapelten sich Kartons und Konserven fast bis zur Decke. Sie suchte unter den Vorräten das Benötigte heraus und trat den Rückweg an.

Sie fand die Tür wieder, die in den Keller führte, und als sie unten war und Mohnkes Gefechtsstand passierte, trat einer der Soldaten, der gerade Pause machte, auf sie zu und bot ihr eine Zigarette an.

So viel Zeit musste sein, dachte sie. Die Luft war an diesem Ort viel besser als in dem stickigen Lazarett und daher nahm sie gern die Gelegenheit wahr, dem Soldaten bei einer Zigarette Gesellschaft zu leisten und ein wenig mit ihm zu plaudern. Während sie rauchten, erzählte ihr der junge Mann aus seiner ostpreußischen Heimat und von den Sorgen, die er sich angesichts der dort eingerückten Roten Armee um seine Angehörigen machte.

»Wie ich hörte, sind die meisten der Menschen von dort geflohen«, sagte Greta. »Sie sind den Russen noch rechtzeitig entkommen, Sie sollten sich nicht gar zu viele Gedanken um Ihre Familie machen.«

»Wie soll ich meine Leute bloß wiederfinden?«, murmelte der junge Mann. »Auch von meiner Verlobten habe ich schon so lange nichts mehr gehört.«

»Sie müssen im Moment an sich selber denken«, versuchte Greta ihm Mut zu machen, »wir brauchen alle unsere Kraft, um aus diesem Kessel zu entkommen, wenn es denn zum Ausbruch kommt. Alles Weitere wird sich finden.«

Während sie noch dastand und mit halbem Ohr dem Soldaten zuhörte und rauchte, öffnete sich am Gang eine Tür und aus einem vor Tabakqualm vernebelten Raum traten ein paar Männer in den Gang.

Es war ein Anblick, der Greta kalt erwischte. Sie fühlte den Eiswind des Entsetzens, wie er ihren Körper von den Haaren bis zu den Zehenspitzen umstrich. Zugleich breitete sich zwischen ihren Schulterblättern ein klebriger Angstschweiß aus. Sie hätte sich am liebsten in Luft aufgelöst, aber da das nicht ging, stand sie ganz still. Lieber Gott, betete sie leise, mach, dass sie mich nicht sehen!

Ohne den Blick abwenden zu können, starrte sie auf einen Mann, dessen gedrungene Gestalt ein brauner Ledermantel bedeckte und auf dessen feistem Kopf ein Tirolerhut saß. Das brutale Gesicht zeigte ein breites Grinsen. Von den Gewehrkolbenschlägen, die er vor zwei Tagen erlitten hatte, schien er sich wieder gut erholt zu haben. Er stieß einen bleichen Mann vor sich her, von dessen Uniform man Schulterstücke und Kragenlitzen abgerissen hatte. Ein Stück hinter dem Henker folgte der ältere Mann im Polizeimantel und mit einem Eisernen Kreuz am Revers, der Justizbeamte Bertram.

Selbst im Keller der Reichskanzlei suchten die grässlichen Vollstrecker nach Verrätern! Suchten sie etwa auch nach ihr? Panische Gedanken jagten ihr durch den Kopf, während sie wie zur Salzsäule erstarrt dastand und sich wünschte, das peinigende Bild vor ihren Augen möge verschwinden. Ein Glück, dachte sie, dass sie wenigstens einen Schwesternkittel trug, der sie hoffentlich schützen würde.

Einige Menschen, die mit ihr in dem Gang standen, wichen erschrocken vor dem Henker zurück, während dieser selbst, ohne den Blick zu senken oder nach links oder rechts zu sehen, sich seinen Weg durch den Keller zum Ausgang bahnte, wo er das Urteil eines dieser furchtbaren Tribunale, für die er arbeitete, an seinem Opfer vollstrecken würde. Auch Bertram, der sich im Schatten der Furcht einflößenden Erscheinung des Henkers bewegte, wirkte unbeirrt und sah nicht zur Seite.

Es war Gretas Glück, dass die furchtbaren Männer nicht zur Seite schauten, denn sie hätten sie mit Sicherheit erkannt. Sie wusste nicht, ob dieser Mann, der neben der eindrucksvollen Erscheinung des Henkers kaum Aufmerksamkeit erregte, dessen Helfer oder dessen Vorgesetzter war. Er war aber einer, der sich im Hintergrund hielt, und daher war er in ihren Augen die schrecklichere Gestalt.

Ihr Gesprächspartner schwieg, ebenso wie die anderen Leute, die Zeuge des furchtbaren Auftritts geworden waren.

Sie warf die Zigarette zu Boden und trat sie aus, dann verabschiedete sie sich.

»Du bist so blass!«, sagte Dörte, als sie ins Lazarett zurückgekehrt war. »Viel blasser als sonst! Ist etwas passiert?«

»Du musst mir etwas versprechen, Dörte«, sagte sie.

»Was ist es?«

»Hier unten sind zuweilen seltsame Gestalten zu sehen, furchtbare Männer, deren Handwerk es ist, angebliche Feiglinge oder Saboteure zu erschießen oder draußen an die Laternen zu hängen.«

Dörte nickte bedrückt. »Ich habe schon von ihnen gehört.«

»Ich muss mich selbst vor ihnen in Acht nehmen«, sagte Greta. »Es gibt ein paar Leute, die mich für eine Spionin halten. Sollten die mich hier entdecken, musst du dich unbedingt an Mohnkes Soldaten im Gefechtsstand wenden und sie um Hilfe bitten. Diese Männer machen einen guten und charakterfesten Eindruck auf mich. Ich glaube, sie würden nicht zulassen, dass man mir etwas antut.«

»Auch ich werde nicht zulassen, dass man dir hier etwas antut«, erwiderte Dörte mit einer wohltuenden Entschiedenheit. »Sie bekämen meine Krallen zu spüren, und ich denke, dass Dr. Schenck mich unterstützen würde, sollte es wirklich jemand wagen, Hand an dich zu legen. Wie kommen diese Leute denn dazu, so etwas über dich zu behaupten?«

Greta wollte es nicht erklären, schon um ihre Schwester nicht zu gefährden, und so gab sie ihr eine ausweichende Antwort, mit der Dörte sich zufrieden gab. Vielleicht wollte sie es auch gar nicht genauer wissen.

Greta ging wieder zu den Verwundeten, um ihren Pflichten nachzukommen. Sich nützlich zu machen und sich hinter ihrer Schwesterntracht zu verbergen, war das Beste, was sie im Augenblick tun konnte.

Während sie ihre Arbeit tat, dachte sie über das Gesehene nach. Welcher Auftrag hatte die beiden furchtbaren Gestalten in die Reichskanzlei geführt? Ihre gewöhnlichen Opfer konnten sie in diesen Räumen kaum finden! Hatte im Keller eine Standgerichtsverhandlung stattgefunden, zu der die Henker ihr unglückliches Opfer herbeigeschafft hatten, nachdem sie es irgendwo in den Straßen von Berlin aufgegriffen hatten? Sie fragte sich, ob ihre Entscheidung, in die Reichskanzlei zu gehen, nicht ein Fehler gewesen war. Noch mussten die Gestaposchergen außerhalb dieser Mauern nach ihren Opfern fahnden, in den Straßen und Kellern Berlins, die sich noch nicht in der Hand des Feindes befanden. Doch der Einschluss der feindlichen Linien um die Innenstadt wurde immer enger. Auch ihre Verfolger bei der Gestapo würden bald gezwungen sein, in das Zentrum des Kreises, den die Russen immer enger zogen, zurückzuweichen.

Sie erinnerte sich daran, dass sie eine Pistole besaß. Bei ihrem nächsten Gang nach oben würde sie die Waffe mitnehmen, nahm sie sich vor. Alle Männer trugen Waffen mit sich herum; vermutlich auch manche Frauen. Sie selbst würde nicht mehr unbewaffnet gehen. Sollte einer dieser Henker erneut in Erscheinung treten und sich an ihr zu vergreifen suchen, würde sie ihn über den

Haufen schießen. Der Volkssturmmann Goltz hatte ihr vorgemacht, dass man sich gegen diese Gestalten wehren konnte. Sie hatte nichts zu verlieren. Man musste Dinge tun, mit denen der Gegner nicht rechnete, wenn man überleben wollte. Es war Abend geworden, als sie heimlich das Halfter mit der Pistole anlegte. Sie schob es sich unter die Schwesterntracht um den nackten Bauch. Die Luft im Lazarett war wieder zum Schneiden dick. Sie musste für eine Weile hinaus.

Die Kämpfe draußen waren abgeflaut. Im Vergleich zu dem schrecklichen Trommelfeuer der vergangenen Nacht wirkte der Beschuss auf die Reichskanzlei in diesen Abendstunden beinahe harmlos.

Sie stieg über Menschenleiber hinweg und musste durch einige Wirtschaftsgänge gehen, dann gelangte sie an eine enge Treppe, an deren Ende sich eine Tür zu einer länglichen Halle befand. Auch nach dem furchtbaren Beschuss der vergangenen Nacht wirkten die oberen Teile der Reichskanzlei kaum verändert und die Verpflegung, die hier lagerte, schien kaum in Mitleidenschaft gezogen zu sein.

In dem weitläufigen Gebäude gab es keine elektrische Beleuchtung mehr. Die Dunkelheit wurde nur durch die Lichtblitze der feindlichen Geschosse erhellt, die in der Nähe einschlugen. Sie trat zu einem der zerstörten Fenster. Über der schwarzen Silhouette der Ruinen sah sie in allen Richtungen rötliche Feuer flackern. Sie ging weiter und begegnete einem jungen Posten.

Der Wachsoldat wusste in etwa, woher geschossen wurde und wo die Granaten einschlugen.

»Die Russen liegen noch jenseits der Spree«, raunte

er ihr zu. »Aber in den S-Bahn- und U-Bahn-Schächten sind schon Stoßtrupps unterwegs.«

An einer Fensteröffnung zur Straße machten ihre Augen sich an den nackten, geborstenen Häuserwänden gegenüber fest. Das Feuer hatte die Ruinen und Mauern ziseliert und scharfkantig schöne Strukturen freigelegt. Von irgendwo waren Schüsse zu hören, mal näher, mal ferner, einzeln oder in schnellen Feuerstößen.

Ihr Erkundungsgang verfolgte kein klares Ziel. Sie schritt durch die Marmorgalerie und den Mosaiksaal und blieb stehen, als sie in der kleineren Halle dahinter ein zerstörtes Fenster erreichte, das in einen Innenhof wies. War dies nicht der berühmte Ehrenhof, der von Hitlers Architekten als Vorhof zu den Repräsentationsräumen der Reichskanzlei geschaffen worden war?

Minutenlang stand sie da und blickte in den Hof hinunter. Sie wusste nicht, worauf sie wartete und warum sie dort stand. Trotz der relativen Ruhe, die im Augenblick herrschte, war die Nacht von beängstigenden Geräuschen erfüllt.

Sie wollte sich gerade abwenden, um weiterzugehen, als sie sah, wie mehrere SS-Männer mit vorgehaltenen Maschinenpistolen in den Ehrenhof traten.

Ein einzelner Mann ging dem SS-Kommando voraus. Er schlenderte vor den anderen Männern her, blieb plötzlich stehen und drehte sich um. Greta sah, dass der vorangehende Mann ihr guter Bekannter war, der SS-Gruppenführer Hermann Fegelein.

Er rief den Männern mit den Maschinenpistolen etwas zu, was Greta nicht verstehen konnte, es klang wie eine Beschimpfung oder wie eine höhnische Frage, und Greta dachte, dass er ganz gewiss nicht mehr betrunken war.

Fegelein trug an seiner Uniform keine Rangzeichen mehr. Vermutlich hatte man sie ihm abgerissen, nachdem er degradiert worden war. Gretas Herz schlug heftig. Sie ahnte Böses, als sie Worte hörte, die wie ein Kommando klangen. Einer der Männer trat vor und richtete seine Pistole auf den früheren SS-General. Im nächsten Moment schoss er und Greta sprang unwillkürlich vom Fenster zurück. Ein paar weitere Schüsse waren zu hören. Als Greta wieder in den Hof sah, lag Fegelein am Boden und rührte sich nicht mehr.

Verdammt, diese Irren, durchfuhr es sie. Warum hatten sie das getan? Womit hatte Fegelein es verdient, von seinen eigenen Leuten erschossen zu werden? Wer hatte den Mann zum Tode verurteilt und mit welchem Recht? Sie erinnerte sich an das, was sie von Marlene Raulf über den General Fegelein erfahren hatte. Wenn Fegeleins Brigade an Morden von Frauen und Kindern beteiligt war, war er kein guter Mensch gewesen und hatte den Tod wohl verdient; doch an ihrer Empörung änderte dieser Gedanke nichts. Fegelein war nicht erschossen worden, weil er Böses getan hatte, sondern weil man ihn für einen Fahnenflüchtling oder Verräter hielt.

Sie wandte sich ab und irrte weiter durch die Gänge. Alles war irreal. Der Tod war so allgegenwärtig, dass es zuweilen Momente gab, in denen sie dachte, es sei völlig egal, ob sie lebte oder starb, und während sie sich wie eine Traumwandlerin durch das dunkle und durch ferne Blitze zuweilen bizarr erhellte Gebäude voran bewegte, fragte sie sich, ob zwischen Leben und Tod überhaupt so ein großer Unterschied bestand, wie man gemeinhin dachte. Sie hatte gehört, dass sich Soldaten im Kampf zuweilen die Frage stellten, ob sie denn überhaupt noch lebten oder nicht schon gefallen waren, und sie verstand inzwischen, dass es sich hierbei nicht um Zynismus, sondern um eine Reaktion handelte, die auf wirklich erlebten Empfindungen beruhte.

Sie stieß auf einen Ausgang zu einer Treppe, die nach unten führte, und kehrte bedrückt in die schwüle, enge Welt des Reichskanzleikellers zurück. Hoffentlich war es bald so weit, dass der Ausbruch unternommen werden würde, dachte sie. In diesen Mauern durfte sie nicht mehr lange ausharren.

15. KAPITEL

Am nächsten Morgen sprach sich im Keller hinter vorgehaltener Hand herum, dass der italienische Regierungschef Benito Mussolini ermordet worden war. Italienische Partisanen hätten ihn und seine Geliebte auf der Flucht in Norditalien ergriffen. Man habe ihn und die Frau misshandelt und dann umgebracht. Die Leichen seien an einem Laternenpfahl aufgehängt und geschändet worden.

Jeder, der diese Nachricht hörte, dachte an den Führer. Sicher hatte man ihm diese Neuigkeit hinterbracht. Welche Folgerungen würde der Führer für sich aus dem Tod seines einstmals engsten Verbündeten ziehen? Ob der Führer wohl daran dachte, dass es ihm ähnlich ergehen könnte, wenn er den Versuch unternahm, aus der Reichskanzlei auszubrechen? Er tat wohl besser daran, es nicht darauf ankommen zu lassen, dachte Greta, und es dauerte nicht lange, dann hörte sie, wie die Vermutung geäußert wurde, der Führer werde, sobald die Russen die Reichskanzlei stürmen, Selbstmord begehen.

Die Gerüchteküche brodelte. »Spätestens am 1. Mai wird der Feind die Reichskanzlei erreichen«, hieß es. »Dann ist es so weit, und spätestens dann findet auch der Ausbruch statt. Am besten, man macht sich langsam bereit.«

An einen Frontwechsel der Westalliierten oder an den Entsatz durch die Armee Wenk, von dem zuweilen die Rede gewesen war, glaubte niemand mehr. Unbehagen löste die Nachricht aus, der dicke Feldmarschall Göring habe sich abgesetzt und werde vom Führer des Hochverrats beschuldigt. Auch über den Reichsführer SS wurde gemunkelt. Himmler habe sich vom Führer losgesagt und den Westmächten die einseitige Kapitulation angeboten.

Im Keller der Reichskanzlei herrschten chaotische Zustände. Die Bunker waren vollkommen überfüllt, dem Elend war kaum noch beizukommen. Hunderte von Schwerverletzten, frisch operiert und mit schmerzstillenden Spritzen versorgt, dämmerten in den Lazaretträumen oder fantasierten leise vor sich hin, hier und dort hauchte einer von ihnen sein Leben aus.

Greta tat ihr Möglichstes, stieß aber immer öfter an ihre Grenzen. Sie war keine gelernte Krankenschwester, die wie manche der anderen Helferinnen ihre Aufgabe darin fanden, für die Patienten alles zu geben, ohne an das eigene Schicksal zu denken. Für manche war es wohl weniger eine tief begründete Haltung als der Wunsch, dass die Russen Erbarmen mit ihnen haben würden, solange sie sich aufopferungsvoll um die Schwerverletzten kümmerten. Greta fühlte, dass es für sie selbst nicht mehr lange so weitergehen konnte. Das Ende war in Sicht und würde nicht mehr lange auf sich warten lassen. Aber bevor das Ende da war, würde sie den Bunker verlassen, das stand für sie fest.

Um die Mittagszeit kam ein besonderer Gast in den Luftschutzraum neben dem Lazarett, zu dem die Berliner Bevölkerung freien Zugang hatte: Propagandaminister Goebbels, der kleine Mann mit dem Klumpfuß, der so wunderbar reden konnte und einer der treuesten Vasallen des Führers war. Er hatte nicht nur seine Frau Magda, sondern auch die sechs Kinder mitgebracht. Die Familie, so wurde gemunkelt, war in den Keller gekommen, um von den Berlinern Abschied zu nehmen.

In einem Raum neben dem Lazarett hatten sich Frauen und Kinder, aber auch Verwundete aus dem Lazarett, die gehen konnten, mit den Schwestern und Helferinnen eingefunden, um die Familie Goebbels in Augenschein zu nehmen.

Die Familie Goebbels hatte an einem länglichen Tisch Platz genommen. Fünf Mädchen und ein kleiner Junge, das älteste der Mädchen mochte ungefähr zwölf Jahre alt sein, das jüngste der Kinder vier oder fünf.

Ein junger Mann von 16 Jahren begann, auf einem Akkordeon zu spielen.

»Die blauen Dragoner, sie reiten
Mit klingendem Spiel durch das Tor.
Fanfaren sie begleiten
Hell zu den Hügeln empor …«

Wer mochte, stimmte mit ein, und Greta hörte die zarten Kinderstimmen, wie sie zu den detonierenden Granaten sangen, deren Geräusche im Hintergrund nicht verstummten.

Das Ganze hatte etwas äußerst Beklemmendes. Eine gespenstische, furchtbare Atmosphäre, die Greta nicht hätte beschreiben können, strahlte von der Veranstaltung aus. Als säße neben den Kindern der Tod mit am Tisch und stimmte in ihre Lieder mit ein; frohlockend, aber in einer Tonfrequenz, die für das menschliche Ohr nicht hörbar war.

Greta konnte das Schauspiel, das der Propagandaminister mit seiner Familie den Leuten bot, nicht lange ertragen; sie wandte sich ab und entfernte sich schnell.

Am Nachmittag verstärkte sich der Beschuss. Noch immer strömten die Menschen hinein. Einige berichteten, dass sie aus einem U-Bahn-Schacht geflüchtet waren, der unter dem Landwehrkanal gesprengt worden sei. Binnen kürzester Zeit sei das Wasser bis zur Decke gestiegen, Tausende seien in den Schächten ertrunken.

»Da unten müssen Leichenberge sein!«, sagten die Leute.

Einige der jungen Schwestern begannen zu weinen. »Was für eine furchtbare Katastrophe!«, schluchzte eines der Mädchen.

»Hat sich das Wasser denn schon verzogen?«, fragte Professor Schenck einen der Neuankömmlinge.

»Inzwischen sicherlich.«

»Also haben Sie doch gar keine Leichen gesehen!«, wandte Schenck ein. »Sie sagten doch, Sie seien noch rechtzeitig geflüchtet.«

Greta verlor allmählich jede Vorstellung davon, ob Tag oder Nacht war. Sie hielt sich wie die anderen Helferinnen mit Kaffee wach. Die Generatoren sorgten für gleichbleibende Beleuchtung, aber die Frischluftzufuhr war ungenügend. Die Ventilatoren kamen gegen die stickige und verbrauchte Luft im Lazarett nicht an, was zu Müdigkeit und Kopfschmerzen führte.

Der Nachmittag zog sich bedrückend dahin, und endlich kam der Abend. Granateinschläge waren kaum welche zu hören und Greta hatte das Gefühl, dass sie dringend eine Luftveränderung brauchte.

Sie verließ das Lazarett und ging hinüber zu Mohnkes Gefechtsstand, um ein wenig mit den Soldaten zu plaudern, die gerade keinen Dienst hatten. Die Soldaten waren für gewöhnlich recht gut unterrichtet und Greta vernahm andeutungsweise von ihnen, dass es nicht mehr lange dauern könnte, bis man einen Ausbruchsversuch unternehmen würde. Kommandeur Mohnke stünde in ständiger Verbindung mit dem Führer und erwarte bald neue Befehle.

»Es scheint sich etwas zu tun«, sagte einer der Soldaten. »Da drüben stehen Bormann und Baur, der Reichsleiter und der Chefpilot, vielleicht besprechen sie gerade, wie sie den Führer aus der Stadt bringen wollen.«

Greta sah einen hochrangigen Offizier in Luftwaffenuniform, einen Mann von ungefähr 50 Jahren mit einem kantigen, aber offenen und sympathischen Gesicht. Das war also General Baur, der Pilot des Führers. Er machte auf sie den Eindruck eines draufgängerischen Mannes.

»Baur könnte es schaffen«, meinte ein anderer. »Er ist der beste Pilot, den wir haben.«

Der Mann neben ihm, Reichsleiter Bormann, war klein gewachsen, hatte einen Stiernacken und breite, mächtige Schultern. Sein kurz geschorenes Haar war mit Pomade fixiert. Er hatte kleine Augen, eine Hakennase mit breitem Höcker und schmale, grausam wirkende Lippen. Er erweckte den Eindruck eines starken, aber bösartigen Mannes.

Sie konnte den Reichsleiter nicht lange ansehen, ohne Angst zu haben, dieser würde ihren Blick erwidern und sie dann nicht mehr aus den Augen lassen.

»Wo soll Baur denn starten?«, fragte einer der Soldaten.

»Die Ost-West-Achse ist frei«, erwiderte ein anderer. »Ritter von Greim ist letzte Nacht auf diesem Weg noch aus der Stadt entkommen.«

»Na, dann aber schnell! Baur mach zu! Wir wollen hier raus!«

Greta hatte den Rücken an die Wand gelehnt, und als sie nach einer Weile einen erneuten Blick in Richtung der beiden Männer warf, die der unmittelbaren Umgebung des Führers angehörten, sah sie, wie Baur sich entfernte. Sie beobachtete den Reichsleiter Bormann, der dem General hinterherschaute, und es schien, als hätte auch er den Wunsch zu verschwinden. Es vergingen nur ein oder zwei Minuten, da erblickte Greta zwei Offiziere, die sich Bormann näherten und ihn anredeten.

Die Männer trugen Wehrmachtsuniformen und schienen Offiziere zu sein, doch irgendetwas an ihrem Erscheinungsbild empfand sie als irritierend. Sie versuchte herauszufinden, was ihr aufgefallen war, das sie störte. Waren es die Schirmmützen, die nicht richtig passten, etwas an den Uniformen, das nicht richtig schien, oder etwas Fremdes in ihren Gesichtern? Greta hatte schon bemerkt, dass unter den Soldaten, die die Reichskanzlei bevölkerten und zum Befehlsempfang in Mohnkes Gefechtsstand erschienen, auch Angehörige der ausländischen Truppen waren, die auf Seiten der Deutschen kämpften, und diese beiden Offiziere schienen dazuzugehören. Eigentümlich bei diesen beiden wirkte aber, dass sie Uniformen der deutschen Wehrmacht trugen. Allerdings ging in letzter Zeit einiges durcheinander. Die Kleiderordnung löste sich auf. Hauptsache, man hatte überhaupt etwas Vernünftiges anzuziehen.

Bormann wechselte nur ein paar Worte mit den fremd wirkenden Offizieren, und er tat es wie nebenbei, als sei er den beiden Männern zufällig begegnet und bei dieser Gelegenheit ins Gespräch mit ihnen gekommen. Man musste schon, so wie Greta es tat, sehr genau hinsehen oder über sehr feine Antennen verfügen, um zu erkennen, dass es sich keineswegs um eine zufällige Begegnung, sondern um ein verabredetes Treffen handelte.

Die Unterredung dauerte nicht lange, dann drehte Bormann sich um und ging davon. Die beiden Offiziere standen noch da, ohne miteinander zu sprechen.

Der Gedanke, es könne sich um verkleidete Spione handeln, blitzte in ihr auf. Nein, das war sicher Unsinn, sagte sie sich, denn sonst hätte sich Bormann bestimmt nicht mit ihnen unterhalten; es sei denn, Bormann wäre selbst ein Spion.

Sie hätte über diesen Gedanken beinahe gelacht wie über einen Scherz, aber er rührte doch etwas in ihr an, und dann fiel ihr ein, dass Michel ihr einmal erzählt hatte, dass Hitler argwöhnte, es gebe selbst in seiner unmittelbaren Umgebung in der Reichskanzlei Agenten. War ihr Gedanke, Bormann könne einer sein, wirklich so abwegig?

Es war nicht einmal auszuschließen, dass vormals überzeugte Hitleranhänger im Angesicht der drohenden Niederlage die Seiten wechselten, machte sie sich klar. Auch Fegelein war vermutlich als Verräter hingerichtet worden. Sie erinnerte sich daran, dass es geheißen hatte, auch der dicke Göring hätte den Führer verraten. Wenn man es recht bedachte, kamen sogar diejenigen, die in der Hierarchie des Dritten Reiches in hoher Stellung standen, am ehesten als Verräter in Betracht. Die Leute an der Spitze hatten den meisten Dreck am Stecken und konnten ihren Kopf kaum anders retten, als sich beim Feind anzubiedern.

Wenn die beiden merkwürdigen Männer wirklich Spione waren, dann hätte sie im Falle des Falles etwas gegen den Reichsleiter Bormann in der Hand, wurde ihr klar. Die Tatsache, dass sie die Soldaten zusammen mit ihm im Gespräch beobachtet hatte, könnte sich vielleicht einmal als wichtig für sie erweisen, als überlebenswichtig sogar.

Ihr Herz begann schneller zu schlagen, als sie sah, dass die beiden Männer sich langsam entfernten. Ihre draufgängerische Ader erwachte. Sie hatte das Gefühl, dass sie in dieser Situation nicht untätig bleiben durfte. Kurz entschlossen nickte sie dem Soldaten, mit dem sie geplaudert hatte, freundlich zu und entfernte sich in die Richtung, in die die beiden Männer gegangen waren.

Sie folgte ihnen bis zu der Tür zu dem Treppenhaus, über das man in den oberen Bereich der Reichskanzlei gelangte. Einen Moment lang zögerte sie. Dort oben konnte es leichter als hier unten passieren, dass man sie bemerkte. Aber wovor hatte sie Angst? Sie war eine Rotkreuzschwester, und sollte sie angesprochen werden, würde sie erklären, dass sie auf dem Weg zur Vorratskammer am Ehrenhof war. Besser sie handelte, als dass andere es für sie taten. Mit diesem Motto war sie immer gut gefahren.

Sie stieg die kaum beleuchtete Treppe hinauf. Oben angekommen, betrat sie die lange, parallel zur Voßstraße verlaufende Halle, die zum großen Empfangssaal führte.

Obwohl es Nacht war, konnte man einigermaßen sehen. Umrisse und Gestalten waren auszumachen.

Das Licht kam nicht nur von den Sternen, sondern auch von den Feuern, die in der Umgebung loderten. Die Beschießung hatte seit dem gestrigen Tag nachgelassen und dafür gesorgt, dass man im überirdischen Bereich der Reichskanzlei nicht mehr so gefährdet war wie in den vergangenen Tagen. Die Russen rüsteten sich anscheinend zum letzten großen Sturm, und bis es so weit war, herrschte eine gewisse, wenn auch unheimliche Ruhe.

In einigem Abstand vor sich erblickte sie die Männer, die auf einen Raum an der Seite zusteuerten, dessen Tür geöffnet war, und einen Augenblick später gewahrte sie, dass nahe der Tür noch jemand anderes stand.

Es war ein Mann, der den beiden Offizieren entgegenblickte, und in dessen Blickfeld Greta unweigerlich geraten musste, wenn sie in der eingeschlagenen Richtung weiterging. Aber stehen bleiben konnte sie nicht, das wäre erst recht aufgefallen und hätte merkwürdig oder verdächtig gewirkt. Also gab sie sich unbekümmert und ging einfach weiter. Die schwache Beleuchtung hatte ihr Gutes und sorgte dafür, dass sie selbst auf Anhieb nicht zu erkennen war.

Greta sah, wie die beiden Offiziere den dritten Mann in der Tür mit Handschlag begrüßten. Ein Feuerzeug blitzte auf, als sie sich eine Zigarette ansteckten, und ein Licht fiel auf das Gesicht des Mannes in der Tür. Es war ein höchstens mittelgroßer Mann in feldgrauer SS-Uniform und mit grauen Schläfen, und schlagartig drängte sich ihr der Eindruck auf, dass der Mann ihr kein Unbekannter war.

Greta schritt in einiger Entfernung an den drei Männern vorbei. Sie flüsterten miteinander. Sie trat in den Gang, der in den runden Saal hinüberführte. Dort blieb sie stehen, und nachdem sie eine Weile gewartet hatte, bis ihr die Luft wieder rein erschien, ging sie langsam zurück und warf einen vorsichtigen Blick hinüber zu den Männern, die einige Augenblicke später in die Räumlichkeit hinüber wanderten, an deren Eingang sie aufeinander getroffen waren, ein kleiner Gang, an den weitere Räume angrenzten.

Sie trat in die Ecke der langen Halle. Die Ecke war so dunkel, dass sie von den Männern kaum gesehen werden konnte, falls diese in die Galerie zurückkehren sollten.

Sie wartete und dachte nach. Wen hatte sie gesehen? War es wirklich derjenige, den sie beim Aufblitzen des Lichtscheins in dem dritten Mann zu erkennen geglaubt hatte, oder bildete sie es sich ein? Möglicherweise sah sie ja schon Gespenster, was an einem unheimlichen Ort wie diesem nicht verwunderlich wäre.

Unschlüssig stand sie da und überlegte, was sie weiter unternehmen konnte. Ihr Blick schweifte durch eines der leeren Fenster in die sterbende Stadt hinaus. In der Ferne schlugen Flammen hoch und Rauch kräuselte sich in den Himmel. Die Stadt war dabei, sich in ein glühendes Inferno zu verwandeln. Ob es im alten Rom auch so ausgesehen hatte, kurz bevor es untergegangen war?

Plötzlich hörte sie Schritte. Sie sah zu ihrer Überraschung, dass die drei Männer den Gang an der Seite, in dem sie verschwunden waren, wieder verlassen hatten und nun mit den Zigaretten in der Hand in ihre Richtung geschlendert kamen. Sie gingen sehr langsam und blieben gleich darauf wieder stehen, zogen an ihren Zigaretten und unterhielten sich raunend miteinander. Noch hatten sie Greta nicht bemerkt. Was sollte sie tun?

Er war es, dachte sie, als sie einen neuerlichen Blick auf den feldgrauen SS-Offizier riskierte, der nun besser zu erkennen war! Sie hatte sich nicht getäuscht! Es war der unauffällige kleine Herr mit den grauen Schläfen, derselbe Mann, der bei ihrer Vernehmung durch Ahlmann in der Prinz-Albrecht-Straße zugegen gewesen war. Gern hätte sie gewusst, wie dieser unheimliche Mann hieß, doch im Moment war es wichtiger, dass sie sich zurückzog und aus der Gefahrenzone brachte.

Wenn es ihr nicht gelingen sollte, sich unsichtbar zu machen, wäre sie den Männern in der Ecke, in der sie stand, regelrecht ausgeliefert. Es sah nicht danach aus, als ob die drei vorhätten, sich ihrerseits in eine andere Richtung zu bewegen, wenn sie nicht sogar instinktiv selbst den Schutz der dunklen Ecke suchten, in der Greta sich verbarg. Sie musste weg. Es war besser, wenn sie sich entfernte. Selbst wenn man sie bemerkte, wäre es das geringere Übel. Sie hatte eben vor dem Fenster gestanden, um der Enge des Bunkers für eine Weile zu entfliehen; wer wollte ihr das verübeln? Das Risiko, das damit verbunden war, musste sie auf sich nehmen.

Greta wandte sich um und schritt in Richtung des runden Saals davon. Hinter sich hörte sie ein anschwellendes Murmeln. Sie beschleunigte ihre Schritte und dachte schon im nächsten Moment, dass sie sich nicht sehr professionell verhielt. Hoffentlich fiel es den Männern nicht förmlich in die Augen, dass sie vor ihnen floh. Wenn es sich wirklich um Spione handelte, würden ihre feinen

Antennen Alarm schlagen, und dann würde man sie kaum davonkommen lassen und nichts unversucht lassen, sie zu stellen. Auf der Straße wäre sie einfach weggesprintet, doch hier in der Reichskanzlei käme sie nicht weit.

Sie gelangte in den Mosaiksaal und dahinter in die Vorhalle vor dem Ehrenhof. Zu beiden Seiten schlossen sich weitere Durchgänge zu Fluren an, die zu wieder anderen Gängen und Räumen der riesigen Reichskanzlei führten. Sie überlegte einen Moment, ob sie sich in einem der Vorratsräume verstecken sollte, entschied sich aber dagegen. Nein, weiter! Es war egal, in welche Richtung sie sich wandte, Hauptsache fort. Sie wählte den Durchgang nach rechts und war im nächsten Moment in einem der dunklen Flure allein. Sie spitzte die Ohren, während sie weiterschritt, und hörte hinter sich Geräusche, die sie nicht zuordnen konnte. Von dem Gang, durch den sie eilte, zweigten Türen ab und plötzlich hörte sie von irgendwoher Musik.

An der nächsten Ecke blieb sie stehen und warf einen Blick nach hinten. Niemand kam auf sie zugestürzt, um sie festzuhalten oder zur Rede zu stellen. Eine kleine Last fiel von ihr ab. Trotzdem war sie noch nicht in Sicherheit. Wo kam diese Musik her? Sie spitzte die Ohren. Es war kaum zu glauben, doch es war tatsächlich Swing- oder Jazzmusik, die sie hörte. Jazzmusik – mitten in der Reichskanzlei.

Sie ging in die Richtung, aus der die Klänge kamen, und blieb vor einer geschlossenen Tür stehen, unter der ein schwacher Lichtschein nach draußen drang. Sie hörte Stimmen, Gelächter, anscheinend wurde ordentlich gefeiert. Sprach etwas dagegen hineinzugehen? Nein, sagte sie sich; schließlich war sie eine durch Arbeitskittel und Rotkreuzbinde ausgewiesene Schwesternhelferin, und befugt, die oberen Räume zu betreten.

Sie blickte sich noch einmal um. Es schien ihr wirklich niemand nachgefolgt zu sein, also schob sie die Tür ein Stück auf und schlüpfte in den Raum.

Die Jazz-Musik entstammte einem Grammofon. Der Raum war von brennenden Kerzen erhellt. Sie hatte sich nicht geirrt, es wurde gefeiert, getrunken und getanzt; junge Frauen und junge Männer, die in ihrem Alter oder noch jünger waren, feierten ein Fest. Die jungen Leute waren in einer so ausgelassenen Stimmung, dass man ihr Eintreten kaum bemerkte. Der Alkohol floss in Strömen, Wein, Sekt und Kognak, aber was hier stattfand, war nicht ein einfaches Gelage oder Besäufnis. Alle Gäste waren leicht bekleidet, und das galt nicht nur für die jungen Soldaten oder Offiziere, die mit freiem Oberkörper dasaßen, sondern auch für die jungen Mädchen, von denen einige die Brüste und sogar die Scham entblößt hatten.

Sie war in eine Orgie geraten. In den Ecken, aber nicht nur dort, ging es ganz ungeniert zur Sache. Sie sah glänzende Augen und geöffnete Lippen, Hüften, die sich zwischen gespreizten Beinen bewegten. »Mach mir ein Kind, bevor der Russe es tut«, hörte sie ein junges Mädchen rufen, und rechts an der Seite erblickte sie ein splitternacktes Paar, das es hemmungslos miteinander trieb.

Selbst in Nellies Salon hatten bei aller Frivolität gewisse Regeln geherrscht, doch hier hatte die Göttin der Wollust ihr Haupt gehoben und forderte ihr Recht und ihren Tribut. Kali, die dunkle Göttin, von der sie verschiedentlich gelesen und durch Kinofilme erfahren hatte, war in

Berlins Mitte angekommen und hatte ihren Fuß in die Reichskanzlei gesetzt.

Eigentlich war es nicht verwunderlich, dass so etwas hier passierte, dachte Greta. Wer wollte es in Zeiten wie diesen den jungen Frauen verdenken, dass sie sich hemmungslos und ohne Rückhalt ihrem geschlechtlichen Verlangen hingaben? Was hatten sie noch zu erwarten? Für wen sollten sie ihre Unschuld bewahren? Die deutschen Männer, die sie einmal hätten heiraten können, waren tot.

Der Anblick der attraktiven Körper und des enthemmten Treibens ließ sie nicht kalt. Am liebsten hätte sie mitgemacht.

Sie trat ein paar Schritte zur Seite. Wenn sie sich verstecken wollte, wäre es ohnehin das Beste, sich zu entkleiden und die Schwesterntracht abzulegen, sagte sie sich. Wenn sie nackt war, würde ein Verfolger, der den Raum betrat, sie nicht so leicht erkennen. Vollständig angezogen fiele sie hier auf.

»He, schöne Schwester!«, rief ihr ein nicht mehr ganz nüchterner SS-Mann zu, der sie erblickt hatte. »Dein Kittel steht dir gut, aber ohne ihn siehst du bestimmt noch besser aus! Leg ihn ab, wenn du bei uns mitmachen willst!«

Schnell entschlossen begann sie, den Kittel aufzuknöpfen, ließ ihn ruck, zuck von den Schultern gleiten, legte nicht weniger geschwind das Halfter mit der Pistole ab, sodass sie mit Ausnahme der Schuhe und eines Seidenschlüpfers, den sie von Dörte bekommen hatte, nichts mehr am Leibe trug. Das einzige Schmuckstück auf ihrer Haut war das Kettchen mit dem Behältnis, das ihren schlanken Hals eng umschloss.

Pfiffe ertönten. Eine Frau kreischte. Es gab anerkennenden Beifall für ihre Schönheit und für ihren Mut.

Greta klemmte sich ihre Kleidung und die Pistole unter den Arm.

»Mich laust der Affe! Wen haben wir denn da!«

Sie drehte sich zur Seite. Vor ihr stand ein junger SS-Mann, der nur mit Stiefeln und Uniformhose bekleidet war.

Er grinste. »Wir kennen uns, nicht wahr? Erinnerst du dich?«

»Natürlich erinnere ich mich«, antwortete sie leise, nachdem sie ihren Schrecken überwunden hatte. »Du wirst doch wohl schweigen?« Kein Wunder, dass er hier war, dachte Greta. Nachdem sie der beiden furchtbaren Henker im Keller der Reichskanzlei schon ansichtig geworden war, konnte es sie kaum noch überraschen, auch dem hübschen jungen SS-Mann, der dabei hatte helfen sollen, sie an der Laterne aufzuknüpfen, an diesem Ort zu begegnen. Nur der Obersturmführer Ahlmann und der Kerl mit der Hornbrille fehlten ihr noch zu ihrem Glück.

»Nur, wenn wir uns einig werden«, grinste er frech. »Wenn nicht, wirst du deinem Schicksal nicht entgehen und kommst an die Laterne! Du hast die freie Wahl. Ich heiße Henning, und du?«

Gut, dass sie beide fast nackt waren, dachte sie. Das Erotische schuf eine anziehende Spannung, welche die Angst vor der Gefahr nicht zum Verschwinden brachte, wohl aber ein wenig in den Hintergrund treten ließ. Ob er noch wusste, wie sie hieß? Wahrscheinlich! Sie nannte ihm trotzdem einen Tarnnamen und er schluckte ihn ohne nachzufragen.

»Also, wie ist es?«, fragte er. »Feierst du mit?«

Ihr Leben hing also davon ab, dass sie dem Burschen zu Willen war. Gut, es gab Schlimmeres, dachte sie, aber sie brauchte dem unverschämten Kerl nicht auf die Nase zu binden, dass sie ohnehin nicht abgeneigt war mitzufeiern. Der Alkohol interessierte sie nicht, doch sie fühlte ein leidenschaftliches Verlangen nach Sex.

»Ich denke gerade darüber nach«, antwortete sie, fügte aber, da sie weiter von der Tür weg wollte, sogleich hinzu: »Komm, wir gehen dort hinten in die Ecke!«

Sie durchquerten den Raum bis zu der dunklen Ecke am anderen Ende, wo Greta ihre Kleidung auf dem Boden ausbreitete, und setzten sich hin. Der junge SS-Mann streifte sich Stiefel und Hose ab, setzte sich neben sie und schaute sie erwartungsvoll an.

»Du bist schnell«, sagte sie. »Ich habe noch nicht Ja gesagt.«

»Mir hat es gleich nicht gefallen, was die mit dir machen wollten«, sagte der junge Mann, als sei ihm daran gelegen, sie versöhnlich zu stimmen. »Du bist lebend viel besser.«

»Was ›die‹ mit mir machen wollten?«, fragte Greta. »Wen meinst du damit?«

»Reden wir nicht mehr davon«, gab Henning zurück und grinste sie unverschämt an. »Los, komm! Wir wollen uns versöhnen!«

»Ach, versöhnen nennt man das jetzt?«

Der junge Soldat nickte. »Du wirst es nicht bereuen! Ich bin kein schlechter Versöhner.«

Sie warf einen Blick auf den schön gewachsenen Oberkörper ihres Gegenübers und spürte das süße Ziehen ihres Geschlechts. Die Anspannungen der vergangenen Tage lasteten auf ihr, und die geschlechtliche Lust war von jeher ihre bevorzugte Methode, sich von den Zumutungen, die das Leben für sie bereithielt, zu entlasten.

Aber ganz so schnell wollte sie nicht nachgeben. Sie war nicht nur eine schöne Frau mit Verlangen, sondern auch eine Frau, die um ihr Leben kämpfte, und der junge SS-Mann besaß nicht nur einen ansehnlichen Körper, sondern auch Informationen, die sich als wertvoll für sie erweisen könnten, um das eigene Leben zu retten.

»Wer seid ihr eigentlich?«, fragte sie. »Die anderen jungen Männer? Und wo kommen die Frauen her?«

»Wir sind ein SS-Kommando, das Erkundungsgänge durch die Stadt unternimmt und nach Fahnenflüchtigen sucht. Wen wir fassen, erschießen wir oder hängen ihn auf.«

»Von wem bekommt ihr eure Befehle?«

»Von Gruppenführer Müller von der Gestapo, und der hat sie von Goebbels oder dem Führer. Wenn wir die Drückeberger gefasst haben, dauert es nur ein paar Minuten, dann hängen sie.«

»Woher willst du das denn wissen, dass es sich um Drückeberger handelt?«

»Die meisten geben es doch selber zu. Sie sagen, wir machen nicht mehr mit, der Krieg ist verloren, es hat doch keinen Zweck und keinen Sinn.«

»Und das reicht euch, um sie aufzuknüpfen?«

Er starrte sie beinahe verwundert an. »Ja, was braucht es denn noch?«

»Und die Mädchen, wo kommen die her?«

»Die sind einfach scharf. Lieber lassen sie sich von uns vögeln als von den Russen. Kein hübsches Mädchen in der Stadt will noch länger Jungfrau bleiben. Wenn sie die Unschuld schon loswerden müssen, soll ein deutscher Junge sie ihnen nehmen. Wir erfüllen unsere Pflicht.« Er grinste. »Wir kommen kaum noch nach. Es ist schon eine irre Zeit. Aber du bist natürlich was ganz Besonderes!«

Töten, saufen und lieben. Das war es, was diese jungen Männer taten. Es war nichts Neues, sondern etwas Uraltes. Wenn die Zivilisation zusammenbrach, herrschten wieder die Gesetze von Hunger, Wollust und Tod.

»So einfach kriegst du mich nicht«, sagte sie zu dem SS-Mann. »Du musst etwas dafür tun. Ich will ein paar Informationen von dir.«

Er hob die Brauen. »Was willst du denn wissen?«

»Wer hat meine Hinrichtung befohlen?«, fragte Greta.

»Gruppenführer Müller«, antwortete Henning.

»Der Gestapochef?«

Henning nickte.

»Hat Müller diesen Befehl wirklich erteilt oder berufst du dich auf eine allgemeine Anweisung, wie mit Leuten, die man für Verräter hält, zu verfahren ist?«

»Nein, nein, sein Befehl bezog sich ausdrücklich auf dich.«

Seine Hände griffen nach ihrer Taille, und als er begann, ihre Rippen zu streicheln, ließ sie es sich mit einem Seufzer gefallen und rückte ein Stück näher an ihn heran.

»Aber Müller kannte mich doch gar nicht«, flüsterte sie.

»Oh doch! Er wusste alles von dir und sprach davon, dass du eine Spionin bist.«

Sie dachte an den Gestapomann in der Galerie und

warf einen Blick zur Tür. Bisher hatte keiner von den drei Männern den Raum betreten.»So ein Unsinn!«, gab sie zurück. »Wie ist er auf diesen Blödsinn gekommen?«

Sie bemerkte ein Flackern in seinen Augen, aber er antwortete nicht, sodass ihr der Verdacht kam, dass er irgendetwas vor ihr zurückhielt.

»Du weißt es doch!«, beharrte sie. »Du hast etwas gehört?«

Eine Weile sagte Henning nichts. Er betrachte voller Verlangen ihren gertenschlanken Körper und nahm seine Hände nicht von ihren Rippen, als hätte er Angst, sie könnte sich ihm sonst wieder entziehen.

»Erst die Arbeit, dann das Vergnügen«, flüsterte sie ihm ins Ohr. »Komm, erzähl es mir!«

Henning seufzte. »Gut, aber dann hältst du mich nicht länger hin.«

Greta lächelte und legte ihre Hände auf seine Oberschenkel.

»Irgendwen gibt es, der nicht gut auf dich zu sprechen ist«, sagte er. »Und der hat ihm von diesem Unsinn erzählt. Es ist eine Frau! Sie könnte deine Schwester gewesen sein.«

»Warum meine Schwester?«

»Sie ist genauso schön und blond wie du!«

»Du bist ihr begegnet?«

»Müller hat sich mit ihr im Diplomatenkeller des Adlon getroffen, ich war dabei. Alles habe ich nicht mitbekommen, aber ich weiß, dass gesagt wurde: ›Die Frau muss sterben‹. Die schöne Blonde sagte das und Müller nickte. Bald danach sind wir in die Kirche zurück und dort hat er befohlen, dass du hingerichtet werden sollst. Ich hatte den Eindruck, dass er es wegen der Blonden tat, ich glaube, sonst hätte er dich laufen lassen.«

»Wann ist das gewesen?«

»Vor ein paar Tagen, oder Nächten – genauer gesagt.«

»In der Nacht, bevor ihr mich hängen wolltet?«

Henning nickte. »Genau in der Nacht.«

»Und wie kann es sein, dass diese blonde Frau Müller Anweisungen geben kann?«

Henning zögerte. »Sie hat verstanden, ihn davon zu überzeugen, dass du sterben musst, wie und womit könnte ich höchstens vermuten.«

»Dann vermute mal!«

»Wenn er ihr zu Willen war, dann vielleicht deshalb, weil sie ihm auch zu Willen war und ihn rangelassen hat.«

»Du denkst das, weil du es selbst so machst?«

Henning grinste. »Der Unterschied ist, dass ich nicht will, dass du stirbst!«

Er küsste ihren Hals und ihre Schultern und sie begann, seine Liebkosungen zu erwidern.

Sie seufzte. Ihr Verlangen war heftig und Hennings Berührungen taten ihr gut. Dass sie den jungen Mann, der vor ein paar Tagen, ohne mit der Wimper zu zucken, dabei mitgemacht hätte, sie an die Laterne zu hängen, dennoch attraktiv und anziehend fand, wunderte und störte sie nicht. Es war keine normale Zeit. Alle Regeln waren außer Kraft gesetzt, und sie empfand nicht die geringsten Skrupel, sich Henning hinzugeben, um ihr Verlangen zu stillen. Sie würde mit ihm vögeln, aber sie spürte auch den Wunsch nach Rache.

»Erzähl mir von der blonden Frau!«, flüsterte sie ihm

mit heißem Atem zu. »Weißt du, wie sie heißt? Hast du ihren Namen gehört?«

»Ich glaube, er hat sie Marlene genannt; mehr weiß ich nicht.«

Es war keine Überraschung mehr für Greta, aber trotzdem war sie einige Momente lang erschrocken. Was konnte Marlene bewogen haben, sie ans Messer zu liefern und sich in dieser abscheulichen Weise für ihren Tod einzusetzen? War Eifersucht der Grund? Gab sie Greta in einer Verkennung und Umkehrung der tatsächlichen Abläufe die Schuld dafür, dass Michel zum Verräter oder Spion geworden und in den Tod getrieben worden war?

»Alles in Ordnung?«, fragte er. »Bist du so weit?«

»Du wolltest mich töten!«, sagte sie mit zitternden Lippen, während sie ihren Schlüpfer abstreifte. »Du hast eine Menge mir gegenüber wieder gutzumachen, wenn du dich mit mir versöhnen willst!«

»Was für ein Glück, dass ich heute Abend noch kein anderes Mädchen hatte«, grinste er frech. »Du kannst dich auf mich verlassen.«

Sie machten es auf dem nackten Fußboden. Henning hielt Wort und Greta bewegte sich sehr geschickt. Es kam alles zusammen, die Angst, die Gefahr, die Augen derer, die ihnen zusahen, und nicht zuletzt die schrecklichen Dinge, die sie hatte erdulden müssen und die der tiefere Grund dafür waren, dass sie sich so offen und rückhaltlos dem Helfer ihrer Henker hingab. Dieses Mal konnte sie ihm nicht entkommen und dieses Mal wollte sie es auch nicht.

Greta tat das ihre, um ihre Empfindung zu steigern. In einem Erinnerungsbild sah sie Michel, ihren toten Geliebten, und sie sehnte sich nach dem, was ihr durch seinen Tod entgangen war. Henning war im Moment immerhin kein schlechter Ersatz. Er war ein gewissenloser Bursche, aber er nahm sie wundervoll hart und fest und verstand es, ihr Freude zu bereiten. Sie spürte, dass er in dunkler Tiefe eine mit Michel und ihr verwandte Seele war.

Sie fühlte das scharfe Pochen ihres Geschlechts. Sie versuchte, das Gefühl zu halten, und das süße Pochen wurde schärfer, und dann schließlich hörte es überhaupt nicht mehr auf. Ihre Fingernägel krallten sich in Hennings Rücken und sie musste an sich halten, damit sie nicht vor Wonne laut schrie. Sie war nichts als Lust, pure Wollust, eine Göttin der Wollust, und genau das wollte sie in dieser Nacht in der Reichskanzlei, dem Zentrum des Bösen, auch sein.

Henning schauderte, als es vorüber war. »Es tut mir leid, das von neulich«, schluchzte er und presste sein Gesicht an ihren Hals.

»Gib dein schauriges Handwerk auf«, flüsterte sie ihm zu. »Auch wenn es dir selbst nicht mehr helfen wird. Der Krieg ist vorbei, es nützt nichts mehr, andere zu töten.«

Henning sagte nichts, und als sie sich aufrichtete, lächelte sie ihren Liebhaber zufrieden an.

»Es hat mir gut gefallen mit dir«, sagte sie. »Obwohl du so furchtbare Dinge tust, oder gerade deshalb. Aber nun muss ich gehen.«

Henning nickte. »Sehen wir uns einmal wieder?«, fragte er.

»Nein«, antwortete Greta, »wir haben uns versöhnt und damit sind wir quitt. Wir vergessen am besten beide, worüber wir miteinander gesprochen haben.«

Sie stand auf und auch Henning erhob sich von ihrem Liebeslager.

»Es wäre doch schade, wenn wir das von eben nicht wiederholen würden«, sagte er. »So fantastisch, das ist selten.«

Sie standen sich gegenüber, die nackte Schönheit des anderen im Blick und sich dabei der eigenen Schönheit vollkommen gewiss.

»Es wird selten besser«, gab Greta zurück.

»Was spricht dagegen, es noch einmal zu tun, nachdem wir uns versöhnt haben?«

Greta dachte an den Jungen an der Laterne und an die anderen unschuldig Gehenkten. Nun gut, sagte sie sich, wenn er es unbedingt wissen wollte! »Ich kann dir nur für mich selbst vergeben«, antwortete sie. »Es wird weder Zeit noch Gelegenheit sein, uns ein weiteres Mal zu lieben.«

»Warum nicht? Der Krieg ist bald zu Ende.«

Ihre Stimme wurde leise, verlor aber nicht an Deutlichkeit und Kraft. »Glaubst du ernsthaft, dass du andere Menschen ungestraft an die Laternen hängen kannst?«

Er starrte sie an. »Was willst du damit sagen?«

Sie erwiderte ungerührt seinen Blick. Sie fühlte sich wie die dunkle Göttin. »Es gibt gewiss genug Zeugen, die gegen dich sprechen werden. Man wird dich zur Rechenschaft ziehen und selbst an den Galgen bringen.«

Sie machte sich von ihm los, zog dann seelenruhig ihren Seidenschlüpfer an und band sich das Pistolenhalfter um den Bauch.

Er stand da und sah ihr dabei zu. »Ich habe nur meine Befehle befolgt.«

»Der Einwand wird dir kaum helfen«, sagte sie und ließ den Blick durch das Zimmer schweifen. »Sollte man mich fragen, würde ich ein gutes Wort für dich einlegen – natürlich nur, wenn du für Müller keine weiteren Befehle mehr ausführst.«

Sie sagte es, obwohl ihr nichts daran lag, ihn vor einem Todesurteil zu bewahren. Sie würde ihn nicht verraten, mehr nicht. Trotz seiner Jugend hatte er es verdient, dass er das Schicksal, das er so vielen Unschuldigen zugefügt hatte, auch selbst erlitt.

»Deine Vorgesetzten sind schon dabei, ihre Koffer zu packen, um unterzutauchen«, fügte sie hinzu. »Ihr müsst nicht länger die nützlichen Idioten für sie spielen und ihnen den Rücken freihalten. Wacht auf – es ist vorbei!«

Henning blieb stumm, seine schönen grünen Augen funkelten sie an, schließlich gab er nach und senkte den Blick.

Sie zog ihren Kittel an. »Sei tapfer!«, sagte sie und schenkte ihm ein letztes Lächeln. »Niemand kann seinem Schicksal entgehen.«

Dann wandte sie sich ab und verließ den Raum, ohne sich noch einmal umzudrehen, und nachdem sie die Tür hinter sich geschlossen hatte, verblasste hinter ihr die Swing-Musik.

16. KAPITEL

Draußen war niemand zu sehen. Die Luft schien rein. Zügig schritt Greta durch den dunklen Gang und kam in die erste der Hallen, die sich an der Voßstraße entlangzogen. Sie blieb stehen und betrachtete aufmerksam ihre Umgebung. Die Sterne und die Feuer, die in der Umgebung brannten, sorgten für ein wenig Licht. Sie eilte weiter. Das Glück blieb ihr hold. Während sie durch die Hallen ging, begegnete sie weder Müller noch einem der beiden seltsamen Offiziere. Erleichtert erreichte sie eine Treppe, die sie zurück in den Keller führte.

Unten war es dunkel. In den meisten Räumen brannten nur noch Kerzen. Im Gang vor dem Lazarett erblickte Greta die beiden Ärzte Haase und Schenck, die eben in Begleitung zweier Krankenschwestern das Bunkerlazarett verließen. Sie wunderte sich, sie zusammen weggehen zu sehen, und als sie in den Operationssaal zurückgekehrt war, erkundigte sie sich bei einer der jungen Schwestern nach dem Grund.

Sie erfuhr, dass die Ärzte in den Führerbunker befohlen worden waren. Der Führer habe die im Lazarett arbeitenden Ärzte und Schwestern sehen wollen, worauf sich Haase und Schenck von zwei Schwestern begleitet sofort auf den Weg gemacht hätten.

Im Operationssaal arbeitete noch das Notaggregat, hier gab es noch elektrisches Licht. Sie hätte sich gern für eine

Weile zurückgezogen, doch es war zu viel zu tun. Dörte fragte, wo sie solange gewesen war, aber Greta gab ihr eine ausweichende Antwort.

Sie fühlte sich zum Glück nicht müde, sondern durch ihr sexuelles Erlebnis erfrischt, sodass sie unverdrossen an die Arbeit ging. Trotzdem war sie froh, als sich nach zwei Stunden die Gelegenheit für sie ergab, sich eine Weile auf eines der Feldbetten zu legen, um etwas auszuruhen und über das nachzudenken, was sie von dem hübschen SS-Mann in Erfahrung gebracht hatte.

Für manche Leute war Rache wohl wirklich so süß, dass sie nicht davon lassen konnten, dachte sie. Obwohl sie Marlene misstraut hatte, hätte sie es nicht für möglich gehalten, dass diese Frau, die sie noch vor wenigen Wochen als eine Freundin bezeichnet hätte, zu einem solchen grausamen Akt fähig war. Wie konnte man sich doch täuschen! Michel war tot und Marlene konnte ihn nicht dadurch lebendig machen, dass sie für Gretas Hinrichtung sorgte. Aber offenbar hatte ihr die Vorstellung gefallen, Greta hängen zu sehen, und dieses Ziel hatte sie konsequent verfolgt.

Ob Marlene wohl heimlich in der Nähe gewesen war, als man sie an der Laterne aufknüpfen wollte? Der Gedanke ließ sie erschaudern. Es war nicht ausgeschlossen, dass Marlene das Geschehen heimlich beobachtet hatte und wusste, dass ihr Anschlag auf Gretas Leben gescheitert war. Erfahren würde sie es ohnehin, auch wenn sie nicht in der Nähe gewesen war. Sie bräuchte sich nur bei ihren SS-Vertrauten zu erkundigen. Das bedeutete zugleich, dass Marlene möglicherweise ihre arglistigen Pläne gegen sie weiterverfolgte.

Der Morgen graute, als die Ärzte zurückkamen. Sie hatten bleiche und übernächtigte Gesichter. Eine der beiden Schwestern, die die Ärzte begleitet hatten, zitterte und weinte, als stünde sie unter Schock.

»Der Führer sieht furchtbar aus, ganz furchtbar«, schluchzte sie. »Er wird sich das Leben nehmen, wenn die Russen kommen. Alles ist aus und vorbei. Wir werden alle sterben.«

In den Morgenstunden begann die russische Artillerie mit einer erneuten Kanonade auf die Reichskanzlei, und was man von der Lage draußen hörte, klang sehr düster. Langsam, aber unaufhaltsam zogen die Russen den Einschließungsring zusammen, am Potsdamer Platz, in der Leipziger Straße und in der Friedrichstraße, am Anhalter Bahnhof, im Tiergarten. Das Verbandsmaterial wurde langsam knapp, die Vorräte gingen zur Neige. Der Ventilator, der im Bunker für die Lüftung sorgen sollte, arbeitete nicht mehr. Die Luft war stickig und heiß, schweißtreibend und schwül.

Im Keller machten sich Verzweiflung und Ratlosigkeit breit. Die Gespräche der Bunkerinsassen drehten sich zunehmend darum, wie man sich am besten töten sollte, aber Greta bemerkte, dass einige Frauen und Männer sich still und leise aufmachten, um zu verschwinden. Zwar hielt der Zustrom der Hilfesuchenden an, doch der Zenit schien allmählich überschritten.

Der schwer kranke Professor Haase lag oftmals im Hinterzimmer, raffte sich auf, wenn er konnte, und ging zu den Verwundeten, um zu helfen. Gegen Mittag verschwand er aus dem Lazarett. Als er am Nachmittag zurückkehrte, war sein Gesicht blasser und elender als jemals zuvor. Er winkte Schenck und die Schwestern zu sich, unter ihnen auch Greta.

»Der Führer ist aus dem Leben geschieden.«

Eine Zeit lang herrschte ungläubiges Schweigen.

»Wie ist er gestorben?«, fragte Greta.

»Er hat Gift genommen und sich gleichzeitig einen Kopfschuss gesetzt«, antwortete der Professor leise. »Er wollte auf Nummer sicher gehen. Er hat mir gegenüber letzte Nacht die Befürchtung geäußert, ein Freitod entweder auf die eine oder die andere Art könne misslingen oder ein qualvolles Ende bedeuten.«

Greta war minutenlang wie betäubt. Unfassbar! Der Führer hatte Selbstmord begangen! Sie hatte geahnt, dass es passieren würde, dennoch war es unfassbar!

Der Führer, der nicht nachgelassen hatte, sein Volk auf den Kampf bis zum letzten Blutstropfen einzuschwören, hatte sein Volk im Stich gelassen und es verraten. Keine Wunderwaffen, kein Endsieg, sondern das Ende! Endgültig, furchtbar und total!

Einige Schwestern weinten, andere starrten leer vor sich hin. Greta fühlte nichts, nicht einmal Erleichterung.

Sie kehrte in den Krankensaal zurück und arbeitete weiter, als sei nichts geschehen. Doch nun war alles klar. Wenn der Führer tot war, konnte es hier unten nicht mehr lange weitergehen. Aber was sollte geschehen? Die Schwestern flüsterten miteinander. Welchen Weg sollte man einschlagen, wenn man sich entschloss, die Reichskanzlei zu verlassen?

Am Abend sprach sich herum, dass der Reichsleiter Bormann in Mohnkes Gefechtsstand erschienen war, um zu berichten, dass die Leichen von Hitler und seiner frisch angetrauten Ehefrau, die sich auch das Leben genommen hatte, im Garten der Reichskanzlei verbrannt worden waren. Nach einigem Hin und Her hatte er einen Massenausbruch mithilfe der Leibstandarte Hitlers vorgeschlagen. Doch General Mohnke hatte ein solches Unterfangen für aussichtslos erklärt. Schließlich hatte man sich geeinigt, dass General Krebs am Morgen zu Verhandlungen mit den Russen nach Tempelhof aufbrechen sollte.

Die Beschießung der Reichskanzlei dauerte in den Abendstunden an. Der Tod des Führers, von dem der Feind sicherlich noch nichts mitbekommen hatte, änderte nichts daran.

Greta konnte sich irgendwann in der Nacht zurückziehen und schlief ein paar Stunden. Sie erwachte, als Schwester Erna, eine der beiden ausgebildeten Krankenschwestern, die all die Hilfsschwestern wie sie selbst betreute, sie anstupste.

»Komm, Greta, wir müssen uns kümmern, nicht nur um die Verwundeten, auch um uns selbst.«

Schlaftrunken erhob Greta sich von ihrem Strohsack. Schwester Erna war zu einem der Feldbetten getreten. Greta sah, dass Dr. Schenck auf dem Feldbett lag und schlief. Sie warteten, bis er aufwachte.

»Er hat bis spät in die Nacht pausenlos operiert«, sagte Schwester Erna. »Nachdem der Führer tot ist, müssen wir besprechen, was hier unten passieren soll.«

Schenck rappelte sich schließlich auf. Es war kurz nach Morgengrauen.

»Die Schwestern verlangen nach Gift«, sagte Schwester Erna zu dem Arzt. »Und viele der Gefangenen auch.«

Schenck war vom Bett aufgestanden. »Warum?«, fragte er.

»Es wird mit Greueltaten der Roten Armee gerechnet«, erklärte Schwester Erna. »Alle möchten Gift, um in einen schnellen Tod flüchten zu können, wenn es dazu kommt.«

»Die Russen werden uns erst vergewaltigen und dann töten«, sagte eine der jungen Helferinnen unter Tränen.

»Das ist Unsinn«, entgegnete ihr Dörte, die gleichfalls erschienen war. »Die meisten Russen sind genauso wenig Unmenschen, wie die Deutschen es sind.«

Von anderen Schwestern, die den Wortwechsel mitbekamen, erntete Dörte sofort Widerspruch. Fast alle, die sich zu Wort meldeten, verlangten nach Gift.

Schenck wirkte ratlos.

»Es ist ein furchtbares Ansinnen, das da an mich gestellt wird«, erklärte er. »Ich kann dem nicht nachkommen. Das verbietet mir mein Hippokratischer Eid. Außerdem besitze ich viel zu wenige Ampullen. Aber ich werde sehen, was ich mit den mir verbliebenen Mitteln für jeden einzelnen hier tun kann.«

Schenck nahm die Ampullen, die noch vorhanden waren, und ging langsam, gefolgt von Schwester Erna, Dörte und weiteren Helferinnen hinüber in den Krankensaal.

Greta blieb zurück. Sie hatte sich nicht an dem Disput beteiligt. Was hätte sie auch sagen sollen? Immerhin war sie in der glücklichen Lage, dass sie selbst Zyankali besaß. Sie setzte sich auf einen Stuhl in der Ecke, um sich noch ein paar Augenblicke zu erholen. Sie hatte so tief geschlafen, dass sie sich noch nicht ganz wach fühlte. Wovon hatte sie geträumt? Sie versuchte sich zu erinnern, aber es gelang ihr nicht mehr, den Traum zurückzuholen.

Ihr Blick fiel auf eine aufgeschlagene Zeitung, die jemand am Fußende eines der beiden Feldbetten abgelegt hatte. Es war der Völkische Beobachter von einem der vergangenen Tage. Sie nahm die Zeitung zur Hand und betrachtete die aufgeschlagene Seite.

»Heute verdunkeln wir um 20.26 Uhr«, stand dort geschrieben, und unter dem Verdunklungshinweis war zu lesen: »Der Mai im Gemüsegarten. Es ist heute mehr denn je notwendig, jedes Fleckchen Erde mit Gemüse zu bebauen. Der Mai ist der rechte Pflanzmonat. Sellerie, Tomaten, Gurken und Kürbisse dürfen nicht vor den Eisheiligen gepflanzt werden.«

Ja, richtig, der Mai war gekommen, dachte Greta, heute war der 1. Mai. Der Tag, für den die Russen die Eroberung der Reichskanzlei geplant hatten, und wie es aussah, konnten sie es wohl pünktlich schaffen.

Sie blätterte die Seite um und sah die große Werbeanzeige eines Hutgeschäfts. Modische Damen- und Herrenhüte wurden beworben.

Sie schüttelte ungläubig den Kopf. Was so alles noch in der Zeitung stand. Wer um Gottes willen kaufte in diesen Tagen Hüte? Sie betrachtete die abgebildeten Kopfbedeckungen. Auch Schirmmützenmodelle waren zu sehen; solche, wie der Führer sie gern getragen hatte. Nach seinem Tod würden sie wahrscheinlich bald aus der Mode kommen.

Sie legte die Zeitung beiseite und folgte den anderen Helferinnen zu den Verwundeten. Dr. Schenck wanderte langsam an den Krankenlagern entlang und betrachtete jeden der Verletzten genau. Die Verwundeten, die im Sterben lagen, erhielten eine Spritze, die ihnen die letzten Stunden erleichterte. Wieder andere Männer, die unter heftigen Schmerzen litten, deren Zustand aber nicht hoffnungslos erschien, bekamen eine lindernde Injektion verabreicht.

Greta griff zu ihrer Kette, die sie um den Hals trug, und fingerte nachdenklich an dem Behältnis herum, das die Blausäurekapsel enthielt.

Irgendetwas hatte sie berührt. Was war es gewesen? Nicht die Sache mit den Giftampullen, dachte sie; jedenfalls nicht allein; es war noch etwas anderes. Etwas, das in der Zeitung gestanden hatte, fiel ihr ein und sie musste wieder an die Schirmmützen in der Werbeanzeige denken. Die Schirmmütze, die der Führer bei ihrer Begegnung in der vergangenen Woche getragen hatte, hatte ihm weit in die Stirn geragt, und gerade die Tatsache, dass man mit solchen Schirmmützen das eigene Gesicht beschatten und zum Teil auch verbergen konnte, war es wohl, was diese Mützen bei SS- und Gestapo-Schergen so beliebt machte.

Sie starrte nachdenklich vor sich hin, und dann dachte sie an den merkwürdigen Mann, der ihr die Giftampulle zusammen mit der Nachricht von Michels Verhaftung überbracht hatte. Der Mann hatte eine Schirmmütze getragen und der Schirm der Mütze hatte bis zu seiner dunklen Brille gereicht. Sie hatte, ohne weiter darüber nachzudenken, angenommen, dass Michels Bote aus Angst vor der Gestapo sein Gesicht vor ihr hatte verbergen wollen, damit sie es nicht beschreiben oder ihn identifizieren könnte, falls man sie zu seiner Person befragte, doch sie begriff nun, dass der Grund ein ganz anderer gewesen war.

Nicht aus Angst vor der Gestapo hatte er sein Gesicht vor ihr verborgen, sondern weil er selbst zur Gestapo gehörte, hatte er sein Gesicht vor ihr versteckt!

Ein Grauen überkam sie, die Anfänge eines Begreifens, aber das Erkennen blieb in den Anfängen, fand immerhin ein vorläufiges Ziel. Sie wusste nämlich mit einem Mal, wer der merkwürdige Mann gewesen war.

Nur bei seinem Besuch an ihrer Wohnungstür hatte der Mann Schirmmütze und Brille getragen, bei den späteren Begegnungen, als er ihr in der Rolle eines Henkers gegenübergetreten war, hingegen nicht mehr. Deshalb hatte sie ihn auch nicht erkannt, als sie ihn zum zweiten Mal gesehen hatte, obwohl sie das Gefühl beschlichen hatte, dass sie ihn nicht zum ersten Mal sah. Der Volkssturmmann Goltz, ihr Retter, hatte ihn als einen Justizbeamten bezeichnet. Bertram.

Im Geiste verglich sie ihre Erinnerungsbilder, nur um sich ganz sicher zu sein. Sie irrte sich nicht. Es war Bertram gewesen, der ihr die Nachricht von Michels Verhaftung zusammen mit einer Zyankalikapsel überbracht hatte.

Sie schaute auf. Was hatte das zu bedeuten? Hatte es überhaupt etwas zu bedeuten?

Bertram war nicht nur ein Justizbeamter vom Amtsgericht. Da er bei Michels Verhaftung zugegen gewesen war, musste er zu ihrer Überzeugung auch ein Mitarbeiter des Reichssicherheitshauptamtes oder der Gestapo sein. Michel hatte ihn gekannt und ihn in seiner Not um einen letzten Gefallen gebeten, nämlich Greta vor dem

Zugriff der Gestapo zu warnen und ihr die Giftkapsel zu überbringen.

Gegen diese Annahme sprach nicht, dass Bertram später ganz wild darauf gewesen war, das Todesurteil an ihr zu vollstrecken. Dem Mann konnte es egal sein, ob sie von dem Angebot, das Gift zu nehmen, Gebrauch machte oder nicht. Als Angehöriger der Gestapo mochte es ihm nur recht und billig erschienen sein, dass sie hingerichtet wurde, nachdem sie sich entgegen seiner Erwartung nicht mittels des Giftes entleibt hatte. So waren diese Leute! Sie wäre ja nicht der erste Mensch in diesem Lande gewesen, dem man die Vergünstigung einräumte, Selbstmord zu begehen, bevor ein Todesurteil verhängt wurde. Wer die Chance nicht nutzte, die man ihm gab, der wurde eben gehängt. So einfach war das.

Sie betrachtete nachdenklich die Schwestern und Ärzte, die die Lager der Verletzten abschritten. Im Moment wurde sie bei den Kranken nicht gebraucht, daher wandte sie sich ab und trat noch einmal in den kleinen Nebenraum zurück, um eine Weile allein zu sein.

Es war ihr bisher selbstverständlich erschienen, dass der unbekannte Besucher an der Wohnungstür Michels Bote gewesen war und dass das Gift, das er ihr brachte, dazu hatte dienen sollen, sie vor Verhör und Folter zu bewahren. Etwas anderes anzunehmen, hatte ihr bisher ganz fern gelegen. Doch nun, nachdem sie wusste, dass der Mann ein Scherge der Gestapo gewesen war, bekam das unheimliche Ereignis der vergangenen Woche eine ganz neue Facette.

War es denkbar, fragte sie sich, dass Bertram nicht als Michels Helfer, sondern im Auftrag derer, die ihren Tod beschlossen hatten, zu ihr gekommen war? Hatte Bertram ihr etwas vorgespielt? Es mochte wohl sein, dass der Gestapochef Müller erst in der Nacht, in der sie in der Kirche ihres Schicksals harrte, den Befehl zu ihrer Hinrichtung gegeben hatte, wie es Henning zufolge geschehen war; doch der Plan, sie aus dem Weg zu räumen, hatte womöglich schon länger existiert.

Die Gestapo war nicht wegen ihrer Doppelagententätigkeit auf sie aufmerksam geworden, sondern diese war das Werkzeug gewesen, um einen teuflischen Plan gegen Michel und sie selbst in die Tat umzusetzen. Wenn Marlene hinter diesem Plan gesteckt hatte – und wer sonst könnte es gewesen sein? – dann hatte sie nicht nur Gretas Verfolgung betrieben, sondern auch Michels Tod auf dem Gewissen!

Wie war es Marlene gelungen, die Gestapo für ihre Zwecke einzuspannen? Nicht erst in der Nacht, die sie in dem schrecklichen Verlies unter der Kirche zugebracht hatte, sondern schon an dem Tag, als Bertram mit dem Gift zu ihr gekommen war? Hatte sie diesen Erfolg ihrem erotischen Talent zu verdanken? Greta zweifelte daran. Selbst wenn es so gewesen war, blieb die Sache mit der Giftampulle merkwürdig. Warum hatte man sie nicht einfach verhaftet, um sie als Spionin hinzurichten? Warum diese Verzögerung?

Greta schüttelte sich. Sie musste von hier fort. Wer auch immer hinter dem Plan steckte, sie zu töten, er würde einen weiteren Versuch unternehmen, nachdem die ersten beiden Anschläge auf ihr Leben gescheitert waren. Marlene Raulf, der furchtbare Müller und seine Schergen, aber auch der russische Geheimdienst, vor dem Michel sie gewarnt hatte, gehörten in das verschwommene Bild, das sie sich von ihrem Gegner machte, doch sie hatte das Gefühl, dass dieses Bild noch nicht vollständig war. Ihr Feind erschien ihr wie eine subtile, unheimliche Macht, die mehr als einen Greifarm besaß, und sie wusste nicht, wo überall diese Arme verborgen lagen. Sie musste auf der Hut sein, hier in der Reichskanzlei und überall sonst in Berlin. Bevor sie nicht die Elbe in westliche Richtung überquert hatte, war sie ihres Lebens nicht sicher.

Sie kehrte nach nebenan zurück. Die Schwestern und Helferinnen waren wieder bei der Arbeit. Schenck hatte es verstanden, die aufgebrachten Gemüter zu beruhigen.

Von Dörte erfuhr Greta, dass eine direkte Telefonleitung zu den Russen eingerichtet worden war. Es war ein Geländestreifen vereinbart worden, in dem nicht geschossen wurde, und General Krebs, der Generalstabschef des ehemaligen Führers, der Russisch sprach, hatte sich zu Verhandlungen auf den Weg gemacht.

Kaum jemand äußerte die Hoffnung, dass auf diesem Wege etwas zu erreichen war, und als Greta etwas später hinaus zu Mohnkes Gefechtsstand trat, sprachen die Soldaten davon, dass es wohl nicht lange dauern würde, bis sich Erfolg oder Misserfolg der Mission herausstellen würden.

Greta beobachtete weitere Bunkerinsassen, die den Keller heimlich verließen. Nachdem der Führer tot war, spürten die Menschen deutlich, dass die Reichskanzlei nicht mehr sicher, sondern ein Ort größter Bedrohung und Gefahr geworden war. Am liebsten hätte auch sie sich davon gemacht, doch ihre Vernunft riet ihr, den Ausgang der Gespräche mit den Russen abzuwarten, bevor sie eine Entscheidung über ihr weiteres Vorgehen traf. Von den Bemühungen des Generals hing es ab, ob die Insassen der Reichskanzlei sich zu einem gemeinsamen Ausbruch verabreden würden, der darauf abzielte, im Schutz der Dunkelheit einen Weg aus der Stadt hinaus zu finden.

Sie war entschlossen, sich einen solchen Weg zu suchen, inzwischen aber unsicher, ob es tunlich war, sich mit einer der Gruppen aus der Reichskanzlei zu verbinden. Zu den Gruppen gehörten Personen, mit denen Greta lieber nichts zu tun haben mochte. Ob sie nicht doch besser allein gehen sollte? Eine Zwischenlösung wäre auch denkbar, bei der sie zwar nicht ganz allein, aber nur in loser Verbindung mit den Ausbruchstruppen bliebe. Es musste sich noch zeigen, was das Beste für sie war.

17. KAPITEL

Gegen Mittag kehrte General Krebs von seiner Verhandlung zurück. Er hatte den Russen Hitlers Tod mitgeteilt und ein Waffenstillstandsangebot unterbreitet. Doch seine Bemühungen waren gescheitert. Die Russen beharrten auf der vollständigen Kapitulation aller deutschen Truppen.

Greta empfand über das Ergebnis mehr Erleichterung als Enttäuschung. Endlich war klar, dass alle anderen Auswege als der, die feindlichen Linien zu durchbrechen, versperrt waren.

Im Lazarett verbreitete sich die Nachricht, dass jeder, der wollte, sich General Mohnkes Truppen anschließen konnte. Die Vorbereitungen des Ausbruchs begannen. Mohnkes Soldaten erhielten erste Anweisungen.

»Wir könnten gemeinsam gehen, Dörte«, sagte Greta zu ihrer Schwester.

»Es ist zu gefährlich«, meinte Dörte. »Den Ring zu durchbrechen, ist alles andere als leicht. Viele werden dabei sterben oder den Russen in die Hände fallen.«

»Wenn du hier bleibst, fällst du den Russen auf jeden Fall in die Hände.«

»Ich habe die Hoffnung, dass sie die Schwestern und Helferinnen in Ruhe lassen, wir sind als Angehörige des Roten Kreuzes gekennzeichnet.«

»Ob das die Russen beeindruckt? Ich habe meine Zweifel.«

»Die Kranken können nicht ganz alleine bleiben.

Dr. Schenck will den Ausbruch wagen, Professor Haase bleibt hier.«

»Mich würden die Russen nicht in Ruhe lassen, wenn sie mich hier fänden«, sagte Greta. »Ich habe schon seit Wochen den Wunsch, in den Westen zu fliehen. Wegen Michel war ich bereit zu bleiben, aber jetzt, wo er tot ist, will ich nur noch raus und weit weg – bis über die Elbe. Außerdem … gibt es ein paar Leute, die mir nach dem Leben trachten. Ich kann nicht bleiben, ich muss gehen. Ich muss fort aus dieser Stadt.«

Dörte schaute sie aufmerksam, auch ein wenig skeptisch an. »Wer sollte dir nach dem Leben trachten?«

»Wie du weißt, hält man mich für eine Spionin des Feindes.«

»Bist du es wirklich?«

»Na ja«, erwiderte Greta ausweichend. »Wenn man es so sehen will.«

Dörte schüttelte den Kopf. »Das ist doch Unsinn, oder etwa nicht? Es spielt doch keine Rolle mehr, der Krieg ist bald vorbei.«

»Der Krieg ja«, sagte Greta nachdenklich. »Aber dass man mir nach dem Leben trachtet, wahrscheinlich nicht. Ich habe mir Feinde gemacht. Mein Gefühl sagt mir, dass ich nichts Gutes zu erwarten habe, wenn ich bleibe. Ich möchte ein freies Leben führen oder sterben, und deshalb muss ich es versuchen! Es gibt keine Alternative für mich!«

Dörte blieb eine Weile still. »Wenn dir dein Gefühl dazu rät fortzugehen, solltest du es tun«, lenkte sie ein. »Du gehst ja nicht für immer – vorausgesetzt, du bleibst am Leben.«

»Vielleicht komme ich zurück, wenn das alles vorüber ist«, sagte Greta leise. »Vielleicht, ich weiß es nicht …« Sie unterbrach sich, weil sie das Gefühl hatte, es wäre töricht auszusprechen, was ihr über die Lippen dringen wollte.

Dörte sah sie an. »Was hast du vor?«

»Ich überlege, nach Amerika zu gehen«, gab Greta zurück.

»Amerika? Wirklich? Oh, das würde mich auch interessieren. Ja, warum nicht, da bist du das Elend hier los und kannst ein normales Leben führen. Oder willst du nur dorthin, um dich zu verstecken?«

»Ach, ich weiß nicht, wahrscheinlich beides. Aber mag sein, dass ich in Deutschland bleibe. Es wird sich finden.«

»Ich habe hier einen Mann, das heißt, ich hoffe, ich kriege ihn bald wieder«, sagte Dörte. »Lass von dir hören, egal, wo du bist, und wenn es dich wirklich nach Amerika verschlägt, kommen wir nach, wenn es passt.«

»Du erfährst es als Erste, Dörte, das ist gewiss.«

Dörte nickte. »Ich kann dir noch ein paar Dinge mitgeben, die du auf der Flucht sicher gebrauchen kannst. Hast du schon eine Taschenlampe?«

»Nein, aber brauchst du die denn nicht selber?«

»Nicht so nötig wie du.«

Sie suchten zusammen, was Greta mitnehmen und Dörte entbehren konnte, dann kehrten sie beide an die Arbeit zurück und Greta war wieder mit ihren Gedanken allein.

Sie machte sich über die Gefährlichkeit ihres Vorhabens keine Illusionen. Die Möglichkeit zu scheitern oder gar getötet zu werden, lag auf der Hand, und war wohl sogar größer als die des Erfolgs. Doch so, wie die Dinge für sie standen, war es doch das kleinere Übel für sie, das Risiko einzugehen.

Die Stunden schlichen dahin. Eine gespannte Unruhe breitete sich unter den Kellerinsassen aus, und je länger das Warten anhielt, umso schwerer war es auszuhalten. Die Stimmung war gedrückt. Das Ende nahte und jeder wusste es.

Die Dämmerung brach herein und als die Russen eine Feuerpause einlegten, kam Greta der Gedanke, sich aus dem Vorratsraum mit ein paar Konserven zu versorgen. Sie hatte sich zwar für leichtes Gepäck entschieden, doch etwas Marschverpflegung benötigte sie, und da die Gelegenheit günstig war, machte sie sich noch einmal auf den Weg nach oben.

Sie betrat die lange, parallel zur Voßstraße verlaufende Halle, die zum großen Empfangssaal führte. Es herrschte eine unheimliche Ruhe. Sie durchquerte den Mosaiksaal und erreichte kurz darauf den Vorratsraum. Sie suchte sich, was sie brauchte, und kehrte in die Halle zurück.

Nachdem sie den Durchgang zur Marmorgalerie durchschritten hatte, erblickte sie in einiger Entfernung zwei Männer, die sich miteinander im Gespräch befanden. Einer der Männer war der General Baur, der Pilot des Führers; der andere aber war der Mann in der feldgrauen SS-Uniform, den sie kürzlich zusammen mit den beiden fremden Offizieren gesehen hatte, der Chef des SS-Obersturmführers Ahlmann, der ihrer Vernehmung in der Prinz-Albrecht-Straße beigewohnt hatte.

Ihr Herz schlug heftig, aber äußerlich war sie ganz ruhig, sodass keiner der beiden Männer ihr die gespannte Aufmerksamkeit anmerken konnte. Die Männer waren so sehr in ein Gespräch vertieft, dass sie Greta nicht beachteten, als sie in ein paar Metern Entfernung an ihnen vorüberging. An einem der Fenster der Galerie blieb sie stehen und schaute nach draußen.

Die Rauchschwaden von Bränden trieben durch die Voßstraße zum Wilhelmplatz. Die Sonne ging gerade unter und es herrschte ein schummeriges Licht.

Sie selbst war nur ein unsichtbarer Schatten, sagte sie sich; niemand konnte sie sehen! Sie wusste, dass es half, nicht bemerkt zu werden, wenn man sich fest suggerierte, unsichtbar zu sein. Schon bei früheren Gelegenheiten hatte sie sich von der Richtigkeit dieses Ratschlags überzeugt, den Michel ihr einmal gegeben hatte. Natürlich war diese Methode kein sicherer Schutz, aber man wurde tatsächlich nicht so leicht entdeckt.

Wer war dieser Mann? Wäre es nicht besser, es zu wissen?

Sie schaute zurück und sah, dass die beiden zum Eingang des früheren Arbeitszimmers des Führers getreten waren. Es wäre schlimm, wenn dieser Herr, der um ihre Rolle als Spionin wusste, sie noch zu dieser Stunde, quasi im allerletzten Moment, in der Reichskanzlei entdecken sollte. Noch schlimmer wäre es jedoch, wenn sie mit ihm in einer der Ausbruchstruppen aufeinander treffen sollte. Dumm war natürlich, dass man im Lazarett ihren richtigen Namen kannte. Weil Dörte dort arbeitete, hatte sie sich für ihren Aufenthalt an diesem Ort keinen Tarnnamen zugelegt. Aber gut, selbst dafür war es nicht zu spät. Weder Dörte noch eine der anderen Schwestern machten den Ausbruch mit. Einzig Dr. Schenck hatte geäußert, mitgehen zu wollen, aber den hatte sie stets als einen zurückhaltenden und besonnenen Mann erlebt, und das Risiko, dass ausgerechnet er ihre Tarnung aufdecken und sie ihren Feinden ausliefern würde, erschien ihr gering. Sie war eine Krankenschwester und keine Spionin, ermahnte sie sich selbst. Sollte sie angesprochen werden, musste sie darauf beharren, dass man sie verwechselte, und strikt bestreiten, jemals etwas anderes als eine Krankenschwester gewesen zu sein.

Die beiden Männer durchschritten die Tür zu Hitlers verwaistem Zimmer. Greta nahm ihren Mut zusammen und näherte sich der Tür. Als sie die Stimmen der Männer vernehmen konnte, hielt sie inne.

»Wo sind Ihre Leute eigentlich untergekommen?«, hörte sie Baur fragen. »Auch hier in der Reichskanzlei?«

»Einige meiner Leute sind hier, aber unser Hauptquartier haben wir noch in der Kirche«, ließ sich der andere vernehmen, »in der Dreifaltigkeitskirche in der Mauerstraße.«

Baur lachte. »In einer Kirche? Das passt zu Ihnen, Müller! Sie können Ihr katholisches Elternhaus nicht verleugnen.«

»Unsinn! Das ist keine der Kirchen, wie ich sie kenne. Sie ist evangelisch, und sie ist es seit ihrer Erbauung immer gewesen.«

»Kirche ist Kirche, Müller«, meinte Baur. »Aber sei's drum! Was soll werden? Wollen Sie hierbleiben oder sich einer unserer Gruppen anschließen?«

Sie hörte, wie der Angesprochene ein bitteres Lachen ausstieß. »Baur, mein Freund, ich bin Realist«, gab er zurück, »und ich weiß, wann das Ende gekommen ist. Ich kann mir gut vorstellen, wie die Russen mit dem Chef der deutschen Gestapo umspringen würden, wenn sie ihn in ihre Hände bekämen. Darüber mache ich mir keine Illusionen. Nein, ich bleibe hier und greife zur Pistole, wenn es so weit ist …«

Greta hatte genug gehört und zog sich zurück. Manchmal hatte man wirklich Glück, dachte sie. Mehr musste sie nicht wissen.

Unbemerkt gelangte sie zum Ausgang in den Keller.

Sie hatte es geahnt. Der Mann, der ihrem Verhör in der Prinz-Albrecht-Straße als nahezu stiller Beobachter beigewohnt hatte, war Gestapo-Chef Müller höchstpersönlich gewesen. Derselbe Mann, der ihre Hinrichtung befohlen hatte, nachdem er durch Marlene Raulf dazu angestiftet worden war.

Sie traf unverzüglich ihre Vorbereitungen, legte ihre Schwestertracht ab, zog Rock und Bluse wieder an und darüber die Jacke des gefallenen Soldaten, mit der sie hergekommen war. Sie würde nur ihren Brotbeutel und ihre Pistole mitnehmen. Im Brotbeutel befanden sich ein wenig Proviant und ein paar kleinere Wäschestücke, die Dörte ihr überlassen hatte, eine Bluse und zwei Schlüpfer. Sie befestigte den Brotbeutel am Gürtel und steckte Dörtes Taschenlampe dazu, band sich das Halfter mit der Pistole um und setzte den Stahlhelm eines gefallenen Soldaten auf, den sie sich schon am frühen Nachmittag hatte besorgen können. Nun war sie zum Aufbruch gerüstet – zum Aufbruch und zum Kampf.

Ob der Gestapo-Chef wohl seine großspurige Ankündigung, sich das Leben zu nehmen, wahr machen würde? Es stand zu hoffen, dass er es tat, aber sicher schien es ihr nicht. Seine Erklärung konnte eine Finte sein.

Wie auch immer - sie war gerüstet! Sollte der Gestapochef Müller oder einer seiner Schergen versuchen, Hand an sie zu legen, würde sie ihn erschießen. Sie würde keine Rücksicht mehr nehmen, auf nichts und niemanden mehr.

Dörte weinte, als Greta zu ihr kam.

»Du musst nicht weinen, Dörte«, sagte Greta. »Es wird alles gut werden. Wir sehen uns wieder.«

»Es ist nicht nur, weil du gehst«, schluchzte Dörte.

»Was ist denn noch?«, fragte Greta.

»Sie haben auch die Kinder getötet.«

»Welche Kinder? Wer?«

»Goebbels. Er und sie – sie haben alle sechs Kinder umgebracht.«

»Mein Gott«, murmelte Greta und ihr Herz krampfte sich zusammen. »Warum denn bloß?«

»Sie hatten Angst, dass die Kinder in ein russisches Umerziehungslager kommen. Frau Goebbels war die treibende Kraft.«

»Eine Mutter kann doch so etwas nicht tun!«

»Sie war eine Frau von äußerster Konsequenz«, sagte Dörte. »Sie hat es sich wohl überlegt, und dann hat sie es ausgeführt.«

»Was ist mit ihr und ihrem Mann?«

»Beide tot. Ich habe es eben erfahren. Von der Familie des Propagandaministers lebt niemand mehr.«

Greta schwieg. Die Erinnerung an die makabre Abschiedsfeier der Familie Goebbels drängte sich ihr auf. Die armen Kinder! In was für eine Welt hatte das Schicksal sie geworfen?

Sie war an einem furchtbaren Ort, dachte sie, sie hielt

es hier keine Stunde mehr aus. »Noch kannst du mit mir gehen, Dörte«, sagte Greta. »Es ist noch nicht zu spät.«

Dörte schüttelte den Kopf.

»Nein, ich habe mich entschieden, ich bleibe!«

Beide Schwestern weinten, als sie sich zum Abschied in die Arme schlossen.

»Alles wird gut«, versuchte Greta, die Schwester zu beruhigen. »Wir sehen uns wieder, wenn dieser furchtbare Krieg vorüber ist. Schon bald, schon bald wird es so weit sein!«

Ein letzter Blick, dann verließ Greta das Lazarett.

18. KAPITEL

Die Gänge des Reichskanzleikellers waren nur schwach erleuchtet und Greta probierte gelegentlich ihre Taschenlampe, während sie sich mit einem Strom von Menschen zum Sammelpunkt in der unterirdischen Garagenhalle voran bewegte. Dort waren einige Fackeln aufgesteckt und warfen dunkle Schatten auf die grauen Wände. Die Limousinen von Hitlers Fahrzeugpark hatte man in die Ecken gefahren, um Platz für die vielen Menschen zu schaffen, die auf den Abmarsch warteten. Nicht nur Soldaten und gewöhnliche Zivilisten, sondern auch viele Parteimitglieder hielten sich hier auf und waren dabei, ihre eigenen Habseligkeiten zu verpacken.

Der General und SS-Brigadeführer Mohnke, der den Ausbruch leitete, verschaffte sich Gehör.

»Es dürfte sich inzwischen herumgesprochen haben, dass der Führer tot ist«, sprach er in die Stille hinein. »Hitler hat gestern mit seiner Frau Selbstmord begangen, ebenso die Familie Goebbels. Die Verhandlungen, die General Krebs mit den Russen wegen eines Waffenstillstands geführt hat, sind gescheitert. Gescheitert ist auch der geplante Entsatz durch die Armee Wenk. Mit einem Frontwechsel der Westalliierten ist nicht zu rechnen. Uns bleibt nur der Ausbruch.«

Mohnke war Ritterkreuzträger und gab äußerlich das Bild eines Elitesoldaten ab. Er war ein breitschultriger Mann, und sein Gesicht, das auf den ersten Blick brutal wirkte, spiegelte eine gewisse Charakterfestigkeit. Wenn er sprach, man bekam das Gefühl, dass er Verständnis für die Nöte der ihm Untergebenen und Schutzbefohlenen besaß.

»Die Lage ist nicht nur hier im Zentrum ziemlich verworren, sondern auch in den anderen Berliner Stadtbezirken«, fuhr Mohnke fort. »Die Russen haben die meisten Teile der Stadt erobert, aber es gibt noch immer eine Reihe von Stützpunkten, in denen die deutschen Einheiten tapfer Widerstand leisten. Der Führer hat uns die Kapitulation verboten, allerdings den Ausbruch in kleinen Gruppen erlaubt, damit wir uns der noch kämpfenden Truppe außerhalb Berlins anschließen oder den Kampf in den Wäldern fortsetzen können. Unser Unterfangen ist nicht aussichtslos. Wir können es schaffen. Es wird sicher nicht allen gelingen. Doch jeder hat eine Chance. Jeder, der mit möchte, kann sich uns anschließen.«

Seine Zuhörer nahmen die Worte mit deprimiertem Schweigen auf. Aus den Gesichtern sprach das Gefühl, vom Führer und seinen Vasallen verraten und verkauft worden zu sein. Der Dank der Treue war der Verrat der Führung an denen, die bis zuletzt das eigene Leben für den Führer gewagt hatten, dachte Greta. Das also war das Ende; es würde bitterer sein, als man befürchtet hatte. Die Chancen, aus Berlin zu entkommen – darüber machte sich niemand Illusionen –, waren gering.

»Wir gehen zeitversetzt in zehn Gruppen.« Mohnke blickte auf seine Armbanduhr. »Die erste Gruppe geht um Punkt 23 Uhr. Diese Gruppe übernehme ich. Als erster Wachhabender der Wache habe ich die Reichskanzlei einst betreten, und nun gehe ich am Ende eines verlorenen Krieges als letzter Kampfkommandant. Die Gruppen sollen in einem zeitlichen Abstand von etwa 20 Minuten die Reichskanzlei verlassen, den Wilhelmplatz überqueren und dann in der U-Bahn-Station Kaiserhof dem U-Bahn-Schacht folgen, der sie in östlicher Richtung bis zur Station ›Stadtmitte‹ führt. Von dort aus verläuft die vorgesehene Route unter der Friedrichstraße, also nach Norden, zum Bahnhof Friedrichstraße, dann im U-Bahn-Tunnel unter der Spree hindurch zum Stettiner Bahnhof im Wedding. Dort, das ist meine Hoffnung, werden wir den russischen Ring um die Zitadelle hinter uns gelassen haben und weiter nach Nordwesten kommen können.«

Greta hielt sich am Rande des Raums fast im Verborgenen auf und war bemüht, sich einen Überblick zu verschaffen. Es lag ihr daran herauszufinden, ob jemand von ihren Widersachern unter den Versammelten war. Besonders hielt sie Ausschau nach dem unheimlichen Gestapo-Chef, vor dem sie sich nicht weniger als vor seinen Henkersknechten fürchtete. Sie argwöhnte, dass er sich entgegen seiner Beteuerungen, sich das Leben zu nehmen, entschlossen haben könnte, zusammen mit den anderen den Ausbruch zu wagen. Sie konnte ihn aber nirgendwo entdecken. Seit der Begegnung mit ihm waren fast zwei Stunden verstrichen. Wenn sie Glück hatte, war er inzwischen sogar tot.

Mohnke musterte die Reihen der Versammelten. »Noch Fragen?«

»Gibt es einen Sammelpunkt, wo sich die Gruppen wieder treffen können?«, fragte jemand. »Gibt es ein gemeinsames Ziel?«

Mohnke lächelte. »Das Ziel ist Schleswig-Holstein, wo sich die Reichsregierung unter Hitlers Nachfolger

Admiral Dönitz derzeit aufhält. Treffpunkt auf halbem Wege ist ein Waldgelände bei Schwerin, die Gruppenführer werden von mir noch unterwiesen. Grobe Himmelsrichtung: Nordnordwest!«

Mohnke unternahm es, die Ausbruchswilligen in Gruppen einzuteilen, aber Greta zog sich weiter in den Hintergrund der Garage zurück. Sie hatte alles gehört, was sie wissen musste, um ihren eigenen Plan zu entwickeln, und wollte sich keiner Gruppe zuteilen lassen. Obwohl sie niemanden von ihren Feinden unter den Ausbruchswilligen hatte ausmachen können, schien es ihr sicherer, ihr Glück auf eigene Faust zu versuchen.

Zwischen den Aufbrüchen der einzelnen Gruppen sollten jeweils 20 Minuten vergehen. Sie würde warten, bis die erste Gruppe aufgebrochen war, dann würde sie heimlich aus dem Bunker verschwinden und versuchen, lockeren Anschluss an die Gruppe zu halten; aber nicht so dicht, dass sie zwangsläufig deren Schicksal würde teilen müssen oder in ihrer Entscheidungsfreiheit eingeschränkt blieb.

Die letzte halbe Stunde verging schweigend. Letzte Vorbereitungen wurden getroffen. Alle blickten auf ihre Uhren. Die Menschen in der Garage wussten, dass der Keller ihnen nicht mehr lange Schutz bieten würde. In den meisten Gesichtern spiegelte sich Unruhe wider. Inzwischen konnte man es kaum noch erwarten, hinauszukommen. Mohnke erteilte letzte Instruktionen. Manche Leute im Keller beteten.

Es war Punkt 23 Uhr, als die Speerspitze, 20 Männer und ein paar Frauen, sich auf ein kurzes Kommando Mohnkes zum Verlassen der Reichskanzlei formierte.

Mohnke gab den Befehl, die Kellerfenster zu öffnen und kletterte als Erster auf den mit Schutt übersäten Bürgersteig. Nachdem die Nächstfolgenden der Gruppe von draußen das Zeichen erhalten hatten, dass die Luft rein war, kletterte einer nach dem anderen hinterher; der Aufbruch der Schicksalsgefährten ins Ungewisse begann.

Greta wartete noch eine Minute, nachdem der letzte Mann der Gruppe den Keller verlassen hatte, dann gab sie sich einen Ruck und stieg durch das offenstehende Kellerfenster.

Die schwarzen Ruinen, die auf dem Wilhelmplatz standen, lagen ausgestorben da und sahen wie bizarre Mahnmale aus. Ein paar kleinere, rötlich brennende Feuer waren zu sehen, Rauchschwaden zogen darüber hinweg. In einiger Entfernung fielen Schüsse, doch sie galten nicht den Menschen, die vor ihr den Keller verlassen hatten. Sie sah die Letzten von ihnen, wie sie über den Wilhelmplatz liefen und kurz darauf im U-Bahnschacht verschwanden.

Sie rannte los, sprang über die Trümmer und erreichte den Eingang zum Untergrund.

Die Treppe in den U-Bahnschacht war durch Granaten schwer beschädigt und führte in die Finsternis hinab. Greta wagte es nicht, ihre Taschenlampe zu benutzen. Mit vorsichtig tastenden Schritten stieg sie in die Tiefe hinunter, bis sie endlich auf den Zugang zu einem der Bahnsteige stieß.

Augenblicklich war sie nicht mehr allein. Andere Menschen, vor allem Zivilisten, hatten ebenfalls im Untergrund Zuflucht gesucht, darunter waren viele Frauen und Kinder.

»Wo sind die Russen?«, wurde geflüstert.

Niemand wusste es.

»Hier waren sie noch nicht.«

Die Angehörigen des Trupps, dem Greta sich angeschlossen hatte, sprangen auf das Gleisbett und setzten ihren Weg auf dem Schotter in Richtung der U-Bahn-Station Stadtmitte fort.

»Keine Taschenlampen!«, hörte sie jemanden sagen, bevor sie selbst hinab zu dem Gleiskörper stieg.

Es herrschte totale Finsternis und schon nach wenigen Metern Marsch unter der Erde hatte Greta das Gefühl, völlig allein in dem Schacht zu sein. Sie tastete nach der Mauer, drückte sich dicht an die Wand. So ging es weiter, gelegentlich stieß sie gegen jemand von den anderen, die vor ihr gingen, oder tastete die Hand eines hinter ihr Gehenden nach ihr. Man sah nichts, es war praktisch unmöglich, Anschluss zu halten. Selbst wenn man es nicht wollte, war man in dieser entsetzlichen Dunkelheit allein. So schwer hatte sie es sich nicht vorgestellt. Sie erlebte die Finsternis nicht als die Abwesenheit von Licht, sondern wie eine für sich selbst existierende und unmittelbar wirkende Kraft. Sie hätte gern geflucht, aber das wagte sie nicht.

Der Schotter rollte unter ihren Schuhen, sie stolperte über Schienen, ging in die Knie, um nicht den Halt zu verlieren. Sie hatte sich vorgenommen, ruhig zu bleiben, stattdessen ergriff sie eine fürchterliche Angst, denn noch an der Sammelstelle in der Reichskanzlei hatte sie gehört, dass man in den U-Bahn-Schächten gelegentlich schon auf Russen traf. Na, das konnte noch heiter werden, dachte sie und wusste, dass sie sich auf die geschickten Bewegungsabläufe und die schnelle Lernfähigkeit ihres

Körpers verlassen musste. Es dauerte nicht mehr lange, bis ihre Schritte durch die Finsternis sicherer wurden. Schwierig war es trotzdem. Immerhin ging es weiter, ohne dass etwas passierte, und ihre Zuversicht kehrte zurück. Sie atmete auf, als nach einer Zeit, deren Dauer sie nicht hätte bestimmen können, der Bahnsteig der Station Stadtmitte in der Finsternis auszumachen war. Es dämmerte schwach, sogar ein paar Kerzen brannten, die Bahnsteige waren voller Gestalten, von denen die meisten nur schemenhaft und in Umrissen zu erkennen waren, sodass sie nicht mehr völlig blind durch das Dunkel stapfte. Im Gedränge schob sie sich weiter, zu den Gleisen hin, die nach Norden führten und von denen sie wusste, dass die Gruppe Mohnke diese Richtung einschlagen wollte. Sie sah, dass sich auch Zivilisten, die von irgendwoher auftauchten, dem Strom der durch die Unterwelt flüchtenden Soldaten angeschlossen hatten.

Erneut begann das Vorwärtstasten und Schleichen; in Verbindung mit anderen, mit den Mauern und Wänden oder nur mit dem Schotter unter ihren Füßen ging es Stück um Stück voran. Wer die Menschen waren, die vor und hinter ihr gingen, wusste sie nicht.

Die Marschierenden erreichten die Station Französische Straße. Greta machte keine Pause, genauso wenig wie die anderen es taten, sondern marschierte gleich weiter bis zum Ende der Station, wo erneut die undurchdringliche Finsternis begann.

Auf dem Abschnitt, auf dem sie nun in der Dunkelheit unterwegs war, herrschte keine Stille mehr. Die Menschen, die sich durch den unterirdischen Fluchttunnel bewegten, verhielten sich zwar ruhig und redeten nicht, aber über Gretas Kopf dröhnte zuweilen der dumpfe, rollende Donner schwerer Geschosse, der das unterirdische Gemäuer erzittern ließ. Anscheinend befanden sich in den Straßen über ihr schon russische Stellungen.

Nachdem sie sich eine ungewisse Zeit weiter durch die Finsternis getastet hatte, wurde es wieder heller und sie bemerkte vor sich die Umrisse von Gestalten. Sie vermutete, dass sie den Aufstieg zum Bahnhof Friedrichstraße erreicht hatte. Die Marschkolonne bewegte sich am Aufstieg vorbei, um hinter dem Bahnhof auf den nach Norden führenden Gleisen die Spree zu unterqueren. Die Geschosse der Artillerie wurden stärker. Fast jeder Abschuss ließ das Gleisbett erbeben und die Wände des Tunnelschachts erzittern. Da man nicht ausschließen konnte, dass Russen in der Nähe waren und die Flüchtenden bemerkten, war es nicht ganz leicht, ruhige Nerven zu bewahren, und doch gelang es allen, die vor oder hinter ihr gingen, nicht in Panik zu geraten. Die Menschen rissen sich zusammen. Es war ihre letzte Chance. Jeder wusste es. Zu viel stand auf dem Spiel.

Plötzlich fuhr sie zusammen und blieb erschrocken stehen.

Ganz unerwartet kam ihr jemand entgegen.

»Dahinten geht es nicht mehr weiter«, flüsterte eine männliche Stimme vor ihr im Dunkeln. »Da ist ein großes eisernes Schott, das den Tunnel abschließt. Kein Durchkommen möglich. Zurück zur Friedrichstraße, wie müssen oberirdisch über die Spree.«

Zwei Gestalten schlüpften an ihr vorbei, und dann kamen noch weitere zwei oder drei Männer, die den beiden ersten folgten.

Greta war einen Moment unschlüssig. Sollte sie auf eigene Faust ihr Glück versuchen, ob dahinten nicht doch ein Durchkommen war? War es denn nicht möglich, das Schott zu öffnen? Eine Weile überlegte sie, ob sie warten sollte, bis jemand anderes auftauchte, von dem sich Näheres in Erfahrung bringen ließ, aber dann sagte sie sich, dass es besser war, keine Zeit zu verlieren. Um ein eisernes Schott käme auch sie nicht herum. Sie machte kehrt und pirschte vorsichtig in Richtung Bahnhof Friedrichstraße zurück.

Die Männer, die sie zuvor getroffen hatte, waren schon wieder von der Finsternis verschluckt worden. Erneut war sie auf sich allein gestellt, doch sie kam zügig und ohne zu stolpern voran. Es dauerte nicht lange, bis sie erneut den Bahnhof Friedrichstraße erreichte. Sie sah ein paar Taschenlampen in der Dunkelheit aufblitzen.

Der Aufstieg nach oben schien frei zu sein. Eine andere Möglichkeit, als den Weg nach oben zu nehmen, sah sie für sich nicht. Wahrscheinlich hatten auch die anderen Marschierer die Treppe hinauf in den Bahnhof genommen. Es war vermutlich der einzige Weg, um über die Spree zu kommen, nachdem eine Unterquerung des Flusses durch den U-Bahn-Tunnel nicht mehr möglich war.

Sie erfasste mit der Rechten den Griff ihrer Pistole und schlich vorsichtig die Treppe zu dem Stadtbahnhof hinauf. Sie stieß auf kein Hindernis und befand sich kurz darauf in der zerschossenen Halle, einer Ruine, durch die eine kühle Nachtluft strich, die sie im Vergleich zu der stickigen Luft unter der Erde als wohltuend empfand. Die Straße vor der Halle, die sie betrat, war leer, soweit ihr Blick reichte.

Der fahle Widerschein der Brände gab dem dunklen Wasser der Spree unweit des Bahnhofs eine rötliche Färbung. Die russische Artillerie schoss im Augenblick nur vereinzelt. Die Lage schien einigermaßen ruhig und die Straßen beidseits des Ufers lagen fast still in der Mainacht. Die Quelle des Artillerielärms, den sie unter der Erde gehört hatte, war nirgendwo auszumachen. Anscheinend hatte sich das Gefecht verlagert. Sie schaute sich um und erblickte den wenige Meter breiten, schmiedeeisernen Laufsteg, der über die Spree führte.

Die Männer, die vor ihr den Bahnhof verlassen hatten, waren nirgendwo zu sehen. Auf dem eisernen Steg konnte sie niemanden erkennen. Waren die Männer schon auf der anderen Seite?

Sie zögerte. Sonderlich einladend sah der Fußgängersteg vor dem dunkelroten Nachthimmel nicht aus. Man war dort völlig ungeschützt. Vielleicht waren die Männer weitergeeilt, um eine Überquerung der Spree über eine der Brücken zu versuchen. Könnte es dort nicht einfacher, vor allem sicherer sein?

Sie musste vorsichtig sein und durfte nichts überstürzen, sagte sie sich. Noch vermochte sie die Lage nicht zu überblicken. Langsam bewegte sie sich durch die sich rundherum ausbreitende Trümmerwüste in Richtung der Weidendammbrücke, wo der Fluss unter der Friedrichstraße hindurch in Richtung Tiergarten floss.

Sie konnte sich der Brücke nicht auf direktem Wege nähern, das war zu gefährlich, und so schlug sie einen Bogen zu den Häusern der Straßenfront, um sich im Schutz ihrer Mauern weiter vorzuwagen. Es gelang ihr jedoch nur auf dem ersten Teil des Weges, ihrem Vorsatz treu zu bleiben, denn dann führte ein Trümmerpfad, den sie nehmen musste, sie an die Ufermauer zurück.

Kurz vor der Brücke war sie dem Uferdamm so nahe gekommen, dass sie zu dem Fluss hinunterblicken konnte, und dabei sah sie zu ihrer Überraschung, dass an einen Landungssteg ein mittelgroßes Motorboot festgemacht hatte.

Dahinter ragte das Wrack eines alten, halb ausgebrannten Lastkrans aus dem Wasser, durch den das Motorboot versteckt wurde, sodass es weder vom Fluss noch vom anderen Ufer aus gut zu erkennen war. Wenn sie es recht sah, war das Boot nur von der Stelle aus, wo sie selbst stand, einigermaßen zu sehen. Wie war das Boot hierhergekommen und zu welchem Zweck war es an dem Steg festgemacht?

Im nächsten Moment bemerkte sie auf dem Boot zwei Gestalten. Es waren Männer, die das Boot gerade verließen und auf den Steg kletterten. Sie hatte weitereilen wollen, doch nun blieb sie stehen, weil ihr ein Gedanke gekommen war.

Ein Motorboot stellte eine ausgezeichnete Fluchtmöglichkeit dar! Ein solches Boot war nicht nur ein Weg, um über die Spree zu kommen, sondern eine Möglichkeit, über Spree und Havel aus der Stadt zu entweichen.

Die beiden Männer trugen Wehrmachtsuniformen und sie konnte erkennen, dass sie geschwärzte Gesichter hatten. Ob sie es wagen konnte, mit den Männern Kontakt aufzunehmen? Warum nicht! Da es Deutsche waren, sprach wohl nichts dagegen, sie zu fragen, ob in dem Boot noch ein Platz zu haben war. Falls erforderlich, musste sie ihren weiblichen Charme einsetzen. War dieses Boot nicht die Chance, von der sie gewittert hatte, dass sie ihr irgendwo auf ihrer Flucht begegnen würde?

An der Ufermauer befand sich eine Art Leiter und sie beobachtete, wie der erste der beiden Männer die Leiter heraufzuklettern begann, während der andere ihn mit einer Pistole sicherte. Sie trat etwas näher, um besser Kontakt zu ihnen aufnehmen zu können, – aber dann fuhr sie zusammen.

Mein Gott! Waren das nicht die beiden fremdländisch wirkenden Offiziere aus der Reichskanzlei, die sie zusammen mit Gestapo-Müller beobachtet hatte? Sie sah zu dem Mann mit der Pistole auf dem Steg, betrachtete ihn genauer, und trotz seines geschwärzten Gesichts glaubte sie, ihn zu erkennen. Sie sah zu dem anderen, der nun oben auf der Mauer angekommen war und sich zu voller Größe aufgerichtet hatte. Er warf einen Blick in Richtung der Brücke und gab dann seinem Kameraden ein Zeichen, ihm zu folgen.

Greta wich langsam zurück. Noch hatte der Mann sie nicht gesehen. Rechts von ihr sah sie ein umgestürztes Fahrzeug, das offenbar als Panzersperre gedacht war, und kurz entschlossen verließ sie den Trümmerpfad, um sich dahinter zu verbergen. Von dort konnte sie das Ufer im Auge behalten.

Sie hatte keinen Zweifel, dass ihre Beobachtung richtig war. Es waren die beiden merkwürdig aussehenden Offiziere, die sie in der Reichskanzlei gesehen hatte. Hatten die beiden mit zu Mohnkes erster Ausbruchsgruppe gehört? Sie hatte die beiden in der Garage nicht bemerkt, konnte es aber nicht ausschließen. Wie waren die beiden Männer an dieses Boot gekommen? Sicher hatten sie es nicht zufällig entdeckt. Worauf warteten sie? Warum machten sie sich nicht mit dem Boot aus dem Staub?

Inzwischen hatte auch der zweite Mann das Ufer erklommen. Mit gezogenen Pistolen blickten sich die beiden um. Sonst taten sie nichts und Greta hatte das Gefühl, dass die beiden auf irgendetwas oder auf irgendjemanden warteten.

Die Kampfgeräusche waren ein fernes Grollen. An der Brücke wurde nicht gekämpft, aber so etwas konnte sich schnell ändern. In den Straßengräben lagen getötete Soldaten und als sie zum anderen Ufer blickte und die Augen zusammenkniff, meinte sie, dort einen russischen Panzer zu sehen. Die Häuser am Flussufer waren dunkel; die einzigen Lichtquellen, die die Stadt noch hatte, waren Mündungsfeuer, explodierende Granaten und brennende Häuser.

Falls tatsächlich von drüben ein Panzer aus seinem Rohr in die Straße oder auf das Ufer feuern würde, war die Panzersperre, hinter der sie sich verborgen hielt, kein ausreichender Schutz. Während sie noch überlegte, wohin sie sich wenden sollte, sah sie, dass die beiden Männer ein Stück in Richtung der Friedrichstraße liefen. Sicher hatten sie den Panzer bemerkt.

Wahrscheinlich wäre es doch besser gewesen, gleich den Fußgängersteg zu benutzen, dachte sie, aber nachdem der Panzer aufgefahren war, musste sie erst einmal ein Stück in die Friedrichstraße hinein, um sich in Sicherheit zu bringen. In einem der Hauseingänge würde sie im Augenblick besser aufgehoben sein. Sie konnte auch von weiter hinten die Brücke im Auge behalten und auf eine günstige Gelegenheit warten, um zum Steg zurückzukehren, falls es sich als tunlich erwies.

Sie zog ihre Pistole und entsicherte sie, dann lief sie in dieselbe Richtung, die die beiden Männer aus dem Boot genommen hatten.

Es dauerte nicht lange, bis sie die Männer wiedersah. Sie waren im Schutz eines halb zerstörten Gebäudes stehen geblieben und schienen etwas zu suchen. Sie fand ihren Eindruck bestätigt, als einer der beiden mit der Hand auf eines der Gebäude hinwies, und im nächsten Moment liefen sie los und hielten direkt darauf zu. Wenig später waren sie in einer dunklen Hausdurchfahrt verschwunden.

Greta folgte ihnen, aber da sie ihnen vorerst lieber nicht begegnen wollte, lief sie an der besagten Hauseinfahrt vorüber, die das Ziel der Männer gewesen war. Nach ein paar Metern fand sie den nächsten Hauseingang eines schwer beschädigten Gebäudes, dessen hohe Mauern noch standen und ihr Schutz gewähren konnten.

Als sie in dem Durchgang stand, lehnte sie sich mit dem Rücken an die Mauer zurück, blieb aber an der Ecke der Durchfahrt, von wo aus sie die Spreebrücke in ihrem Blickfeld hatte.

Vom Nordufer der Spree war starkes Sperrfeuer vernehmbar und dann hörte sie das Grollen von Panzern. Sie sah, dass jenseits der Weidendammbrücke nicht mehr nur ein einziger Panzer stand, sondern zwei russische Panzer aufgefahren waren, die geradewegs auf die Brücke feuerten. Gott sei Dank, dass sie sich davongemacht hatte.

Sie beobachtete die Explosionsblitze auf der anderen Uferseite. Die Deutschen schossen vom diesseitigen Ufer zurück. Die Soldaten hatten sich so gut in den Hausunterständen verborgen, dass sie an ihnen vorübergelaufen war, ohne sie zu bemerken. Ob es Mohnke und seine Leute waren? Man konnte fast damit rechnen.

Sie zog sich zurück und wartete. Nach einer Weile ließen die Kampfgeräusche wieder nach und Explosionen waren keine mehr zu hören. Als sie neuerlich aus der Deckung ging und nach Norden und zum jenseitigen Ufer blickte, konnte sie die russischen Panzer auf der anderen Seite des Ufers nicht mehr sehen. Die Panzer waren offenbar in sichere Stellungen zurückgerollt, um sich vor Infanteristen mit Panzerfäusten in Sicherheit zu bringen.

Sie überlegte, ob sie ihren Unterschlupf verlassen konnte, als sie gewahrte, dass sich aus der Hausdurchfahrt, in der die beiden merkwürdigen Offiziere verschwunden waren, mehrere Gestalten auf die Straße wagten. Es waren die beiden fremden Offiziere, aber sie waren nicht mehr allein. Drei weitere Personen gehörten zu der kleinen Gruppe, die auf die Straße getreten war, und bei genauerem Hinsehen erkannte Greta, dass sich unter ihnen eine Frau befand.

Die Frau trug einen Stahlhelm, darunter sah man hellblondes Haar. Greta trat einen Schritt vor. Eine Ahnung hatte sie erfasst. Das musste Marlene sein. Sie konnte sich noch beherrschen, den Namen laut auszurufen.

Die Frau schien etwas gespürt zu haben, eine Gefahr von hinten, etwas in dieser Art, jedenfalls wandte sie plötzlich in einer blitzschnellen Bewegung den Kopf um und schaute direkt in Gretas Richtung.

Sie hatte sich das Gesicht geschwärzt, aber nicht richtig; nicht so vollständig wie die Männer es getan hatten, aber auch wenn sie ganz schwarz gewesen wäre, hätte Greta sie erkannt.

»Marlene!«, entfuhr es Greta, nachdem es keinen Grund mehr gab, dass sie sich beherrschte.

Marlene reagierte sofort. »Greta! Was tust du hier?«, rief sie. »Verschwinde von hier, und zwar schnell!«

Sie hatte ihre Hand mit der Pistole hochgerissen und zielte mit der Waffe in Gretas Richtung.

Sie würde schießen, dachte Greta entsetzt, egal, ob sie stehen bliebe oder nicht! Marlene wollte schießen, denn sie hatte ihren Plan noch nicht zu Ende gebracht, und wenn Greta wegzulaufen suchte, würde es sofort geschehen.

Es gelang Greta, dem Impuls davonzulaufen zu widerstehen.

Irgendetwas musste sie dennoch tun, und wahrscheinlich hätte sie sich langsam zurückgezogen oder das Gespräch mit Marlene gesucht, doch da waren die Männer, die Marlene begleiteten, und diese waren inzwischen auf das, was sich hinter ihnen ereignete, aufmerksam geworden.

Greta betrachtete die Männer, sah in die geschwärzten Züge, und sie wollte es im ersten Moment nicht glauben, was sie sah. Sie konnte es nicht fassen, es war einfach nicht zu glauben!

Da waren die beiden Offiziere, und da war Müller, der Gestapochef, aber der vierte Mann war es, dessen Anblick sie erstarren ließ.

»Michel«, flüsterte sie endlich. »Michel!«

19. KAPITEL

Keiner von den vier Männern sagte ein Wort und auch Marlene war stumm. Dämonen, dachte Greta; Dämonen mit starren, geschwärzten Gesichtern, die aus der Unterwelt entkommen waren, um sie zu vernichten. Es war, als ob nicht einzelne Gestalten, sondern eine finstere Macht ihr gegenüber Aufstellung genommen hätte. Jede von den fünf Gestalten erschien ihr wie ein Symbol dieser furchtbaren Macht, aber eine ragte unter ihnen besonders hervor.

»Du lebst, Michel«, kam es über ihre Lippen. »Du lebst, wie kann es sein, dass du lebst?«

Sie fragte es, obwohl sie die Antwort bereits kannte. Die Antwort hatte sie bei dem Anblick ihres tot geglaubten Geliebten wie mit einem Schlag getroffen und sie war ebenso furchtbar wie einfach: Nicht nur Marlene, sondern auch Michel – und zwar zu allererst Michel! – hatten sie verraten!

»Michel!«, murmelte sie tonlos. »Michel! Warum hast du das getan? Ich kann es nicht verstehen!«

So also lösten sich die Rätsel auf, ging es ihr durch den Sinn, so einfach wurde alles, wenn man die Ursache dessen erfasste, was einem bisher den Blick verstellt hatte. Alle Facetten des Geschehens der vergangenen Wochen, die eben noch ungeordnet nebeneinander gestanden hatten, fügten sich vor ihrem geistigen Auge zu einem klaren Bild zusammen, und doch spürte sie schon beim ersten Betrachten dieses Bildes, wie belanglos es in Wirklichkeit war.

Ihr einstiger Geliebter trat einen Schritt vor.

»Ich fürchte, dass du einen falschen Eindruck bekommst, Greta«, sagte er. »Es ist nicht so, wie du denkst.«

Sie betrachtete ihn genauer. Die dunkelblauen Augen blitzten in seinem geschwärzten und selbst in diesem Moment noch schönen Gesicht. Aber das alles hatte keine Bedeutung mehr für sie. Groß war die Täuschung und erbärmlich der Verrat; doch weshalb der Verrat geschehen war, erschien ihr bedeutungslos! Mit dem Verrat war es wie mit der Liebe. Wenn die Liebe nichts galt, war es ganz gleichgültig, weshalb sie nichts galt.

»Ich denke, dass du ein Mörder bist, Michel«, sagte sie, während sie noch um Fassung rang, »ja, das denke ich, und dass du mich aus dem Weg haben wolltest! Wie sollte es anders sein? Und sie – Marlene – hat dir geholfen, nicht wahr? Sie ist deine Braut, oder irre ich mich?«

Sie starrte auf die Mündung von Marlenes Pistole und wünschte sich einige Augenblicke lang, Marlene möge die Waffe abfeuern und ihr Elend beenden.

»Sie ist meine Braut, das ist wahr«, sagte Michel. »Marlene und ich sind schon lange ein Paar. Aber ich wollte dir nicht schaden, Greta, das darfst du nicht denken, und auf keinen Fall wollte ich deinen Tod. Es gab zwingende Gründe, den Kontakt mit dir zu beenden. Ich bin ein Abwehrmann, es ist Krieg, und die Umstände, dieser Krieg, sie zwangen mich dazu.«

Es war wie in einem Traum, dachte Greta, wie in einem absurden Traum, aus dem man sehnlichst zu erwachen wünschte. Das Leben war eine Täuschung, hatte sie einmal von einer befreundeten Tänzerin gehört, die sich als eine Anhängerin des Buddhismus bezeichnet hatte. Raum und Zeit existierten nicht an und für sich, sondern stellten nur Kriterien der menschlichen Wahrnehmung dar. Ohne den Menschen gab es sie nicht. Täuschung und Blendwerk, nichts als Illusionen, die es aufzulösen galt.

›Schieß doch, Marlene!‹, dachte sie, während sie doch selbst wie in einem Reflex die eigene Waffe hob, um damit auf den neben ihr stehenden Mann zu zielen. ›Schieß doch und zerstöre mir diesen absurden Traum!‹

»Sei vernünftig, Greta«, sagte Michel. »Mach es uns nicht unnötig schwer.«

Sie warf einen Blick auf die Pistole in ihrer Hand.

»Das habe ich nicht vor, Michel; keine Angst! Ich will dich nicht erschießen! Doch ich möchte nicht länger in Täuschung und Lüge gefangen sein! Du wolltest mich aus dem Weg haben und hast meine Hinrichtung betrieben, nicht wahr? Sag, ob es so war: Ja oder Nein?«

»Ich würde dir liebend gern alles erklären«, gab Michel zurück. »Es ist im Moment bloß keine Zeit für Erklärungen! Ich muss fliehen! Marlene und ich haben beschlossen, gemeinsam fortzugehen.«

»Ja, ich verstehe! Weil du fliehen musst, hast du deinen Leuten befohlen, mich an eine Laterne zu hängen, nachdem ich die Zyankalikapsel, die du mir hast zukommen lassen, nicht zerbissen habe! Damit ich deine Flucht nicht stören kann.«

Michel schüttelte den Kopf. »So war es nicht, Greta, ich hatte ehrlich nicht den Wunsch, dass du getötet wirst.«

Ein paar Leuchtkugeln stiegen in den Nachthimmel auf und tauchten die Straße hinter Marlene und den Männern in ein infernalisches Rot. Am Nordufer kamen schemenhaft Panzer in Sicht. Einer der beiden fremden Offiziere drehte sich für einen Moment nach hinten um, als wollte er sondieren, ob Gefahr bestand.

»Wir müssen sofort weiter!«, sagte er zu den anderen. »Sonst schaffen wir es nicht!«

Gestapo-Chef Müller sah zu Michel. »Unser Freund hat recht, Greinz! Wir können hier nicht länger herumstehen. Erledigen Sie das mit der Frau!«

Sie würden sie erschießen, dachte Greta; nichts anderes war mit *erledigen* gemeint. Zwei Anschläge auf ihr Leben waren misslungen, und nun, da der Gang der Dinge ihnen unerwartet eine weitere Gelegenheit vor die Füße warf, würde der dritte gelingen. Der Gestapochef, der gegenüber dem Piloten Baur so sehr beteuert hatte, dass er sich das Leben nehmen würde, konnte nicht zulassen, dass jemand auf den Plan treten würde, um seine Flucht aus der Stadt zu bezeugen.

All dies schoss ihr blitzschnell durch den Kopf.

»Also los!«, sagte Gestapo-Müller ungehalten. »Auf zum Boot!«

Mehrere Explosionen erschütterten das nicht ferne Ufer der Spree.

»Ja, auf dann!«, rief einer der beiden Offiziere und trat einen Schritt vor. Er wedelte mit seiner Pistole und wies mit ihr zur anderen Seite der Straße; dann eilte er davon, balancierte um ein paar Trümmer herum. Sein Offizierskamerad folgte ihm fast augenblicklich nach.

Gestapo-Müller wirkte noch einen Augenblick unschlüssig, dann machte er Michel und Marlene ein Zeichen; ein ziemlich unmissverständliches Zeichen, das sich auf Greta bezog und dessen Bedeutung ihr nicht entging.

Gleich darauf setzte er sich in Bewegung, um die andere Straßenseite zu erreichen.

»Du bist selbst schuld«, zischte Marlene, die Müllers Handbewegung zustimmend aufgenommen hatte. Sie hob den Arm mit der Pistole, deren Mündung nun direkt auf Gretas Oberkörper zielte.

Gretas Lebensinstinkt meldete sich jäh zurück.

»Marlene, was tust du!«, rief sie, während sie auf der Straße ein Stück zurückwich, »nein, Marlene, tu das nicht! Bitte nicht! Mach nicht alles noch schlimmer, als es ist!«

Greta hatte ihre eigene Pistole nicht bewegt und ihr Finger krümmte sich nun um den Abzugshahn; sie war tatsächlich kurz davor abzudrücken. Sie oder ich, schoss es ihr durch den Kopf, doch ihr Finger am Abzugshahn wollte sich einfach kein Stück weiterbewegen.

Die drei anderen Männer waren schon zu fernen Schatten geworden. Auch Michel hielt seine Pistole in der Hand. Instinktiv wich Greta noch weiter nach hinten aus, immer bestrebt, sich aus der Schusslinie zu bringen. Marlene und Michel folgten ihr, fast genauso instinktiv, als würden sie von Greta mitgezogen.

»Willst du mich erschießen, Michel?«, fragte sie. »Hast du Angst, ich könnte dich und deinen Chef verraten? Keine Sorge! Ihr seid mir beide völlig gleichgültig – du bist mir genauso gleichgültig wie dein schrecklicher Freund, der Gestapomann, und wie deine schreckliche Geliebte, die mit ihm verbündet ist und die nur an ihre Rache denkt!«

Greta sprang im selben Moment zur Seite, in dem Marlene ihre Pistole abfeuerte. Der Schuss verfehlte sie und die Kugel zersplitterte irgendwo auf dem Asphalt.

Greta krümmte den Finger um den Hahn und mit einem ohrenbetäubenden Knall schlug die Waffe in ihrer eigenen Hand zurück.

Ihr Schuss hatte ebenso sein Ziel verfehlt, obwohl weder Michel noch Marlene ihr ausgewichen waren. Sie war erschrocken. Erschrocken darüber, dass sie geschossen hatte, aber auch erleichtert, dass keiner von beiden getroffen worden war.

Michel ließ seine Pistole sinken und schüttelte den Kopf. »Ich kann nicht auf dich schießen, Greta, lauf weg! Los, lauf weg!« Er wandte sich zu seiner Geliebten herum. »Komm! Lass sie! Die anderen warten auf uns!« Er griff nach Marlenes Hand, in der sie die Pistole hielt, doch Marlene reagierte unwirsch und schüttelte Michel ab.

»So viel Zeit haben wir noch!«, fauchte sie. »Es ist Krieg! Wer verliert, muss untergehen! So ist das ewige Gesetz!«

»Komm!«, schrie Michel sie an, und ohne einen weiteren Versuch zu unternehmen, sie von ihrem Vorhaben abzubringen, stürmte er los, bemüht, den Trümmerpfad auf der anderen Straßenseite schnell zu erreichen und in der Erwartung, dass Marlene ihm folgen würde.

Doch Marlene, die mitten auf der Straße stand, lächelte böse und hob wieder die Pistole. Greta wich weiter zurück in Richtung der Häuser. Marlene folgte ihr nicht mehr, legte aber beide Hände um den Schaft, um besser auf Greta zielen zu können.

»Wenn Michel es nicht kann – ich kann es!«, entfuhr es ihr, »und ich werde dich töten, Greta! Ich will keine Rache, nein, da irrst du dich! Es ist Krieg und der Schwache verliert! Ich will, dass du uns keine Schwierigkeiten mehr machst, sondern ein für alle Mal zur Hölle fährst! Wir können nicht weiterleben, solange du existierst.«

Ihre Arme und ihre Hände mit der Pistole streckten sich Greta entgegen, sie suchte noch nach der besten Schussposition und Greta wich Schritt um Schritt zurück.

Plötzlich war die Nacht taghell. Leuchtspurschwärme erhellten die Szenerie, vom Nordufer der Spree, gleich jenseits der Weidendammbrücke, kam wieder Sperrfeuer, und in der Nähe kam es zu Explosionen. Panzersalven zischten über den Fluss hinweg, die Russen unternahmen einen neuerlichen Angriff. Die Luft war voller Rauch, in dem sich der Flammenschein verfing, und dann sah Greta, wie ein russischer Panzer anrollte und auf die Brücke zufuhr. Abrupt hielt er wieder an, der schwere Turm drehte sich und zielte in ihre Richtung.

»Komm zur Besinnung, Marlene!«, rief Greta. »Werde glücklich mit deinem Geliebten, ich hindere euch nicht an eurem Glück.«

Marlene schien einen Augenblick unsicher zu werden und Greta nutzte den Moment, um zur Seite zu springen.

In diesem Moment feuerte der russische Panzer aus seinem Rohr. Das Geschoss explodierte mitten auf der Straße und erwischte Marlene mit voller Wucht. Sie wurde in Gretas Richtung geschleudert, die ebenfalls zu Boden geworfen wurde, sodass sie zusammen mit Marlene in den auf der Straße entstandenen Granatentrichter rollte.

Greta erhob sich wieder, es war keine Zeit zu verlieren. Sie verspürte keinen Schmerz, also kam sie zu der Überzeugung, dass sie abgesehen von ein paar Kratzern wohl unversehrt geblieben war.

Sie sah an sich herab, sie war tatsächlich unverletzt. Marlene hatte sie mit ihrem Körper vor der Druckwelle geschützt.

Sie warf einen Blick zur Seite. Marlene hatte es schlimm erwischt. Sie lag auf dem Boden und zuckte unkontrolliert. Überall war Blut. Greta hätte weglaufen können, doch stattdessen konnte sie nicht anders, als zu ihrer ehemalige Kollegin zu treten, um sich um sie zu kümmern; sie kniete neben ihr nieder und flüsterte ihren Namen. »Marlene! Warum bist du denn nicht mit den anderen fortgelaufen?«

Marlene röchelte, als ob sie etwas sagen wollte. Ihr Körper zuckte noch einige Male unkontrolliert, dann lag sie plötzlich still, ganz still, und der Blick ihrer einst so schönen grünen Augen weitete sich und wurde dann leer.

»Mein Gott, sie ist tot«, hörte sie über sich Michels Stimme, der kehrtgemacht hatte, als er gesehen hatte, was mit seiner Braut geschehen war.

»Los, auf! Hinüber zu den Häusern!«, rief Michel und seine Pistole zielte auf ihren Kopf. »Bevor der Panzer ein weiteres Mal schießt!«

Greta stand auf, Michel packte sie am Arm und stieß sie auf die Häuserfront zu.

»Da hinein!«, brüllte er sie an, als sie einen der zerstörten Hofdurchgänge erreichten.

Sie erreichten den Hof am Ende des Durchgangs. Mauern ragten empor, sie hatten Risse und Bruchstellen, boten aber hinreichenden Schutz.

Michel ließ die Waffe sinken. »Keine Angst«, flüsterte er. »Keine Angst, ich werde dir nichts tun, Greta, dir nicht!«

Der Schock ließ nach und Greta riss sich los. »Was willst du von mir?«

Er schaute sie an, sein Gesicht war grau und wirkte plötzlich alt. »Nichts«, sagte er, »nichts, oder fast nichts.«

»Geh zu den anderen, Michel!«, sagte sie, »Wir haben nichts mehr miteinander zu schaffen. Geh zu deinen Freunden! In der Nähe der Brücke haben sie mit ihrem Motorboot festgemacht. Du musst dich beeilen. Wenn die Russen erst über die Brücke sind, ist es zu spät.«

»Es ist alles vorbei«, erwiderte er. »Ich habe gewusst, dass es so kommen würde, alles ist verloren, es ist alles vergebens.«

»Eben wolltest du noch fliehen!«

Er starrte sie an, sein Blick war leer. »Eben ist lange her«, murmelte er. »Marlene ist tot. Wohin soll ich noch gehen? Ich will nirgendwo mehr hin!«

»Was hast du vor?«

An der hohen Mauer, nahe der sie standen, lagen auf dem Boden ein paar aufgeschichtete Bretter. Michel trat zu der Mauer und setzte sich auf dem Bretterstapel nieder.

»Mich meinem Schicksal stellen«, erwiderte er.

»Du wirst den Russen in die Hände fallen, wenn du nicht fliehst, und das wohl noch in dieser Nacht.«

Er schüttelte resignierend den Kopf. »Nein, nein, so weit wird es nicht kommen.«

Sie erwiderte den Blick seiner großen dunklen Augen und wusste nicht, was sie sagen sollte.

»Ich habe noch einen Wunsch, Greta, nur noch einen kleinen Wunsch, weiter will ich nichts mehr – ich habe den Wunsch, dass du mir verzeihst.«

»Warum sollte ich dir verzeihen?«

»Wenn du mir vergibst …« Er senkte den Kopf. »Wenn wenigstens ein Mensch in dieser Welt mir vergibt – dann bin ich nicht auf immer verloren.«

»Vielleicht findest du jemand anderen, der das machen könnte«, sagte sie.

»Die Russen sind bald hier – es gibt niemanden außer dir.«

»Ich will fort, Michel! Ich habe keine Lust, den Russen in die Hände zu fallen.«

»Es dauert nicht lange, mir zu vergeben, Greta. Außerdem …« Er sah zu der Hofdurchfahrt. »Etwas Zeit haben wir noch! So schnell sind die Russen nicht hier.«

Eine Weile sah sie ihn an und ein paar Erinnerungen holten sie ein. Sie waren erst wenige Tage alt, wirkten aber doch schon merkwürdig blass.

»Ich habe dich geliebt, Michel!«, sagte sie. »Und aus Dank für meine Liebe und für meine Sorge um dein Leben hast du mich dem Henker übergeben! Ist es das, was ich dir vergeben soll?«

Er sah nicht auf. »Wenn du dich ruhig verhalten hättest, wäre nichts weiter passiert.«

Greta starrte ihn an. »Ruhig verhalten? Du meinst, ich hätte nicht in die Prinz-Albrecht-Straße gehen sollen, um mich nach dir zu erkundigen?«

»Ich habe nicht damit gerechnet, dass du Nachforschungen anstellen würdest«, gab er zurück. »Hättest du die Nachricht von meinen Tod akzeptiert, wäre alles gut gewesen!«

»Gut gewesen?«, wiederholte sie. »Man hatte dich verhaftet, Michel! Ich habe mir schreckliche Sorgen um dich gemacht! Ich hatte die Hoffnung, ich könnte dich vielleicht noch retten! Ich bin zur Prinz-Albrecht-Straße, weil ich dich nicht im Stich lassen konnte!«

Er sagte nichts.

»Du musst mir sagen, was ich dir vergeben soll, Michel«, fuhr sie nach einer Weile fort. »Weshalb wolltest du, dass ich sterbe?«

Er starrte erneut zu Boden. »Es gehörte nicht zu meinem Plan, dass die Gestapo dich verhaftet und hinrichtet. Das habe ich nicht gewollt!«

»Du hast mit diesem Ahlmann unter einer Decke gesteckt! Man hatte dich gar nicht verhaftet! Und dieser Mann, dieser Bertram, der mir das Gift brachte – du und Ahlmann und Müller – ihr habt Bertram angewiesen, mir etwas vorzuspielen. Oder war es Marlene? Aber das wäre auch kein Unterschied!«

»Es war etwas anders«, sagte er und sah zu ihr hin. »Ich hatte mir vorgestellt, dass du bezeugen solltest, dass ich in der Gestapohaft Selbstmord beging. Doch ich hatte Marlene davon berichtet, dass wir über die Selbsttötung mit Zyankali gesprochen hatten. Sie hat es aufgegriffen und Bertram heimlich mit dem Gift zu dir geschickt. Als ich dann erfuhr, dass man dich auf Müllers Anweisung hin verhaftet hatte, habe ich darauf bestanden, dass man dich laufen lässt. Was Marlene und Müller dann taten, haben sie ohne mein Wissen getan.«

»Ich habe zuletzt gar nicht mehr für den Feind gearbeitet, nicht wahr? Jedenfalls nicht direkt! Ich habe für Müller und dich gearbeitet, indem ich euch Informationen verschafft habe, die euch dabei helfen sollten, euch für den Gegner unentbehrlich zu machen und euer Überleben nach dem Ende dieses Krieges zu sichern. Ist es nicht so? Sag mir, ob es stimmt!«

Michel wirkte müde. »Deine Tätigkeit war nicht umsonst. Die Informationen, die du beschafft hast, trugen dazu bei, diesen Krieg nicht noch weiter zu verlängern.«

»Das habt ihr notgedrungen in Kauf genommen, aber nicht gewollt! Du hast mich nicht als Agentin eingesetzt, um den Krieg zu verkürzen. Du hast es für dich und deine Freunde getan! Du hast es getan, um zu überleben!«

Langsam schüttelte Michel den Kopf. »Ich könnte dir widersprechen, Greta, doch ich will es nicht. Ach, dieser schreckliche Krieg! Die Dinge haben sich in einer Weise entwickelt, wie ich es niemals für möglich gehalten hätte. Der Krieg hat aus mir einen Menschen gemacht, der ich in Wirklichkeit gar nicht bin.«

Immer war es der Krieg, dachte Greta, damit redeten sie sich inzwischen alle heraus. Der Krieg war schuld, wenn man ein Verbrechen beging; man selbst trug persönlich natürlich keine Schuld.

»Es war deine Entscheidung«, erwiderte sie. »Der Krieg zeigt nur, was der wahre Charakter eines Menschen ist. Und über deinen weiß ich jetzt Bescheid.«

»Ich hatte wirklich den Wunsch zu helfen, dass der Krieg ein schnelleres Ende findet«, entgegnete er. »Als ich dich kennenlernte, befand sich meine Beziehung zu Marlene, die fanatisch am Endsieg festhielt, in einer Krise. Ich sah keine Zukunft für mich und wollte mit dir zusammen sein, bis alles vorüber wäre. Ich habe dich nicht nur begehrt, sondern auch geliebt. Doch dann habe ich mich von Marlene umstimmen lassen, nach einem Ausweg aus meiner Situation zu suchen. Sie machte mir Mut, malte mir in rosigen Farben unsere gemeinsame Zukunft aus, wenn ich ihr nur vertraute. Wir könnten nach Südamerika gehen, wo es niemanden gäbe, der von all dem hier etwas wüsste – ja, es gäbe dort Menschen, die verstehen würden, dass wir nichts Unrechtes getan hätten. Ich müsse die schrecklichen Dinge, die im Osten geschehen sind, vergessen, denn sie hätten in unserem neuen Leben keine Bedeutung mehr. Ich hätte doch nur dem Führer gehorcht, wie es meine Pflicht gewesen sei, und nichts, was ich in diesem Krieg getan hätte, sei meiner Person anzulasten. Wir hätten vor der Geschichte eine Aufgabe zu erfüllen gehabt, die der Höherentwicklung des Menschen diene, und wir, die mitten im Feuer diesen schrecklichen Krieg überlebt hätten, seien eine neue Rasse, ein neuer Menschenschlag; uns gehöre die Zukunft.«

In der Nähe waren wieder Detonationen zu hören. Michel hatte recht: Sicher würde es noch eine Weile dauern, bis die Russen die Spree genommen hätten. Es kam darauf an, einen günstigen Moment zu erwischen, um durch ihre Linien zu schlüpfen. Das alles ließ sich kaum planen. Sie musste dem Glück und ihrer Intuition vertrauen.

»Es gibt wirklich nichts, dass sich nicht irgendwie schönfärben ließe«, sagte Greta.

Michel nickte. »Ja, so ist es wohl.«

»Wie ging es weiter?«, fragte sie.

»Marlene kannte viele Leute aus unserem Amt, zu ihnen gehörte Müller. Sie war eine sehr geschickte Spionin und die Tatsache, dass sie mehrere Sprachen beherrschte, kam ihr dabei zugute. Eines Tages schnappte sie etwas auf und kam damit zu mir. Müller plane, sich mit den Westalliierten zu arrangieren, berichtete sie, und das wäre doch eine Chance. Sie sprach mit ihm, er mochte sie, natürlich schätzte er ihre Sprachkenntnisse und glaubte, sie könnte ihm hilfreich sein. Ich weiß, er ist der Chef der Gestapo und gilt als ein furchtbarer Mann, doch auch er hat eine andere, nicht unsympathische Seite. Wir kamen überein, zusammen zu fliehen. Offiziell sollte man glauben, dass wir gefallen seien, damit niemand auf die Idee käme, uns nach dem Krieg nachzustellen. So kam das alles in Gang.«

»Hast du Marlene von unserem Gespräch über einen gemeinsamen Liebestod erzählt?«

»Ja, und das war mein Fehler, denn von da an ging alles schief. Es hat Marlene dazu gebracht, die Sache mit der Giftkapsel zu initiieren und sich ein paar Tage später dafür stark zu machen, dass du als Spionin an den Galgen kommst. Aber ich will ihr nicht die Schuld an dem geben, was du erleiden musstest; ich sage es, weil du die Wahrheit hören sollst. Ich bin nicht weniger schuldig geworden an dir als sie.«

»Nicht weniger?«, erwiderte Greta. »Nein, nicht weniger, sondern mehr, Michel! Wir waren ein Liebespaar, und doch hast mir diesen Ahlmann auf den Hals gehetzt, um mir Angst zu machen und meine Bereitschaft für den gemeinsamen Selbstmord zu wecken. Du warst es, der das Feuer an die Lunte gelegt hat! Vielleicht war schon diese ganze Geschichte mit dem Uran nichts als Lug und Trug! Mir fällt ein, dass du behauptet hast, du hättest keine Verbindung zu den Westalliierten, offenbar hattest du sie doch! Hast du mir diesen Auftrag mit Dr. Bewel gegeben, damit man mir seitens der Gestapo etwas anhängen kann? Damit sie etwas gegen mich in der Hand hätten, dessen sie mich beschuldigen könnten, für den Fall, dass es nicht so klappen sollte, wie du es dir ausgemalt hattest?«

»Ich habe ein wenig vorgesorgt, um es einmal so zu nennen. Das ist wahr. Mir war nicht klar, was ich damit auslösen konnte.«

»Wenn ein Mann mit zwei schönen Frauen spielt, ist es immer gefährlich«, sagte sie. »Nein, Michel, du hast ein ganz furchtbares und böses Spiel mit mir getrieben. Du hattest mehrere Trümpfe gegen mich in der Hand, und einer davon, wirst du dir gesagt haben, würde schon stechen.«

Michel schwieg und Greta horchte zur Straße. Im Moment war es ruhig. Keine direkte Gefahr, wie es den Anschein hatte, aber eine solche Einschätzung hatte in einer Nacht wie dieser kaum länger als für die nächsten paar Augenblicke Bestand. Sie konnte noch nicht gehen. Ein paar Fragen, die sie ihrem einstigen Geliebten stellen musste, gab es da noch. Die Antworten darauf zu kennen, mochte eines Tages wichtig und hilfreich für sie sein.

»Was ist dieser Müller für ein Mensch?«, wollte sie von Michel wissen. »Er ist der Chef der Gestapo, ich weiß, und weiter? Was hat er mit den Westalliierten zu tun? Was will er von ihnen? Ich hatte bisher gedacht, dass ihr heimlich mit den Russen paktiert! Wer sind die Männer, die ihm zur Flucht verhelfen wollen? Etwa keine Russen?«

Michel schüttelte den Kopf. »Müllers Amt war nicht nur zuständig, dafür zu sorgen, dass alle deutschen Kommunisten in Konzentrationslagern verschwanden, sondern auch für die Liquidierung zigtausender russischer Kriegsgefangener. Egal, wie sehr er Stalin bewundert – was die Russen mit ihm machen würden, wenn sie ihn zu fassen bekämen, ist unzweifelhaft. Müller hatte zwei Möglichkeiten. Entweder sich zu töten, bevor die Russen ihn ergreifen, oder ein Arrangement mit den Antikommunisten zu treffen. Also den Amerikanern. Letzteres hat er versucht – und versucht es noch.«

»Die beiden Helfer sind also Amerikaner«, sagte Greta nachdenklich. »Sie haben wirklich Mut. Es gehört schon viel dazu, sich als Feind des Reiches bis in die Reichskanzlei zu schleichen. Wie kann Müller den Amerikanern von Nutzen sein?«

Michel blieb eine Weile still. »Müller hat seit Jahren Informationen gesammelt und wichtige Dokumente in Sicherheit gebracht, an denen auf Seiten der Amerikaner erhebliches Interesse besteht. Seine Unterlagen enthalten Tausende von Berichten, die er empfangen hat, abgefangenes Spionagematerial und ausführliche Unterlagen über die Spionagenetze der Russen, Listen mit den Namen von Informanten, Protokolle über Verhöre sowjetischer und britischer Agenten, Prozessakten des Volksgerichtshofes und Unterlagen über fast alle wichtigen Männer der deutschen Regierung, über Parteigrößen und über ausländische Militärs und Politiker und so weiter und so weiter. Dieses ganze Material hat Müller in der Schweiz gebunkert. An diesen Dokumenten haben die Amerikaner ein erhebliches Interesse. Sie sehen sich am Beginn eines neuen Krieges, den sie selbst gegen das kommunistische Stalinreich führen müssen. Müller hat sich bereiterklärt, für sie zu arbeiten und ihnen seine Unterlagen zu überlassen. Das ist der Grund, weshalb sie ihm helfen. Marlene war als Dolmetscherin bei seinem Kontakt zu den Alliierten beteiligt. Die Amerikaner erklärten sich bereit, ihr die Flucht zu ermöglichen, und weil sie ihr helfen wollten, halfen sie auch mir.«

»Ist es den Amerikanern denn egal, dass Müller als Gestapo-Chef für so viele furchtbare Dinge verantwortlich ist? Wissen sie nicht von den Mordtaten, an denen du im Osten beteiligt warst?«

Michel zuckte mit den Achseln. »Sie haben uns Straffreiheit zugesichert. Wer Müller ist, das wissen sie! Was ich getan habe, hat sie nicht interessiert. Es gibt genug andere, über die sie zu Gericht sitzen können.«

»Warum hast du bei diesen Morden im Osten mitgetan, Michel?«, fragte Greta. »Hast du dich um deiner Karriere willen darauf eingelassen?«

Er sah sie lange an, ohne zu antworten. »Was willst du hören, Greta?«, sagte er dann. »Soll ich dir berichten, wie ich damals zur SS gestoßen und weshalb ich Mitarbeiter des Reichssicherheitshauptamtes geworden bin? Ich hielt es für eine gute Sache und habe an meine Aufgabe geglaubt.«

»Diese Morde im Osten waren eine gute Aufgabe, an die du geglaubt hast?«

Er schüttelte resignierend den Kopf. »Ich habe es für das Volk getan, um das deutsche Volk zu schützen.«

»Wovor? Vor Frauen und Kindern?«

»Das verstehst du nicht, Greta. Die Juden, und auch die Frauen und Kinder, stellen ein Sicherheitsproblem dar. Existenz und Fortentwicklung des deutschen Volkes werden auch von der nachwachsenden Generation bedroht. Es geht darum zu verhindern, dass das deutsche Volk untergeht. Deshalb musste beschlossen werden, die Volksfeinde zu eliminieren. Das Problem war groß und die Lösung notwendigerweise radikal.«

Greta starrte ihren einstigen Geliebten an. »Du hast recht, das verstehe ich wirklich nicht. Ich weiß, dass jeder Krieg grausam ist, aber dass man in einem Krieg Frauen und Kinder töten muss, verstehe ich trotzdem nicht. Das Gebot, so etwas nicht zu tun, gilt für alle, auch für die, die Bomben auf unsere Städte werfen, aber es gilt auch für euch, für die deutsche Armee und für das Reichssicherheitshauptamt und für die SS.«

Er starrte mit leerem Blick vor sich hin. Er schien erschöpft. Seine Beichte hatte ihn große Kraft gekostet.

»Du hast leicht reden«, sagte er nach einer Weile. »Was ist denn mit dir? Ist dir etwa entgangen, dass man vor drei Jahren damit begonnen hat, die Berliner Juden in den Osten zu deportieren?«

»Ich wusste nicht, was dort mit ihnen passieren würde.«

Michel nickte müde. »Nein, natürlich nicht. Niemand von euch in der Heimat hat etwas gewusst. Hinter vorgehaltener Hand habt ihr trotzdem alle davon geredet. So viel besser als ich bist du nicht! Du hast das Glück, eine Frau zu sein!«

»Ich hätte bei solchen Morden nicht zugesehen, auch nicht als Mann«, sagte Greta. »Ob ich ein guter oder schlechter Mensch bin, kann ich nicht beurteilen, aber an so schrecklichen Taten an armen Kindern und Frauen hätte ich mich nicht beteiligt. Es könnte für mich überhaupt keinen Grund geben, so etwas zu tun. Genauso wenig, wie ich dich – meinen Geliebten – jemals verraten hätte. Ich hätte mir nie einen zweiten Geliebten genommen und ein doppeltes Spiel mit ihm getrieben.«

»Ich habe mich bei diesen Mordaktionen nie hervorgetan«, erwiderte er leise. »Ich bin in diese Dinge hineingerutscht.«

»Schreckliches bringt eben Schreckliches hervor«, sagte Greta. »Weil du das eine Furchtbare getan hast, sind dir die natürlichen Skrupel dafür abhanden gekommen, andere furchtbare Dinge zu tun, – wie das Furchtbare, das du mir, deiner Geliebten, angetan hast, die sogar bereit war, gemeinsam mit dir in den Tod zu gehen.«

»Ich weiß, es gibt nichts, das ich wirklich zu meiner Verteidigung vorbringen kann. Ich habe mitgemacht und die Vergeltung muss mich treffen. Das Einzige, was ich mir wünsche, ist, dass die Vergeltung nicht bodenlos ist. Wenn du mir vergeben könntest, wäre sie es nicht.«

»Was im Osten geschehen ist, kann ich dir nicht vergeben, weil es mich nicht betrifft«, erwiderte sie.

»Aber das andere«, sagte er; »wenn nur einer mir vergibt, wäre es mehr, als ich mir wünschen kann.«

»Und wenn ich dir vergebe, was willst du dann tun? Willst du dich den Russen stellen?«

Michel lächelte und ließ die Hände sinken. »Erinnerst du dich, was ich dir geantwortet habe, als du mich fragtest, was ich tun werde, wenn es so weit ist? Ich habe gesagt, dass wenn der Moment da ist, ich meine Pistole gegen mich selbst richten würde. Als ich es sagte, habe ich noch nicht gewusst, dass ich es wirklich ernst meinte. Ein Teil von mir hat damals schon gewusst, dass es so kommen würde.« Sein Blick schweifte von ihr fort und strich über die hohen trostlosen Mauern der einst stolzen Häuser, die zu Ruinen geworden waren. »Greta, ich bin am Ende meiner Reise angelangt.«

»Ich weiß nicht einmal, ob du mich nicht jetzt noch angelogen hast«, sagte sie, »vielleicht sind die beiden verkleideten Offiziere doch Russen, sodass du von den Russen gar nichts zu befürchten hast und hier in aller Seelenruhe auf sie warten kannst.«

»Ich werde dir gleich beweisen, dass ich dich nicht angelogen habe, Greta«, sagte er. »Mir ist nun, nachdem ich dir alles erzählt habe, umso mehr gewiss, dass mein Weg hier enden wird – hier enden muss. Mit meiner Schuld kann ich nicht weiterleben. Als Marlene noch lebte, war es mir nicht klar, nun weiß ich es. Ich kann nicht mehr – kann nicht länger leben. Es wäre unerträglich, selbst wenn es mir gelingen sollte, ins Ausland zu entkommen. Ich werde in dieser Stadt sterben. Doch bevor es so weit ist, habe ich die große Bitte an dich, dass du mir verzeihst, Greta; du bist der einzige Mensch auf der Welt, an den ich diese Bitte richten und der sie mir erfüllen kann. Es gibt niemand anderen, der mir Absolution erteilen könnte.«

Er legte die Pistole, die er noch in der Hand hielt, neben sich auf den Boden, griff in die Innentasche seiner Jacke, dann zog er ein paar Gegenstände heraus, darunter ein Bündel Banknoten. Er reichte Greta das Geld.

»Du wirst es gebrauchen können, es sind Devisen, Dollar und Schweizer Franken.«

Sie nahm das Banknotenbündel und steckte es in ihre Jacke. »Danke«, sagte sie. »Ja, ich werde es gebrauchen können.«

Er hatte noch etwas anderes in der Hand, und sie sah, was es war. Es war eine kleine Kapsel, genau so eine wie die, die sie selbst um den Hals trug.

Er behielt die Kapsel in der Linken und griff mit der Rechten nach seiner Pistole, bevor er mit leiser und gebrochen klingender Stimme sagte: »Wirst du es tun, Greta? Verzeihst du mir?«

Sie betrachtete ihn stumm, während sie fühlte, dass sie trotz allem, was er ihr angetan hatte, Mitleid mit ihm empfand.

»Ich will es versuchen, Michel«, erwiderte sie. »Ich weiß nicht, ob ich es kann, aber versuchen will ich es.«

»Danke«, murmelte er und sah sie an, und sie bemerkte, dass in seinen Augen Tränen schimmerten.

Eine Weile erwiderte sie seinen Blick und hielt ihm stand, und erst, als sie merkte, dass auch ihre eigenen Augen feucht wurden, sah sie zur Seite.

»Geh jetzt, Greta«, sagte Michel. »Lass mich allein. Du musst nicht dabei sein, wenn ich es tue.«

»Und wenn es misslingt?«, fragte sie leise und schaute wieder zu ihm hin.

Er lächelte. »Das wird es nicht. Ich setze den Schuss, und in dem Moment, wo ich abdrücke, beiße ich in die Kapsel.«

Also doch kein Schuss in den Mund, dachte sie. Wenn er gleichzeitig eine Giftkapsel zerbeißen wollte, war es nur so möglich, wie er es beschrieb.

»Ich bleibe trotzdem«, sagte sie.

»Falls es doch misslingen sollte, bring es bitte zu Ende; wirst du das tun?«

»Ja! Ich verspreche es dir.«

»Gut, dann will ich nicht länger warten. Bringen wir es hinter uns.«

Er setzte sich die Pistole an die rechte Schläfe und führte die linke Hand zum Mund.

Greta wandte das Gesicht zur Seite.

Sie konnte nicht mitansehen, was gleich passieren sollte und musste gegen den Impuls ankämpfen, zu Michel hin zu springen, um gegen sein Vorhaben einzuschreiten. Sie rang mit sich, murmelte Michels Namen und hatte plötzlich das Gefühl, noch etwas sagen zu müssen, denn in nur ein paar Momenten, dachte sie mit Entsetzen, wäre es dafür zu spät.

»Michel«, sagte sie lauter, »Michel, ich habe dich doch so geliebt …«

Sie schloss die Augen und zählte stumm die Sekunden, aber dann betete sie. »Lieber Gott, sei seiner Seele gnädig.«

Es ging schneller, als sie erwartet hatte. Sie fuhr zusammen, als der Schuss krachte. Er war laut. Sie hatte nicht damit gerechnet, dass er so laut von den hohen Mauern zurückschallen würde.

Michels Kopf war zur Seite gesunken, noch immer saß er mit dem Rücken an der Mauer. Seine Augen waren weit geöffnet, und sie sah auf den ersten Blick, dass er nicht mehr lebte.

Sie sah lange Zeit hinab auf seine Leiche, zuerst fast ohne ein Gefühl.

»Michel«, sagte sie, als sie ihre früheren Gefühle für ihn wieder spürte, und während sie mehrfach seinen Namen murmelte, stiegen Tränen in ihr auf. Vor ein paar Minuten hatte sie den einstigen Geliebten noch wegen seines furchtbaren Verrats verabscheut, doch in diesem Moment, im Angesicht seines Todes und unter dem Eindruck seines Scheiterns, konnte sie nicht anders, als sich an die schönen Stunden zu erinnern, die sie mit ihm zusammen verbracht hatte.

Sie weinte. »Ich verzeihe dir, Michel«, murmelte sie und fühlte, wie gut und schmerzhaft zugleich es war, dass sie die Gelegenheit hatte, von ihm Abschied zu nehmen.

Nach einer Weile trat sie zu ihm und legte ihre Hand über seine Augen, um seine Lider zu schließen. »Michel, für das, was du mir angetan hast, verzeihe ich dir.«

20. KAPITEL

Sie spähte um die Ecke. Soweit sie es überblicken konnte, war nirgendwo auf der Straße eine Menschenseele zu sehen. Auch russische Panzer waren im Moment keine zu erkennen.

Sie zog ihre Pistole und lief über die Straße, und während sie sich langsam in Richtung des Flussufers vorbewegte, hielt sie sich dicht an den Ruinen und Mauern. Sie erreichte den Trümmerpfad, der das Ufer begleitete, und als sie weitereilend in Ufernähe kam, erblickte sie unter sich das Motorboot. Sie war überrascht, denn sie hatte damit gerechnet, dass es längst abgelegt hatte.

Hatten die drei Männer eine andere Fluchtoption gewählt, weil ihnen der von den Russen belagerte Fluss nicht mehr sicher erschienen war? Oder – und das hoffte sie selbst – war ihnen ein russisches Geschoss in die Quere gekommen und hatte ihre Flucht ein für alle Mal vereitelt?

Sie eilte weiter und achtete auf die Toten, die in den Trümmern lagen. Müller und die beiden Agenten waren nicht dabei.

Der eiserne Steg, der die Spree überspannte, lag still unter dem rötlich flackernden Himmel. Sie fasste sich ein Herz, steckte die Pistole in das Halfter und lief auf den Steg zu. Zum Glück hatten andere Flüchtende, die den Steg vor ihr überquert hatten, die größten Hindernisse beiseite geräumt und den Draht so zerschnitten, dass eine Schneise entstanden war. Ihr Herz klopfte heftig, während sie sich geduckt durch die Lücken im Drahtverhau tastete, aber sie kam über den Fluss, ohne dass ein Schuss auf sie abgegeben wurde.

Sie eilte auf die Häuser und Kellertrümmer zu, die von den mächtigen Gebäuden der geschlossenen Uferbebauung übrig geblieben waren. Als sie im Schein rotglühender Brände in eine nach Norden führende Straße hineingelaufen war, erblickte sie rechter Hand ein Licht, das aus einer Backstube kam. Ringsherum lag fast alles in Trümmern, doch direkt vor ihren Augen gab es eine Bäckerei, in der es zuging, als herrschte der tiefste Friede. Schwitzende Bäckergesellen in weißer Kleidung hatten sich um einen angeheizten Backofen geschart, um mit langen Schiebern gebackene Brote aus dem Ofen herauszuholen.

Greta zögerte nicht lange und trat in die Backstube ein.

»Na, was für eine hübsche Amazone ist uns denn da zugelaufen?«, meinte ein dicker, gemütlich wirkender Mann mit freundlichem Gesicht, als er sie erblickte. »Sie sehen aus, als stünden Sie mitten im Kampf.«

Greta bat um ein Glas Wasser.

»Sollen Sie haben, junges Fräulein! Auch ein Stück frisches Brot? Wo wollen Sie denn hin?«

»Nach Westen. Raus aus der Stadt. Wo kann ich entlang, ohne einem Rotarmisten zu begegnen?«

Der Bäckermeister kratzte sich am Kopf. »Es gibt ein paar Burschen, die wissen recht gut über die Schleichwege aus der Stadt Bescheid«, brummte er.

»Wenn es jemanden gibt, der mir helfen könnte, soll der es nicht umsonst tun«, sagte Greta. »Ich habe etwas Geld …«, sie senkte etwas die Stimme: »Devisen.«

»Verstehe schon«, meinte der Bäckermeister. »Na, vielleicht geht der Ernst mit Ihnen.« Er entfernte sich, und als er zurückkehrte und ihr das Versprochene brachte, wurde er von einem ungefähr 14-jährigen Jungen begleitet.

Der Junge hatte ein freches Gesicht und grinste sie an. Ein Berliner Lausebengel, dachte sie; ja, so jemand könnte ihr helfen.

»Der Ernst macht es«, sagte der Bäckermeister und warf einen Blick auf Gretas schwarze SS-Jacke. »Sie brauchen etwas anderes zum Anziehen. Ich gebe Ihnen eine Jacke von meiner verstorbenen Frau.«

Die Lederjacke, die der Bäcker ihr brachte, passte ihr gut. Greta war froh, das kompromittierende Kleidungsstück los zu sein.

»Noch ist es dunkel«, sagte der Bäckermeister ein paar Minuten später. »Wenn die Sonne aufgeht, sollten Sie hinter den Linien sein.«

Nicht lange danach traten der Junge und sie nach draußen.

In großen Schritten überquerten sie die dunkle zerschossene Straße. An einer der nächsten Straßenecken bogen sie in eine Seitenstraße ein, die noch dunkler war als die größere Straße, aus der sie gekommen waren.

Ernst kannte Umwege und Pfade durch Ruinen, die niemand benutzte, der fremd in der Stadt war. Er besaß eine gute Witterung und schien förmlich feindliche Wachtposten riechen zu können.

»Das Westufer der Havel ist feindfrei«, erklärte er, als sie hinter einem Mauervorsprung eine Pause einlegten. »So wurde es gestern erzählt und so schnell kommen die Russen da bestimmt nicht hin. Ich weiß, wo wir ein Boot finden, um über den Fluss zu kommen! Von dort musst du allein weiter nach Westen.«

Sie griff in ihre Jackentasche. »Ich gebe dir schon einmal das Geld, Ernst. Man weiß ja nie! Die Hälfte von dem, was ich habe. Ist das recht?«

»Gib mir ein Viertel«, erwiderte Ernst. »Deine Flucht ist an der Stadtgrenze noch nicht zu Ende, wie der Meister erzählte. Du brauchst das Geld nötiger als ich.«

Sie mochten ungefähr drei Stunden unterwegs gewesen sein, als die durchgehende Bebauung nachließ und sie die Havel erreichten. Dort wandten sie sich nach Süden, bis sie auf das Gelände einer Laubenpieperkolonie kamen, zu der ein Bootshaus gehörte.

Das kleine Boot, von dem Ernst gesprochen hatte, fand sich in einem der angrenzenden Gärten unter Gestrüpp versteckt. Jeder von ihnen fasste eines der Enden und gemeinsam trugen sie das Boot an den Fluss.

Im Schutz der Morgendämmerung stießen sie vom Ufer ab. Sie paddelten flussabwärts, bis sie direkt auf einen Sandstrand stießen. Es war eine kleine Halbinsel, an der sie noch bei Morgengrauen anlandeten. Hinter dem Strand lagen bewaldete, niedrige Hügel, die eine gute Deckung boten.

Sie zogen das Boot an Land und gingen unter den Bäumen in Deckung. Während sie sich erschöpft auf dem Boden niederstreckten, ging über dem Wasser die Sonne auf.

»Ich bleibe noch etwas bei dir«, sagte Ernst. »Es ist ein gutes Plätzchen, um ein wenig auszuruhen.«

Greta schlief ein wenig, und als sie wieder wach wurde, war die Sonne am Himmel aufgestiegen.

Ernst schien es schwerzufallen, sie alleine weiterziehen zu lassen, doch er war ein Berliner Junge und sie ein Berliner Mädchen. Der Abschied war kurz und herzlich.

Sie schoben das Boot ins Wasser und Ernst kletterte hinein, warf ihr einen letzten Blick zu und paddelte davon.

Greta schnürte ihren Beutel und schlug sich durch das Gestrüpp. Sie wanderte zielstrebig westwärts und fand sich eine Stunde später auf einer Straße wieder, einer schmalen, baumbestandenen Allee, die durch die Felder und Wiesen führte.

Die brandenburgische Landschaft lag in der Frühlingssonne. Kanonendonner war keiner zu hören. In der Ferne sah sie einen Pferdewagen, hinter dem Menschen gingen, die Handwagen hinter sich herzogen; hauptsächlich Frauen und Kinder; der kleine Trupp bot ein etwas trostloses, aber doch friedliches Bild. Sie beschleunigte ihre Schritte, um das kleine Grüppchen einzuholen.

An Michel, ihren einstigen Geliebten, dachte sie nicht mehr.

ENDE

Weitere Krimis finden Sie auf den folgenden Seiten und im Internet:

WWW.GMEINER-SPANNUNG.DE

BERNWARD SCHNEIDER
Berlin Potsdamer Platz

978-3-8392-1401-5 (Paperback)
978-3-8392-4123-3 (pdf)
978-3-8392-4122-6 (epub)

»Der Röhm-Putsch verpackt in einem fesselnden Krimi.«

Berlin, Juni 1934: Gerüchte über einen Putsch der SA zirkulieren in der Stadt, der Konflikt zwischen Hitler und Röhm steuert auf einen Höhepunkt zu. Als sich der Anwalt Eugen Goltz mit dem SS-Mann Zerner trifft, der geheime Hintergrundinformationen verkaufen will, geraten die Männer in die Fänge eines SA-Todeskommandos. Mantiss, der Anführer des Kommandos, übt grausame Rache an Zerner. Goltz überlebt und fasst den Entschluss, seinen mächtigen Widersacher Mantiss unschädlich zu machen …

GMEINER SPANNUNG

WWW.GMEINER-VERLAG.DE
Wir machen's spannend

BERNWARD SCHNEIDER
Todeseis

978-3-8392-1252-3 (Paperback)
978-3-8392-3833-2 (pdf)
978-3-8392-3832-5 (epub)

»Zwischen Fakten und Fiktion: Die Ereignisse des Titanic-Untergangs verpackt in einem fesselnden Kriminalroman.«

Die Flucht vor dem Mörder ihres Geliebten führt die schöne Gladys auf die Titanic, als diese am 10. April 1912 von Southampton aus zu ihrer Jungfernreise nach New York in See sticht. An Bord des mondänen Schiffes begegnet Gladys einer illustren Reisegesellschaft aus Bankiers und Millionären, Aristokraten und Prominenten, für die die Jungfernfahrt des Meeresgiganten einen der gesellschaftlichen Höhepunkte des Jahres darstellt. Doch für ihre Feinde ist Gladys eine gefährliche Zeugin und selbst auf dem Schiff nicht sicher …

BERNWARD SCHNEIDER
Spittelmarkt

978-3-8392-1099-4 (Paperback)
978-3-8392-3561-4 (pdf)
978-3-8392-3560-7 (epub)

»Ein lesenswerter Roman.«
histo-couch.de

Berlin im Herbst 1932. Der Anwalt Eugen Goltz reist im Auftrag des Bankiers Philipp Arnheim nach New York, um die Scheidung von dessen amerikanischer Ehefrau Florence zu regeln. Dort erfährt er von einem mysteriösen »Pharao«, dem Oberhaupt einer okkulten Geheimgesellschaft in Berlin, die mit der nationalsozialistischen Bewegung in Verbindung zu stehen scheint. Kurz darauf kommt Florence Arnheim auf rätselhafte Weise ums Leben.

Goltz kehrt nach Berlin zurück. Angewidert und fasziniert zugleich nähert er sich dem Geheimbund und macht eine furchtbare Entdeckung …

Das Neueste aus der Gmeiner-Bibliothek

Unsere Lesermagazine

Bestellen Sie das kostenlose KrimiJournal in Ihrer Buchhandlung oder unter www.gmeiner-verlag.de

Informieren Sie sich …

www … auf unserer Homepage:
www.gmeiner-verlag.de

@ … über unseren Newsletter:
Melden Sie sich für unseren Newsletter an unter www.gmeiner-verlag.de/newsletter

f … werden Sie Fan auf Facebook:
www.facebook.com/gmeiner.verlag

Mitmachen und gewinnen!

Schicken Sie uns Ihre Meinung zu unseren Büchern per Mail an gewinnspiel@gmeiner-verlag.de und nehmen Sie automatisch an unserem Jahresgewinnspiel mit »mörderisch guten« Preisen teil!